LE PARFUM
DES POIRES ANCIENNES

EWALD ARENZ

LE PARFUM DES POIRES ANCIENNES

Traduit de l'allemand
par Dominique Autrand

ALBIN MICHEL

Ouvrage publié sous la direction
de Dominique Autrand

Édition originale parue en Allemagne sous le titre :
ALTE SORTEN

Cet ouvrage a été proposé à l'éditeur français
par l'agence EDITIO DIALOG (www.editio-dialog.com)

1er septembre

Au sommet de la route étroite qui montait entre champs et vignobles, l'air chaud vibrait sur l'asphalte. Liss, qui grimpait lentement la côte sur son vieux tracteur sans cabine, croyait voir de l'eau, une eau plus fluide que la normale ; plus légère et plus ondoyante. Une eau qu'on ne buvait qu'avec les yeux.

Sur les champs moissonnés où luisaient les chaumes, le blé était encore présent dans la puissante odeur de paille ; poussiéreuse, jaune, saturée. Le maïs commençait à sécher ; son bruissement dans la brise d'été n'évoquait plus le vert, il se transformait en un chuchotement rauque à la lisière du champ.

L'après-midi était torride et le ciel haut, mais quand on coupait le moteur on remarquait soudain que les chants d'oiseaux étaient moins nombreux et les stridulations des grillons plus sonores. L'été tirait à sa fin, Liss le voyait, le humait, l'entendait.

C'était une sensation agréable.

Personne ne lui courait après. Personne ne la poursuivait. Personne n'avait pris le volant pour inspecter lentement les chemins de campagne sur lesquels elle marchait depuis deux heures ; ne cessait de grimper depuis trois quarts d'heure. À quoi bon – franchement ? Ce n'était pas comme si elle devait pointer toutes les heures. Quoique – elle avait déjà eu à le faire.

Sally s'arrêta et se retourna. En contrebas, ce putain de paysage écrasé de soleil. Trois milliards de champs avec des trucs qui poussent dessus et tout là-bas à l'horizon, dans une brume d'été grisâtre, la ville, et la clinique à sa périphérie. En pleine verdure. Avec une allée. Une vraie allée qui menait au portail. Sa mère accordait beaucoup d'importance à cette allée. Comme si les arbres étaient une sorte de garantie de la qualité des soins.

Elle s'assit dans l'herbe au bord du chemin d'exploitation. Pas une vraie route, mais des plaques en béton qui faisaient toutes exactement huit pas et demi de long. Elle avait compté, parce qu'il ne fallait surtout pas marcher sur les intervalles entre les plaques. Assise au bord du chemin, elle replia les genoux et noua ses bras autour. Il faisait très chaud. Elle avait fait quelques kilomètres en stop, mais le type qui l'avait prise était un sale con. Il l'avait soûlée avec ses questions, et on entendait aussi celles qu'il ne posait pas. D'où tu viens ? Comment tu t'appelles ? Tu fais quoi ? Tu rentres chez toi ? C'est les vacances ? Tu me prends pour un taré, un sale con ? Je prends des filles en stop parce que je me crois super altruiste, mais en vérité je veux juste trouver un coin à l'écart pour les baiser ? Comment tu t'appelles donc ? Dis-le.

Elle avait fini par attraper carrément le frein à main et arrêter le véhicule. Et elle était descendue. Elle n'avait vraiment pas besoin de ça. Pas aujourd'hui. Jamais, en fait. De toute façon il valait mieux marcher. Grimper la colline, malgré cette putain de chaleur.

Putain de chaleur. Putain de chaleur. Sally répéta les mots, juste pour entendre sa voix, asséchée par l'air brûlant. Elle sortit la bouteille d'eau de son sac à dos. Elle était presque vide. Sur la pente à côté d'elle, quelques pommiers épars avec des tonnes de pommes qui auraient peut-être apaisé sa soif, mais elle ne tomba pas dans le panneau. Elle ne mangerait pas aujourd'hui. Aujourd'hui, pas question. Elle détestait être obligée de manger quand les autres le disaient ou parce que tout le monde le faisait. Manger, parce que c'était le matin. Ou midi. Ou le soir. Ou parce qu'on avait faim. Elle voulait manger quand elle avait décidé de manger. Elle voulait boire quand elle avait décidé de boire. Personne ne comprenait ça.

Elle but les deux dernières gorgées d'eau tiède et reboucha la bouteille vide. Au sommet de la colline il y avait un village. Elle trouverait certainement le moyen de la remplir. Sinon tant pis.

Elle se leva et se remit en route. Il n'était pas tard. Dès qu'elle aurait dépassé le village, elle chercherait un endroit pour dormir. Il faisait encore chaud et elle avait… Sally réalisa à cet instant qu'elle n'avait encore jamais vraiment dormi dehors. Dans une tente, oui, autrefois, chaque année le même camping en Italie. Avec trois milliards d'autres familles, qui allaient toutes en Italie pour Pâques. Quels parents géniaux ! Tu parles d'une imagination ! D'un autre côté… dormir dehors était sans doute une de ces idées romantiques à la con. Avec des fourmis qui vous grimpent dans l'oreille et dans le nez, à tous les coups. Sans parler des tiques. Mais peut-être trouverait-elle une grange ou un truc du genre.

Le chemin débouchait sur la route du village qui montait beaucoup plus que prévu, on longeait quelques fermes et on tombait sur la rue principale deux cents mètres plus loin. Au bout de dix minutes elle arriva enfin en haut et s'arrêta un instant pour s'orienter. Le village n'était pas très grand ; de là où elle était, quelques pas suffisaient pour atteindre la sortie. Elle avait une large vue sur la campagne. Une maigre rangée d'éoliennes au milieu des champs ; leurs ailes tournaient tranquillement dans un vent de fin d'été à peine sensible de là où elle était. Heureusement qu'il y avait les éoliennes. Putain ! Tout était tellement pittoresque qu'elle avait du mal à se retenir de hurler. Elle aurait adoré s'accroupir en pleine rue et pisser. Juste pour faire un truc dégueu.

Elle aurait dû retourner en ville. Sauf que la police

était partout. Et puis elle n'avait pas envie de tomber sur une connaissance. Il y avait belle lurette qu'elle n'avait plus envie de croiser des gens qu'elle connaissait.

Peu avant le panneau du village, Sally passa devant une maison avec un petit jardin et un arrosage automatique qui envoyait des jets d'eau poussifs sur les platebandes. Elle escalada la clôture sans même jeter un coup d'œil, dévissa le tuyau de l'arroseuse et remplit sa bouteille. Quand elle fut pleine, elle but quelques gorgées directement au tuyau, le balança sur la pelouse, sauta par-dessus la clôture et regagna la rue.

Liss avait décroché la remorque parce qu'on ne pouvait pas tourner avec le tracteur et la remorque sur l'étroit chemin au milieu des vignes. Il était plus pratique de la détacher et de la manœuvrer à la main. Pendant qu'elle la faisait pivoter, une roue avant avait atterri dans le fossé entre le chemin et le champ, et le timon était si mal engagé entre les pieds de vigne qu'elle ne pouvait plus approcher suffisamment le tracteur pour atteler et dégager la remorque. La roue était coincée dans le fossé, du coup on ne pouvait même plus tourner le timon. La remorque n'était pas trop grande pour être manœuvrée en terrain plat, mais Liss n'était pas assez forte pour la sortir du fossé toute seule. Soudain, sans savoir pourquoi, elle pensa à Sonny. Le jeune Sonny d'autrefois, pas l'autre. Il aimait ce genre de situation parce qu'il jouissait de sa propre force. Lorsqu'un tel incident se produisait, avec le van par exemple, il sautait dans le fossé, s'arcboutait contre le véhicule et poussait, tandis qu'elle accélérait en douceur jusqu'à ce que le van soit libéré.

Libéré.

Liss entendit le mot résonner dans sa tête et se redressa, la lumière l'éblouit et elle baissa les yeux. L'ombre des feuilles de vigne se dessinait nettement sur le béton clair du chemin avec leur pourtour bleu. Quand elle releva la tête, elle dut protéger ses yeux du soleil déjà oblique. La campagne était vaste. La rivière, comme une ceinture brillante à perte de vue. Je suis libre, se dit Liss. Je peux aller où je veux. De nouveau, elle plaqua le dos contre la remorque bloquée et poussa de toutes ses forces. C'est alors qu'elle vit la fille qui marchait sur le chemin d'exploitation.

Sally ne remarqua la femme qu'au moment où elle se redressait. Grande. Mince. Vêtue d'un truc bleu… c'était quoi ? Une tenue de travail ? On aurait dit un peu une combinaison… comment appelait-on ça ? Un genre de bleu de chauffe. Un bleu. En plus, elle portait un foulard. Elle était à la campagne. Le top de la mode.

Elle aurait préféré couper à travers vignes pour l'éviter, mais la femme l'avait déjà vue, ça aurait paru louche. Sally accéléra un tout petit peu en constatant que la femme la regardait ; un regard bizarre. Pas curieux. Juste… comme on observe un animal peut-être ? Un scarabée qui rampe sur la route. Une de ces bestioles qui ont une magnifique carapace mordorée et sont en réalité des bousiers. Parce que tout est comme ça. Ce qui ressemble à de l'or se nourrit de merde. Elle se faufila le long de la remorque et baissa un peu la tête malgré elle en passant devant la femme.

« Tu peux me donner un coup de main ? »

La question était si abrupte que Sally sursauta. En même temps elle était posée sur un ton très calme, comme une vraie question, pas une sommation. Pas une question où se cache – presque toujours – un ordre. « Tu ne voudrais pas m'aider un tout petit peu ? » « Tu ne voudrais pas manger un tout petit peu ? » « Tu ne voudrais pas me passer l'eau ? » Ces putains de questions auxquelles il fallait chaque fois répondre : Non. Je ne veux pas. Je le fais parce que vous êtes plus forts que moi. Parce que c'est vous qui commandez. Parce que, pour une raison qui m'échappe, vous avez le pouvoir de m'obliger à faire n'importe quoi pour vous. Mais : Non ! Je ne veux pas ! Ne me demandez pas d'abord ! Ne faites pas comme si j'avais le choix ! Ordonnez-moi, c'est tout. Dites : Sally, aide-moi, espèce de saleté. Sally, je ne peux pas te souffrir, je vous déteste, toi et tes parents, parce que dans cette saloperie de clinique je suis payé la moitié de ce que gagne ton père, mais je peux te commander de manger. Sally, Sally, Sally, Sally, Sally, passe-moi cette satanée carafe d'eau, salope. Mais ça, vous n'osez pas.

« Tu peux me donner un coup de main ? »

C'était une vraie question. Une question à laquelle on pouvait répondre « Oui » ou « Non ». Elle s'était arrêtée, et à présent elle se retournait et regardait la grande femme. Et la remorque, qui avait une roue dans le fossé.

« Oui, dit-elle. Il faut que je pousse ? »

La femme l'examina un instant, mais ne lui dit pas qu'elle était trop maigre ou trop petite. Elle n'utilisa aucun de ces mots dont les autres se servent pour ne pas dire ce qu'ils veulent dire.

« Tu es forte ? » demanda-t-elle sur le même ton calme.

Encore une question à laquelle Sally ne s'attendait pas. Personne ne la lui avait jamais posée. De toute sa super-vie de ouf. C'était qui cette femme ?

« Ça peut aller.

– Alors tourne le timon un tout petit peu vers la gauche. Je vais essayer de la faire basculer pour la sortir. »

La femme était déjà derrière la remorque, le dos contre la ridelle, quand elle se rendit compte qu'à l'avant il ne se passait rien. Elle se retourna vers Sally, la considéra un bref instant avec ce même regard bizarre, et désigna la pièce de métal fourchue percée d'un trou.

« Le timon, c'est ça. »

Elle se détourna de nouveau et impulsa un mouvement de balancier à la remorque en poussant avec son dos. Sally souleva le timon. Elle finit par sentir le rythme et se mit à tirer en même temps que la femme poussait, à pousser quand la femme relâchait la pression. La roue oscillait de plus en plus fort, montait et descendait entre les parois du fossé, la remorque se dégagea d'un seul coup et Sally dut se retenir pour ne pas tomber en avant.

Les deux mains cramponnées à la ridelle, la femme immobilisa la remorque sur le chemin. Elle ébaucha un sourire à peine perceptible.

« Merci ! »

Sally hocha la tête.

« Tu sais conduire un tracteur ? » lui demanda la femme. Sally fit volte-face, hérissée par cette question débile.

« Est-ce que j'en ai l'air ? aboya-t-elle. J'ai l'air d'avoir le permis de conduire ? J'ai l'air d'avoir dix-huit ans, putain ? »

La femme ne souriait plus et la fixait de nouveau avec ce regard qui semblait venir du fond de la mer ou d'au-delà des collines, de très loin en tout cas.

« Ce n'est pas ce que j'ai demandé », répondit-elle d'un ton neutre, comme à une véritable question ; et sans lui faire aucun reproche elle ajouta tranquillement, « de toute façon peu importe. Peux-tu aller me chercher deux pierres et les mettre sous les roues avant ? Pas trop petites, s'il te plaît. »

Sally hésita. Cette femme ne dégageait pas ce flegme de l'éducateur spécialisé qu'ils avaient tous à la clinique.

Elle n'avait pas ce visage qui dit « tout-cela-ne-m'atteint-pas » et qu'ils arboraient tous quand on leur criait après, qu'on les injuriait, ou qu'on se taisait tout simplement. Ce visage sur lequel on aurait tant voulu cracher.

Elle alla vers le fossé et regarda autour d'elle. Il y avait des pierres partout, comme si quelqu'un les avait entassées là au bord du champ. Bon d'accord, c'était sûrement le cas. On les avait ramassées dans le vignoble pour éviter qu'elles gênent. Elle en trouva une, triangulaire comme une cale, blanche de poussière, chaude de soleil. Les arêtes étaient agréables au toucher, presque tranchantes. Elle inséra la pierre sous la première roue tandis que la femme retenait patiemment la remorque et la regardait. Sally se hâta de mettre la seconde pierre.

« C'est bon ? » demanda-t-elle.

La grande femme lâcha la ridelle.

« C'est bon, répondit-elle. Merci. »

Elle se dirigea vers son tracteur, fourragea dans le moteur et abaissa un machin. Sally entendit l'engin démarrer avec une lenteur incroyable. Tel un vieux monsieur qui se lève et qui hésite à faire les premiers pas, de peur de tomber. À l'entendre tousser, on aurait dit qu'il fallait lui tapoter le dos. Puis le moteur prit de la vitesse et se mit à tourner rond. La femme s'assit au volant, positionna le tracteur à l'avant de la remorque et recula habilement, de façon que le timon touche presque l'attelage. Sally attrapa spontanément la barre métallique et la souleva.

« Encore un peu ! » cria-t-elle pour couvrir le bruit du moteur diesel. La femme recula le tracteur de dix centimètres pour placer le timon dans l'axe de l'attelage. Sally aperçut la petite barre de fer suspendue au bout d'une chaîne, la prit et l'inséra dans les anneaux. Elle leva les yeux vers la femme, qui s'était retournée sur son siège et levait le pouce.

« Maintenant, la goupille de sécurité », cria-t-elle.

Sally se pencha et vit la petite goupille qu'il fallait insérer dans un petit trou de la barre pour l'immobiliser et l'empêcher de glisser. Comme une sorte de pince à cheveux. Elle la mit en place, puis revint sur le chemin en passant entre la remorque et le tracteur. Le tracteur démarra en toussotant, la femme leva la main comme pour saluer et Sally remit son sac sur son dos. Un peu de poussière s'éleva quand l'engin reprit cahin-caha sa montée sur le chemin au milieu des vignes. Sally le suivit lentement. Il y avait des grappes de raisin sur les ceps. Des baies beaucoup plus petites que ce qu'elle avait pu voir chez elle. Bleu sombre avec une pellicule blanche. Elle en cueillit une et la mit dans sa bouche. Une baie, d'accord, mais pas… elle n'était pas vraiment sucrée. On sentait qu'elle n'était pas mûre, mais pas comme une pomme encore verte. Le goût était déjà là. Elle cracha la peau et se remit en route. Au bout d'un moment elle remarqua que le tracteur s'était à nouveau arrêté quelques centaines de mètres plus loin. Elle entendait le moteur tourner et voyait la femme sur le siège. Qu'est-ce qu'elle voulait ? Sally accéléra un peu et se demanda de nouveau si elle ne devait pas quitter le chemin, couper carrément à travers champs, mais elle s'en voulut aussitôt. À quoi bon ? Cette femme ne la connaissait pas. Quand elle passa à côté du tracteur dont le moteur tournait, elle vit que la femme s'était roulé une cigarette. Elle pivota légèrement le buste vers Sally et dit, juste assez fort pour couvrir le bruit du moteur :

« Si tu veux, tu peux dormir dans ma ferme. »

La première impulsion de Sally fut de faire semblant de n'avoir pas entendu. Comment l'autre pouvait-elle savoir qu'elle ne rentrait pas chez elle ? Son second mouvement fut de prendre la fuite. Elle leva les yeux vers le tracteur. La femme avait frotté une allumette et allumait sa cigarette. Ensuite seulement, elle baissa les yeux vers Sally.

Et puis merde, pensa Sally. Et puis merde. Elle jeta son sac à dos sur la remorque, grimpa sur l'un des pneus et se hissa par-dessus le hayon de chargement. Elle n'alla pas s'asseoir près de la femme sur le tracteur. De là où elle était, elle pourrait toujours sauter.

La femme souffla de la fumée et mit les gaz. Le tracteur cracha de la fumée à son tour. Sally s'assit sur la plateforme, tournant le dos à la femme et à la machine, replia les genoux et vit le village s'estomper derrière elle dans l'air vibrant, se fondre dans la lumière éblouissante de cette fin d'après-midi d'été et disparaître. Il faudrait pouvoir se dissoudre ainsi, pensa-t-elle, dans l'air brûlant et dans la lumière.

2 septembre

Il était près de dix heures et demie quand Sally sortit de la chambre que lui avait attribuée Liss et entra dans la cuisine. Une pièce banale. Un évier, un vaisselier, un réfrigérateur – le genre d'équipement qu'on oublie aussitôt qu'on a tourné le dos, songea-t-elle. Mais à l'emplacement d'une ancienne fenêtre donnant sur la cour, il y avait maintenant une porte vitrée. Elle était entrouverte. Un large rayon de soleil tombait de biais sur les lames du plancher. Sur la table étaient posés une assiette, une tasse et un saladier couvert. Avec une théière à côté. Tout paraissait propre et rangé. Sally s'assit sur la banquette qui courait le long du mur, face à la porte d'où l'on voyait la cour. Elle souleva l'assiette qui couvrait le saladier. Des fruits coupés en petits morceaux. Pomme. Poire. Kiwi. Quelques noix. Et du miel. On sentait l'odeur. Elle hésita, remit l'assiette en place et effleura la théière du dos de la main. Elle était tiède. Sally se servit. C'était du thé noir, constata-t-elle avec gratitude. Pourquoi la règle de base de toutes les cliniques du monde était-elle de se cantonner exclusivement aux tisanes ? Tout sentait la camomille et la menthe poivrée. Même quand on arrivait à se procurer un sachet d'autre chose, le thé avait quand même ce goût-là. Un goût qui devait s'infiltrer partout. Ou alors il était déjà présent dans la vaisselle de la clinique, et tout ce qu'on préparait dedans devenait automatiquement de la tisane à la menthe poivrée ou à la camomille.

Cette pensée la fit rire, un rire qui sonna bizarrement et lui fit presque peur.

Elle souleva de nouveau l'assiette, prit entre ses doigts un morceau de poire et le mit dans sa bouche. C'était sucré, avec un léger goût d'épice que Sally ne connaissait pas. Elle se demanda s'il était dans la poire ou si Liss avait assaisonné la salade de fruits. Elle prit un morceau de pomme. Le goût était complètement différent ; elle testa à nouveau la poire. C'était peut-être parce qu'elle n'avait rien mangé depuis la veille au matin, mais cette poire avait un goût spécial. Elle prit une noix. Qui avait juste un goût de noix et de miel. Sally but une gorgée de thé tiède. L'amertume se mêla d'abord au goût du miel puis laissa dans sa bouche une saveur marquée, un peu âpre ; elle aimait bien. Elle se hâta de recouvrir le saladier et se leva. Elle sortit dans la cour par la porte-fenêtre en emportant sa tasse. Le tracteur n'était plus là, mais la remorque était juste à l'entrée de la grange ; là où elles l'avaient détachée la veille. Sally se balada à travers la ferme. La veille, elle n'avait pas eu le temps de regarder. Liss lui avait montré la chambre où elle pouvait dormir – elle ne lui avait dit son nom qu'à ce moment-là, dans la pièce sobrement meublée. Sally n'avait pas répondu tout de suite, elle n'avait dit le sien à Liss que plus tard, une fois de retour en bas dans la cuisine. Liss avait hoché la tête, mais pas avec cette satisfaction si fréquente chez les autres adultes qui tenaient à ce qu'on sache bien qu'ils n'attendaient que ça, qu'elle revienne enfin à la raison, qu'elle reconnaisse enfin avoir mal fait, mal agi, avoir failli, qu'elle plie, qu'elle cède, qu'elle rampe. Ce hochement de tête qui était comme un drapeau qu'on hisse, comme une trompette claironnant la victoire. Ce hochement de tête qui se voulait compréhensif mais équivalait en réalité à un long et lent coup de fouet.

Sally posa un pied sur le timon et but une gorgée de thé. Liss était bizarre. Jamais elle n'avait rencontré quelqu'un de ce genre. Qui était cette femme ? Sa maison était beaucoup trop grande pour elle mais Sally avait tout de suite deviné qu'elle y vivait seule. On sent quand une maison est habitée. Celle-ci était vaste et vide. La chambre où elle avait dormi n'était plus utilisée depuis longtemps.

Sally fit un tour dans la grange. Elle était agréablement sombre par cette claire matinée de septembre. Dans la pénombre, une rangée de machines agricoles qui lui étaient pour la plupart inconnues. Quel était le métier de Liss ? Agricultrice ? Que faisait-elle seule dans une si grande ferme ? Sally leva les yeux. La lumière scintillait au-dessus d'elle entre les fentes d'un plancher. Il n'y avait pas d'escalier pour monter au fenil, juste une échelle. Elle posa la tasse sur une des machines et grimpa. En franchissant la trappe, elle fut surprise : il faisait beaucoup plus clair ici. Certaines parties du toit, à intervalles réguliers, étaient couvertes de briques de verre. Seul le mur de façade était doté de vraies fenêtres. Peut-être était-ce seulement dû à cette claire journée de septembre et au soleil haut dans le ciel, mais l'immense fenil lui parut accueillant et tranquille. Dans les colonnes de soleil la poussière tombait si lentement qu'elle paraissait presque immobile. Il fallait bien regarder pour se rendre compte qu'elle tombait, tombait sans fin. Un gros tas de foin occupait le tiers de l'espace. Des cordes étaient suspendues aux poutres ainsi qu'une grande roue en bois à l'aplomb de la trappe, avec une corde au-dessus dont l'extrémité dessinait de larges boucles au sol. C'était un chouette endroit. Pour la première fois depuis longtemps, Sally connut un instant de paix totale et évita de bouger pour ne pas la reperdre aussitôt. Elle observa la poussière dans la lumière : elle se sentait exactement comme ça ; comme si elle tombait très lentement, si lentement qu'il n'y avait pas à redouter l'impact.

Au bout d'un moment elle redescendit, ramassa sa tasse et se balada dans la ferme, dépassa l'étable vide, sur le chemin du jardin elle longea un poulailler, des meules de bois de chauffage entre lesquelles des poules picoraient, un antique cabanon de WC, appuyé de guingois contre un clapier à lapins vide. Le jardin lui-même était plutôt un pré tout en longueur – grand comme un champ. Une petite partie était transformée en potager et enclose. Sally se demanda pourquoi on devait installer une clôture à l'intérieur de son propre jardin, puis se rappela les poules. Face au potager se trouvait un bâtiment bas et sans fenêtre avec de larges portes coulissantes. Sally en poussa une et vit qu'il s'agissait d'un hangar pour les machines. Il y avait là un second tracteur hors d'âge, une charrue et deux ou trois autres engins dont elle ne connaissait pas l'usage ; il y avait aussi une pile de sacs, et une moto. Sally s'approcha avec curiosité. Elle avait déjà fait de la moto une ou deux fois, en cachette bien sûr. Elle sauta sur le siège et testa le kick. La machine ne démarra pas. Elle réessaya, s'acharna en appuyant à fond sur la pédale. Rien ne se passa. Elle kicka jusqu'à en avoir une crampe dans le mollet et dut mettre pied à terre pour détendre sa jambe. Furieuse, elle donna un coup de pied à la moto, qui tomba. Mais qu'est-ce qu'elle faisait là ? À quoi rimait ce jeu débile ?

Elle sortit du hangar, rebroussa chemin, traversa le jardin et regagna la cour, une fois dans la maison elle fila à travers la cuisine, monta l'escalier et entra dans la chambre où elle avait dormi. Elle attrapa son sac sur la chaise, le tâta machinalement en quête de son portable et se rappela presque aussitôt où elle l'avait laissé :

coincé derrière le panneau arrière de son placard à la clinique. Allumé. Si l'on se fiait à son portable, elle était toujours là-bas. Elle eut un sourire en coin. Elle était libre. Personne ne savait où elle était. Elle pouvait aller où elle voulait. Elle mit son sac sur son dos et descendit l'escalier. Dans la cuisine elle s'arrêta. Parfait. Mais où voulait-elle aller au juste ? C'était la question.

« Est-ce que le chemin se fait en marchant ? » se demanda-t-elle tout haut. La porte était ouverte. La cuisine était vide. La bande de soleil avait fait le tour de la table, elle était maintenant dans l'encadrement de la porte. À midi le soleil était au zénith et sa lumière quittait la pièce. Pour le soleil c'était facile.

« *Le soleil se lève à l'est au sud il prend son essor il va se coucher à l'ouest puis il disparaît au nord* », chantonna-t-elle en silence : la comptine du jardin d'enfants. Elle avait détesté aussi le jardin d'enfants.

Au fond, peu importait où elle allait. Il ne s'agissait pas d'arriver quelque part. Il s'agissait de tout quitter.

Au moment de refermer la porte vitrée, elle se rappela la tasse. Elle l'avait laissée à côté de la moto dans le hangar aux machines. Elle se serait sentie plus ou moins fautive de partir sans rapporter la tasse à la cuisine. Elle refit le trajet, passa à côté des meules de bois. Les poules lui filaient entre les jambes comme si elle n'était pas une inconnue. Dans le hangar aux machines, elle chercha des yeux la tasse. Elle l'avait posée en équilibre instable sur l'aile du tracteur d'un vert poussiéreux.

Mais avant de la prendre, elle se hâta vers la moto renversée et la releva. Puis elle attrapa la tasse en vitesse, sortit du hangar et descendit le chemin. Liss au volant de son tracteur prenait justement le virage pour entrer dans la cour au moment où Sally arrivait. Elle sauta en souplesse du siège et fourragea dans le moteur pour le couper. Le diesel toussa et se tut. Liss la regarda en souriant.

« Tu t'en vas ? » demanda-t-elle en voyant le sac à dos.

Sally secoua la tête et montra la tasse.

« J'étais juste dans le jardin », marmonna-t-elle, et elle rentra dans la cuisine.

3 septembre

Il pleuvait. Pour la première fois depuis des semaines. Ce serait bon pour le vin. Quand Liss ouvrit la porte de la cour au petit matin, l'air frais et gris s'engouffra dans la cuisine encore remplie d'une chaleur estivale, presque un peu étouffante. Il y avait des flaques dans la cour. Les poules cavalaient entre l'étable et la grange. C'était une vie comme une autre, qui aurait dit le contraire pour la simple raison qu'elle la trouvait absurde ?

La jeune fille dormait encore. Elle dormait dans la chambre qu'elle lui avait attribuée comme si elle était pour elle. Liss alla vers le fourneau et se versa du thé. Puis retourna s'adosser au chambranle de la porte et regarda la pluie. C'était un jour où il fallait laisser le monde boire tranquillement sans le déranger. Où il fallait laisser les poules cavaler sans secouer la tête. Un jour où il fallait laisser une jeune fille dormir si elle dormait. Il y avait une raison à toute chose, même si elle ne la voyait pas.

Liss rentra dans la cuisine, mit la table, puis alla

prendre son ciré. Au moment de partir, elle jeta un dernier coup d'œil à la table et hésita une seconde avant d'aller chercher un morceau de pain noir dans le cellier et de le déposer à côté du saladier de fruits. Puis elle sortit sous la pluie et respira à pleins poumons quand les premières gouttes fraîches touchèrent son visage.

Cette fois-là, il ne pleuvait pas. Mais le bruit ressemblait. C'était le dégel. Ces journées de février étaient les plus tristes du monde. Les stalactites sous les chéneaux fondaient et gouttaient inlassablement sur les toits de tôle des poulaillers, des clapiers, des cabanons. Le ciel était insipide. On enfonçait jusqu'aux chevilles dans les flaques de la cour non pavée. La clôture extérieure de la ferme était enfouie sous un mètre de neige, la neige sale et durcie de tout un hiver, et on ne pouvait pas croire que l'été reviendrait un jour. Elle avait expédié ses devoirs et regardait par la fenêtre avec mélancolie. Elle se retrouva dehors, en ce samedi après-midi silencieux, avec l'impression d'être seule dans le village. Tous les autres auraient pu être morts ou avoir disparu d'un coup. Elle n'entendait rien d'autre que le bruit continu de l'eau qui gouttait, entrecoupé çà et là par un grondement sourd quand un toit se libérait de son chargement de neige qui se mettait à glisser et heurtait le sol de la cour avec un bruit mat. Elle imagina qu'elle était seule pour de vrai. Le village était aussi mort qu'après une guerre atomique dans un des romans d'anticipation qu'elle empruntait à la bibliothèque municipale quand son père n'était pas à la maison. Il n'aimait pas qu'elle lise. Elle quitta la ferme et descendit le pré aux noisetiers, elle était l'héroïne d'une histoire de science-fiction. La vieille neige sale donnait au village des airs de vieux film en noir et blanc. Anni était en train d'arranger la vitrine de la boulangerie. Elle lui offrait tous les jours un bretzel quand elle attendait le car avec les autres devant le magasin. Elle lui fit signe d'entrer, mais ce n'était pas possible : elle était en mission et Anni n'était qu'une image tremblotante sur le dernier écran de télévision qui fonctionnait encore, avec ce qui restait de courant, dans la boutique pillée d'une ville vidée de sa population. Elle continua à descendre la rue étroite, dépassa la ferme des Berger, longea le jardin du presbytère, son mur sur lequel elle s'allongeait parfois à plat ventre l'été pour absorber de tout son corps la chaleur de la pierre gorgée de soleil. C'étaient des après-midi extraordinaires, qui demeuraient très rares. Ceux où elle partait sur la pointe des pieds, avec un livre qu'elle abandonnait très vite parce que les images devenaient de plus en plus puissantes à la lecture : si elle clignait un peu les yeux, l'air vibrant au-dessus du toit du presbytère prenait peu à peu la teinte bleue d'une mer du Sud. Alors elle se transportait sans être vue, avec le mur sur lequel elle était allongée, dans cette petite ville maritime et torride où elle n'était plus Elisabeth mais Zora et n'avait plus de parents, où elle était libre d'aller partout où elle voulait. Et où la mer scintillait au-dessus des toits.

Elle rentra les épaules. Un jour de février comme celui-ci, non seulement il était certain qu'elle ne verrait jamais la mer, mais il n'était même pas certain que revienne une journée d'été où elle pourrait au moins rêver une heure et demie qu'elle était une autre.

Hé, Elisabeth !

Thomas.

Je ne m'appelle plus Thomas. Maintenant je m'appelle Sonny. Tu viens ?

Thomas était bizarre. Tout le monde au village savait que son père avait la main leste. Pourtant il riait sans arrêt.

Tu fais quoi ?

Viens. Je te montre.

Il courut devant, à toute allure, en se retournant pour voir si elle suivait. Arrivé à la dernière ferme, qu'elle ne connaissait pas du tout parce que aucun enfant n'y allait, pas même pour l'enterrement de Carnaval, quand on faisait le tour des maisons pour glaner un mark ou parfois deux, Thomas prit la direction des jardins qui étaient derrière.

Regarde, dit-il.

Fier comme s'il l'avait construit lui-même : un très grand bassin en béton. Elle pensa d'abord qu'il était destiné au lisier, mais en se penchant par-dessus le mur elle vit qu'il était parfaitement propre. Au fond il y avait de l'eau, un mètre de profondeur peut-être, avec des blocs de glace énormes, larges comme des tables, qui flottaient dessus. Thomas enjambait déjà le mur, un bâton à la main qu'il avait pris sur un tas de bois.

Viens !

Elle n'hésita qu'une seconde. S'empara elle aussi d'un bâton, se coucha à plat ventre sur le mur et se laissa glisser de l'autre côté. Surprise que la glace la porte. Elle s'écarta prudemment de la paroi à l'aide du bâton et dériva lentement vers le bord opposé. Thomas riait. Ils s'enhardirent. Leur rire résonnait contre le béton. Ils vacillaient et sautaient d'un bloc à l'autre, se poussaient mutuellement. Thomas essaya de la faire tomber à l'eau avec son bâton.

Arrête !

Fais pareil. À celui qui sera le plus fort.

Arrête ! Je ne peux pas rentrer trempée à la maison.

Thomas la heurta avec le bâton. Elle dut se retenir à la paroi et manœuvra vers le centre du bassin, hésitant entre le rire et la colère.

Ton père a la plus grosse ferme du village ! Il peut te payer des vêtements neufs.

Elle donna une poussée au bloc de Thomas. Il tituba, dut se mettre à genoux pour ne pas tomber.

C'est même pas vrai.

Elle ne savait pas s'ils avaient la plus grosse ferme. Elle n'y avait jamais réfléchi.

Thomas s'était relevé et donna un violent coup de

pied contre le bloc d'Elisabeth. Elle perdit l'équilibre, dérapa et se retrouva immergée jusqu'aux hanches. Surprise, elle sentit l'eau glacée s'engouffrer dans ses bottes avec un temps de retard. Thomas paraissait plus effrayé qu'elle.

Je ne voulais pas.

Il murmurait.

Aide-moi à remonter !

Elle était furieuse.

À cet instant seulement ils se rendirent compte qu'il fallait être debout sur la glace pour pouvoir atteindre le haut du mur. D'un coup la peur fut là.

Aide-moi !

Mais déjà Thomas sautillait, essayait d'attraper le bord du mur. Elle se battait avec la glace. Les blocs se soulevaient, basculaient, se brisaient à cause des mouvements désordonnés et affolés qu'ils faisaient tous deux, si bien qu'ils devenaient de plus en plus petits.

Aide-moi !

Thomas s'était hissé par-dessus le mur et se redressa.

Je vais chercher un bâton.

Il disparut. Dans sa rage et sa peur, elle se jeta furieusement sur un bloc de glace, y resta allongée le temps de se calmer, puis se releva avec précaution. Ses genoux tremblaient. Elle s'approcha du mur et sauta, les jambes flageolantes, attrapa le bord, se hissa. Son pantalon était alourdi par l'eau, mais elle y parvint. Elle vit Thomas debout près du tas de bois. Il n'avait pas encore trouvé de bâton assez long, mais il riait de nouveau.

C'était marrant, non ?

Connard !

Elle fonça chez elle sans se retourner. Mais le soir dans son lit, elle repensa au pilotage des blocs de glace et comprit enfin pourquoi Thomas riait. Il n'y avait pas d'aventure s'il n'y avait pas de danger. Un danger réel, pas comme dans les livres. Dehors, les stalactites dégelaient et gouttaient, et elle s'endormit en pensant aux blocs de glace qui devenaient de plus en plus petits.

5 septembre

On était vendredi, et personne n'avait encore retrouvé Sally, personne ne lui avait parlé longuement, gentiment, sans lui faire de reproches, rempli de compassion mais aussi d'une haine cachée derrière chaque mot gentil. De la haine contre elle, qui ne voulait pas se soumettre, qui fuguait sans arrêt, qui n'écoutait pas leurs voix douces, compatissantes, compréhensives, mais les regardait toujours dans les yeux, longtemps, jusqu'à ce que le faux mur de gentillesse professionnelle, de chaleur et de compréhension s'effrite, laissant transparaître l'ennui, l'indifférence et la haine.

On était vendredi, et personne encore ne l'avait retrouvée.

Elle était au lit, dans la chambre austère, dépourvue de tout ce qu'eux là-bas croyaient toujours nécessaire pour qu'on se sente bien : pas de couleurs pastel ni de tableaux de bon goût sur les murs, pas de joli papier peint ni de tapis douillet sur lequel on avait envie de vomir dès qu'on entrait dans la pièce. C'était une chambre aux murs blanchis à la chaux, sans tapis, avec juste une chaise un peu branlante, et pas de rideaux aux fenêtres. C'était une pièce comme de l'eau claire, et couchée là on se sentait bien. La veille il avait plu et elle était restée presque toute la journée à l'intérieur. Le matin, elle avait écouté les bruits que Liss faisait dans la cuisine et dans la salle de bains. Le silence revenu, elle était descendue et avait trouvé à nouveau du thé et le saladier de fruits. Sur la table il y avait aussi du pain et une soucoupe avec du beurre. Pas une sommation. Juste une proposition, qui laissait penser que Liss avait vu la salade de fruits intacte la veille et s'était dit que Sally préférerait manger du pain. Sally rangea le beurre dans le réfrigérateur qui ne se trouvait pas dans la cuisine mais dans un petit cellier attenant. Elle avait regardé s'il y avait encore de la poire dans le saladier et avait mangé tous les morceaux, ainsi que deux ou trois noix. Elle était remontée à l'étage avec son thé, s'était assise à la fenêtre et avait passé la journée à regarder la cour ; la rue qui passait devant la ferme et la boulangerie sur la petite place du village de l'autre côté de la rue. Elle avait observé les gens qui venaient acheter leur pain. Beaucoup restaient à bavarder devant la boutique malgré la pluie. Elle avait observé les poules qui au fil de la matinée descendaient du jardin vers la cour et cherchaient des vers de terre sur l'étroite bande de sol non pavé, le long de la clôture donnant sur la rue. Elle avait observé Liss, en ciré jaune sur son tracteur, qui était entrée dans la cour à midi, avait disparu pendant des heures dans la grange, et en était ressortie avec les mains très sales, sans lever une seule fois les yeux vers elle. Elle avait bu du café avec Liss, quand Liss l'avait appelée devant la porte de sa chambre en disant qu'il y avait du café. Elles n'avaient pas parlé. Puis Liss s'était levée et elle était ressortie, Sally avait remis la cafetière sur le fourneau et rincé les tasses. Plus tard, elle était remontée, avait lu sur son lit un livre qu'elle avait trouvé là, ensuite elle avait dû s'endormir bien qu'il ne fasse pas encore nuit, car maintenant on était vendredi.

On était vendredi et personne ne l'avait retrouvée.

Elle se leva et s'approcha de la fenêtre ouverte. Il était encore très tôt mais le soleil brillerait bientôt. La pluie de la veille avait déposé une légère brume au-dessus de la ferme.

La ferme. Pourquoi cette femme qui vivait seule accueillait-elle des gens malgré tout ? Des images tremblotantes de films d'horreur lui traversèrent l'esprit. Une ferme isolée. Du brouillard. Une forêt. Un jardin rempli de jeunes filles mortes. Elle rit pour chasser cette vision. Là d'où elle venait, la maison était remplie de filles mortes, simplement elles ne le savaient pas et continuaient à aller et venir comme si de rien n'était. Des zombies.

D'ailleurs cette femme n'était pas comme ça. Mais comment était-elle, au juste ? Il n'était pas super-facile de… peut-être pouvait-on dire plus facilement ce qu'elle n'était pas : une sorcière. Une psychopathe. Une assistante sociale du genre fais-moi-confiance-connasse. Il n'y avait pas tellement de gens qui vous faisaient vraiment confiance. Sans se sentir obligés de le dire et de le répéter pour y croire eux-mêmes. Mais bizarre, ça oui, elle l'était. Sans aucun doute. D'une bizarrerie plutôt cool peut-être, mais bizarre tout de même. Elle eut beau réfléchir, elle ne connaissait personne qui vive vraiment seul. Surtout dans une aussi grande maison.

On frappa à la porte. Sally se retourna, s'attendit à ce que la porte s'ouvre avant qu'elle ait dit « Entrez », parce que c'était toujours comme ça. Mais Liss attendit. Sally alla ouvrir.

« Bonjour », dit Liss. Elle avait un foulard en lin bleu sur la tête qui encadrait son visage d'une façon particulière. Sally se défendit de le trouver beau.

« Aujourd'hui je dois récolter les pommes de terre. Tu veux m'aider ?

– Tout de suite ? demanda-t-elle.

– Je peux attendre que tu sois prête. Ce n'est pas le travail qui manque à la ferme, répondit Liss avec ce petit sourire que Sally connaissait déjà.

– Je viens », dit-elle.

Cette fois elle était assise sur le tracteur avec Liss. Il y avait deux places pour s'asseoir sur les grosses roues arrière ; sur la première on avait aménagé une assise avec des baguettes de bois depuis longtemps polies par l'usure, l'autre était sur l'aile, à même le métal. Autour des deux sièges courait un tube d'acier qui faisait à la fois office de dossier et de poignée pour se tenir. Sally sentait chaque secousse. Elles traversèrent le village et débouchèrent sur la route. À droite, la pente couverte de vignobles. La vue portait jusqu'au fond de la vallée, où la brume matinale flottait encore sur les villages au loin, alors qu'il faisait déjà grand soleil ici. À gauche, les champs s'étendaient jusqu'à la forêt distante d'un kilomètre et demi à peu près. Elles s'engagèrent sur un petit chemin de terre. Derrière elles, la machine que Liss avait attelée au tracteur cahotait et cliquetait. Une arracheuse à tapis, avait-elle expliqué tandis qu'elles la sortaient du hangar. Ce qui n'était pas une explication. Le chemin décrivit une légère courbe le long d'une haie, puis elles s'arrêtèrent brusquement. Sur leur droite s'étendait un champ. Liss prit un sac de jute dans la pile qui était sous son siège, et le jeta au bord du champ. Elle donna à Sally un panier métallique. Elle-même monta sur le timon et débloqua un levier. L'arracheuse s'abaissa. On aurait dit une sorte de charrue, mais avec une roue fixée à l'arrière dont saillaient à intervalles réguliers des dents légèrement incurvées – ça ressemblait un peu aux balais ronds des balayeuses de rues.

« Comment tu sais quand les pommes de terre sont mûres ? » demanda Sally.

Liss sauta du timon et désigna une butée de terre.

« Sors-en une. »

Sally s'accroupit dans le sillon et creusa sous le plant en enfonçant les doigts dans la terre. Elle était chaude et encore un peu humide après la pluie de la veille. Quand avait-elle creusé la terre avec ses doigts pour la dernière fois ? Quand avait-elle eu les mains dans la terre pour la dernière fois ? Impossible de se souvenir.

« Voilà », dit-elle quand elle atteignit les pommes de terre et les déterra. Il y en avait huit ou neuf de grosseurs variées. Elle effrita la gangue de terre et les observa. Elles étaient claires ; presque brillantes sous le soleil de septembre.

« Frotte un bon coup, lui conseilla Liss.

– Et ? demanda Sally quand elle eut dans la main une pomme de terre astiquée et parfaitement propre.

– Si la peau ne s'en va pas, c'est qu'elles sont mûres. On peut aussi en sortir quelques-unes et les faire cuire pour vérifier, mais ça prend trop de temps à mon goût. »

Sally leva les yeux, étonnée. C'était la première fois que Liss plaisantait.

« Mets les pommes de terre dans le panier d'abord, puis dans un sac, dit Liss qui avait regagné son siège. Quand il devient trop lourd, tu ne le traînes pas plus loin, je t'en lancerai d'autres au fur et à mesure. Et prends ton temps. »

Elle mit les gaz, et la roue se mit à tourner. Sally voyait maintenant à quoi servait la charrue. Elle soulevait la terre des butées, le balai la projetait sur les côtés en même temps que les pommes de terre. La méthode paraissait un peu ridicule, peu professionnelle, presque maladroite. Mais en parcourant à pas lents les sillons derrière le tracteur, elle vit que ça marchait. Il n'y avait plus qu'à ramasser.

Il n'y avait plus qu'à ramasser ! Au bout de deux heures, Sally avait tellement mal au dos qu'elle ne se relevait même plus mais avançait à croupetons. Liss avait fini l'arrachage depuis longtemps et ramassait elle aussi. Sally la voyait dans le sillon voisin, elle montait vers elle depuis l'autre bout du champ, on aurait dit une machine. Se pencher. Ramasser. Avancer le panier de fer d'un mètre. Se pencher. Ramasser. Vider le panier de fer dans un sac. Elle était beaucoup plus rapide qu'elle ; Sally s'en rendait compte parce que, de sillon en sillon, Liss la croisait de plus en plus haut. Et elles n'avaient même pas fait le tiers de la surface.

« Et puis merde ! s'écria-t-elle dans un soudain accès de colère. Et puis merde ! »

Elle balança à travers le champ la pomme de terre qu'elle venait de ramasser, mais ses bras étaient si endoloris que le résultat fut assez piteux. La pomme de terre retomba quelques mètres plus loin. Sally se redressa. C'est quoi, ce truc ? Un genre d'ergothérapie ? Liss croyait peut-être qu'elle tomberait dans ce panneau à la con ? Sous prétexte qu'elle avait le droit d'habiter chez elle, il fallait jouer le jeu et ramasser des patates, pour se soigner, la santé par le travail agricole ? C'était bien ça ? Elle regarda Liss. Qui était plus bas, à soixante-dix mètres environ. En train de ramasser. De fourrer des pommes de terre dans le sac.

« Non ! brailla Sally. Allez tous vous faire foutre. Allez vous faire foutre, connards ! »

Elle fonça vers le sac le plus proche, presque plein, et essaya de le renverser. Ce n'était pas si facile. Il tomba lentement et très peu de pommes de terre se répandirent. Sally se pencha et saisit les deux coins inférieurs, empoigna une pomme de terre de chaque côté à travers la jute rêche, tira de toutes ses forces sur le sac avec un hurlement de colère inarticulé, et soudain bascula en arrière car le sac s'était vidé d'un coup. Elle resta quelques secondes au sol, haletante, avant de se relever d'un bond, toujours en proie à une rage folle ; elle courut vers l'extrémité du champ, passa à côté du tracteur que Liss avait garé là et fonça vers la forêt, aussi vite qu'elle pouvait.

Liss suivait la jeune fille des yeux. Sur le moment elle avait bondi, prête à la rappeler, mais s'était arrêtée et l'avait regardée faire. Tu ne peux pas échapper au travail, lui avait dit froidement son père un jour qu'elle devait râteler le reste de foin derrière la remorque autochargeuse dans la clairière. C'était le travail le plus fastidieux du monde. L'engin qui progresse devant vous à son allure ; toujours un pas plus vite que vous ne pouvez râteler. Le bruit métallique et monotone du plancher mobile qui gratte le sol et renvoie vers l'arrière le foin que les dents ont emprisonné. Une série de bruits mornes, tissant un filet gris dans lequel elle était prise, dans lequel elle était traînée derrière le véhicule, obligée de râteler l'infime, le ridicule résidu de foin qui avait échappé aux dents. De quoi remplir… le goût âpre de la haine monta dans sa gorge un instant : une brouette ? Deux peut-être ?

À un moment elle s'était tout simplement arrêtée. Le véhicule roulait toujours, et elle s'était arrêtée. Quel âge avait-elle ? Treize ans ? Quatorze ? Elle ne savait plus. Elle avait regardé le râteau tomber de ses mains. Les dents vers le haut. Tant mieux. Et elle était partie dans la forêt. Les bruits s'accrochaient à elle comme des fils. Le teuf-teuf du moteur. Le petit grattement lancinant des traverses métalliques sur la plateforme de l'autochargeuse. L'horrible sifflement répétitif du métal non huilé contre le métal de la broche à foin sous l'engin. Elle avait marché dans la forêt jusqu'à ne plus rien entendre. Quand elle était rentrée à la maison en fin d'après-midi, affamée, il avait fermé la cuisine à clé. Le cellier aussi. Et même la cave.

Quand on ne travaille pas, on ne mange pas.

Elle aurait préféré parfois qu'il la gifle. Ou qu'il hurle. Mais il ne le faisait pas. Pas un cri. Pas un rire. Rien.

Tu ne peux pas échapper au travail. Quand on ne travaille pas, on ne mange pas.

Elle était allée chercher des pommes vertes. Des tomates au jardin. Ils s'étaient affrontés deux jours durant ; en silence, coriaces. Cuisine fermée à clé. Cellier fermé à clé. Cave fermée à clé. Quand la nasse invisible ne suffisait pas, il y avait les verrous. Pour finir, elle était montée sur le tracteur, avait balancé la brouette sur la remorque et elle était allée à la clairière râteler le foin. En imaginant comment l'hiver venu elle y mettrait le feu, à ce foin dans la grange, lui serait en dessous et ne s'apercevrait de rien, le plancher dévoré par les flammes s'écroulerait et lui tomberait dessus.

Liss respira à fond.

Cours, fillette, pensa-t-elle.

Puis elle se pencha et ramassa la pomme de terre suivante.

Il faisait déjà nuit quand Sally revint. Tout était calme au village, mais pas silencieux. Une voiture passait de temps à autre. Les chaînes des vaches tintaient dans les étables qu'elle longeait. Les vaches ne peuvent pas se sauver, pensa Sally, elles sont là pour toujours. Une lueur bleue tremblotait derrière de nombreuses fenêtres. Les gens regardent la télévision, se dit-elle avec un mépris las, dans leurs maisons étriquées ils croient s'évader alors qu'ils sont enchaînés dans leur salle de séjour comme leurs vaches à l'étable, en train de reluquer un mur exactement comme elles.

Elle avait mal aux jambes. Elle avait marché longtemps ; ne s'était pas arrêtée avant d'avoir atteint le flow qui était le but de sa marche. Mais cet état mental n'avait pas duré et à présent tout lui faisait mal. Ses jambes à cause de la marche. Ses bras et son dos à cause du ramassage des pommes de terre. Et autre chose en elle qui était toujours douloureux, même si elle ne le sentait pas toujours.

Quand elle arriva à la ferme, elle s'arrêta. La lumière était encore allumée dans la cuisine. Ne s'était-elle pas enchaînée elle aussi ? Elle était fatiguée. Et la faim se faisait sentir, qu'elle était toujours capable de repousser d'habitude, mais même pour ça elle était trop fatiguée. L'air était encore chaud. Une nuée de moustiques bourdonnaient autour du lampadaire devant le portail. Sally s'appuya contre la clôture et regarda dans la cour. Le tracteur était là. L'arracheuse avait cédé la place à l'autochargeuse avec tous les sacs de pommes de terre. Elle entendit venant du poulailler un léger gloussement ensommeillé. La porte-fenêtre était entrouverte. Tant pis, se dit-elle, tant pis. Elle se secoua et traversa la cour, entra dans la cuisine. Il y avait une assiette sur la table, à sa place. Une soucoupe avec du beurre. Une petite tasse avec du sel. Et une casserole noire émaillée. Sally s'arrêta devant la table, trop épuisée pour résister. Elle souleva le couvercle de la casserole. Des pommes de terre.

Cuites avec la peau. Encore tièdes. Sally ne pouvait en détacher les yeux. Elle en prit une, la rompit et trempa une extrémité dans le sel avec précaution. Ça avait le goût du retour à la maison et les larmes lui montèrent aux yeux d'un coup. Elle en mangea une autre. Avec la peau et une minuscule lichette de beurre. Puis encore une, juste avec du sel. Elle remit doucement le couvercle sur la casserole, éteignit la lumière et rangea le beurre dans le cellier. Puis elle monta dans sa chambre.

6 septembre

Liss était dans la cuisine et regardait la table. La casserole était toujours là, mais le beurre avait été débarrassé. Le couteau avait servi, pas l'assiette. Elle souleva le couvercle et regarda. Puis alla mettre la casserole au frais dans le cellier. En la posant, elle s'arrêta un instant. On abattait les bêtes à la ferme autrefois. Dans la pièce trônait encore le lourd billot de boucher en bois de hêtre ; long, sombre et lisse. Au-dessus étaient accrochés les couteaux à désosser, minces et tranchants ; les ficelles pour les saucisses ; une feuille de boucher dont on voyait qu'elle avait été aiguisée mainte et mainte fois au cours des décennies. Toutes choses qui avaient eu un jour leur raison d'être puis étaient tombées dans l'oubli, encore belles malgré tout, mais qui ne servaient plus à rien.

Il y avait des gens pour qui c'était pareil.

Elle était de ceux-là.

La jeune fille en revanche pouvait encore trouver son chemin dans le monde.

À travers la minuscule fenêtre percée dans le mur qui

faisait presque un mètre d'épaisseur, là où la voûte maçonnée partant du sol épousait la forme de l'escalier de la cave, un morceau du ciel de septembre gris et nuageux brillait d'un éclat mat. Elle regarda à nouveau dans la casserole. Mais oui. Il y avait moins de pommes de terre que la veille. Liss resta songeuse un instant. Puis remit le couvercle avec soin. La plupart des gens ne travaillent plus la terre, or tout vient de la terre. La plupart des gens ont oublié que des choses poussent, même en automne ; et qu'il faut les traiter avec plus de précautions que celles qui sortent du sol dans toute leur vigueur printanière.

Et toi ? songea-t-elle, dirigeant ses pensées vers la jeune fille là-haut à l'étage. Et toi ? Moins d'une semaine s'était écoulée depuis qu'elle avait jeté son sac à dos dans la remorque et escaladé la roue pour venir s'asseoir. Il lui semblait que cela faisait plus longtemps. Six jours, ce n'est rien du tout pour quelqu'un qui reste toujours au même endroit. Les jours s'enchaînent et se ressemblent. Mais pour quelqu'un qui est en fuite, six jours c'est beaucoup. La jeune fille avait rendu les journées de Liss plus longues et leur passage plus sensible.

Elle regarda les couteaux. Tranchants. Minces. Beaucoup n'avaient qu'un seul usage, le jour de l'abattage, sinon on n'y touchait jamais.

Il y avait des gens pour qui c'était pareil.

Elle était de ceux-là.

7 septembre

Sally se réveillait un peu plus tôt chaque matin. À présent les jours raccourcissaient, mais ici on n'avait pas vraiment cette impression. Elle constata en s'habillant qu'elle devait faire une lessive. Elle n'avait plus de culottes. Et son jean était en piteux état. Elle alla vers la petite fenêtre entrebâillée et l'ouvrit en grand. Le temps était un peu couvert mais pas froid. Elle pouvait très bien se mettre en short. Il ferait certainement un grand soleil. Elle mit son sweat à capuche sur ses épaules et descendit à la cuisine. Sally fut surprise de voir Liss à table en train de petit-déjeuner. C'était la première fois qu'elles se voyaient dès le matin. Liss lisait le journal en buvant son thé ; mais comme si elle était ailleurs, avec une sorte de distraction. Que Sally avait déjà remarquée chez elle. Liss leva les yeux, et dit poliment bonjour. Sally marmonna un truc équivalent et s'assit sur la banquette, à la même place que tous ces derniers jours. La présence de Liss lui était vaguement désagréable.

« Thé ? » demanda Liss en soulevant la théière. Sally

hocha la tête et avança un peu sa tasse vers le milieu de la table. Liss la servit. En reprenant sa tasse, Sally remarqua que le regard de Liss s'était arrêté sur ses cuisses et s'y attardait un moment avant de retourner à son journal. Sally prit une profonde inspiration. Elle connaissait ce regard.

« Eh bien ? dit-elle, agressive. Quoi ? »

Liss reposa son journal sur la table.

« Je regardais tes jambes, répondit-elle avec franchise.

– Oui, j'ai vu ! » grogna Sally, mais d'un ton moins fâché qu'elle n'aurait voulu. Elle s'était attendue à la réponse habituelle : « Rien. » À présent, elle aussi regardait ses cuisses. Les cicatrices sur la face interne se succédaient comme une série de traits. Ce n'était pas si moche, pensa-t-elle. Un décompte. Journée pourrie Journée pourrie Ben Ben Ben Ben Journée pourrie Maman Journée pourrie Clinique Clinique Ben Papa Eve Journée pourrie Anniversaire 16 ans Journée pourrie. C'était la cuisse gauche. Elle avait commencé par là. Certaines marques ne lui évoquaient déjà plus rien. Tant mieux. Car il s'agissait en réalité d'un compte à rebours. Les cicatrices effaçaient les journées, les visages et les sentiments.

Elle prit une gorgée de thé. Tant pis. Qu'elle regarde.

Sur la cuisse droite, deux des traits étaient encore un peu rouges. C'était pas mal non plus. Les marques étaient rouges au début, elles s'estompaient peu à peu jusqu'à devenir d'une pâleur à peine visible. Et avec elles les jours qu'elles représentaient.

Qu'elle regarde.

Liss repoussa son journal.

« Tu es recherchée. »

Quand elle avait vraiment peur, c'était comme si de l'eau froide se déversait contre la paroi interne de son estomac. Sa bouche s'asséchait d'un coup. Elle prit le journal et lut le signalement. Disparition de Sally… âgée de etc… taille etc… enfuie du centre de soins de W… toute information susceptible…

Sally relut le signalement. Le relut une troisième fois. Bien sûr. Qu'est-ce qu'elle s'imaginait ? Qu'elle pourrait disparaître aussi facilement ? Qu'on lui ficherait la paix pour de bon ? Les connards. Tous des connards.

« Tu devrais peut-être envoyer un SMS à quelqu'un. Ou un mail. »

Liss avait étendu une de ses longues jambes sur la chaise et observait Sally.

« J'ai… j'ai perdu mon téléphone, dit Sally beaucoup trop fort. Et je n'enverrai rien à personne. »

Il y eut un long silence. Liss buvait son thé. Puis elle se leva, passa à côté de Sally et alla ouvrir la porte de la cour.

« Tu veux partir ou rester ? demanda-t-elle sans se retourner.

– Qu'ils me fichent la paix. Je veux juste qu'ils me fichent la paix. »

Liss se tourna vers elle.

« Dans ce cas tu devrais leur donner une chance de pouvoir le faire, dit-elle sur ce ton tranquille que Sally trouvait vraiment cool. Écris-leur que tu veux qu'ils te fichent la paix.

– Ben voyons ! » Sally fulminait. La tasse de thé se renversa. Le thé se répandit sur le journal. « Ben voyons ! Pourquoi tu crois que je… que j'ai balancé mon portable ? Je ne veux pas qu'on me retrouve. Je veux qu'on me fiche la paix. Pourquoi personne ne veut piger ça ? » Elle criait presque. « Je veux qu'ils me fichent la paix, c'est tout, qu'ils arrêtent de me tourner autour encore et encore et encore et de me soûler à vouloir découvrir un truc qui n'existe pas. Je veux qu'ils me considèrent comme morte. Ils n'ont pas besoin de savoir que je suis vivante. Ce sont des connards, putain, et… »

Liss sourit tout à coup. Ce qui ne fit que l'énerver plus encore.

« Personne n'est obligé de savoir où tu es. Une lettre par exemple a l'avantage de n'envoyer aucun signal aux antennes relais et on peut la poster où on veut. »

Sally la regarda longuement. Qu'est-ce qu'elle veut, celle-là ? Pourquoi elle fait ça ?

« Écris une lettre, répéta Liss, mais sans insister. Si tu réussis à passer pour morte, ça aura la conséquence désagréable qu'un beau jour les gens te croiront effectivement morte. Ça mettra tout le monde à cran. Et moi je n'ai pas envie d'avoir des gens à cran dans ma ferme. »

Sally tamponna le thé avec le journal pour que Liss ne voie pas qu'elle se… qu'elle était surprise. Liss n'avait jamais autant parlé.

« Tu n'es pas… » Elle ne savait comment formuler sa question pour qu'elle n'ait pas l'air stupide. « Ça te pose un problème si je reste encore ici ? » lâcha-t-elle sur ce ton que les profs avaient toujours qualifié d'insolent parce qu'ils ne pigeaient rien à rien.

« Non », répondit Liss. Elle se détourna et se mit à débarrasser la table. Sauf le saladier avec les fruits. Comme d'habitude. Sally la regardait. Liss mit les tasses dans l'évier et, se tournant à demi vers elle :

« Aujourd'hui il faut que j'aille dans la forêt. Marquer. Tu veux venir ? »

Sally acquiesça, même si elle ignorait ce que *marquer* voulait dire, et elle picora un morceau de poire dans le saladier.

« Pourquoi est-ce que tes poires ont un goût épicé ? demanda-t-elle.

– Ah bon ? » répondit Liss un peu étonnée. Elle prit un morceau à son tour.

« Oh, j'y suis habituée depuis si longtemps. C'est une variété ancienne, que plus personne ne connaît. "Poire de Pierre". Il y a beaucoup de vieux arbres en haut dans le verger. Le… propriétaire précédent », elle hésita une seconde, « aimait ce genre de choses. Les anciennes variétés de fruits. Rien que des fruits très anciens. Celle-ci, on l'appelle aussi "Beurré".

– Elles ont des noms ? » Sally était surprise.

« Un souvenir du congrès de Vienne. "Duchesse Elsa". "Madame Verte". » Liss égrenait les noms avec un petit sourire. « "Président Drouard". "Poire d'eau suisse"...

– "Poire d'eau suisse" ? Sérieux ?

– Sérieux. » Liss éclata de rire.

C'était la première fois que Sally la voyait se lâcher à ce point.

« Tu me montreras ? »

Liss hocha la tête et sourit.

« Je pensais qu'on prendrait le tracteur, dit Sally perplexe en voyant Liss sortir un Mountainbike tout poussiéreux de la grange et le lui proposer.

– On n'en a pas besoin », répondit Liss sans autre commentaire. Elle prit un sac au crochet à côté du portail et essuya la barre, la selle et le guidon.

« Mais il va falloir le regonfler », dit-elle en retournant vers la maison. Sally regarda les pneus. Le vélo n'avait pas été utilisé depuis longtemps. Il était trop petit pour Liss, remarqua-t-elle quand elle passa une jambe par-dessus la barre pour l'essayer, mais pour elle il était parfait.

Liss revint et s'agenouilla à côté du vélo. Sally aimait

ses gestes. Sûrs mais décontractés. Précis mais pas mécaniques… Minutieux. Minutieux, c'était le mot.

« Voilà », dit Liss au bout de quelques minutes ; elle se releva et replia la pompe. « Roule un peu pour voir. »

Sally enfourcha le vélo et fit le tour de la cour.

« Ok, dit-elle, c'est bon. »

Liss acquiesça et alla chercher son vélo.

Cette fois elles prirent la rue principale pour sortir du village en direction du sud, passèrent devant l'unique boulangerie, les anciennes fermes. Une vieille femme était dans son jardin en train de ratisser ses plates-bandes. Apercevant Liss, elle lui sourit et leur adressa à toutes les deux un signe de la main. Puis elle retourna à sa besogne et Sally s'avisa tout à coup que les autres gens du village ne saluaient pas Liss.

Au nord il y avait un lotissement composé uniquement de maisons neuves et de rues à angle droit, mais ici le village ressemblait probablement à ce qu'il était soixante ans plus tôt, si l'on faisait abstraction des voitures garées dans les cours pavées, devant les granges massives aux toits en lauzes. Et ce n'était pas comme en ville. Là où le village s'arrêtait, il n'y avait plus rien du tout. Sur la droite, un chemin de terre bifurquait vers la forêt. Les maïs de part et d'autre étaient parfois à hauteur d'homme, on roulait comme dans une allée. Puis c'étaient à nouveau des champs dénudés. Ils paraissaient tristes dans la lumière grise, et bien qu'il ne fît pas froid, Sally songea malgré elle à l'automne.

« Tu le tiens d'où, ce vélo ? » demanda-t-elle à Liss, qui roulait quelques mètres devant elle en silence.

Liss ne répondit pas tout de suite et ne ralentit pas pour faciliter la conversation.

« Dans une ferme comme ça on accumule tout un tas de choses », cria-t-elle par-dessus son épaule.

Sally eut pour la première fois l'impression qu'elle se défilait.

« Il te vient de ton mari ? »

Pas de réponse.

« De ton mari ? Ou de ton ami ? Tu as été mariée ? »

Liss ne répondait toujours pas.

Sally sentit monter en elle une petite jubilation froide. Elle appuya plus fort sur les pédales et remonta au niveau de Liss. Elles roulaient maintenant côte à côte.

« Qu'est-ce qu'il est devenu ? Il est où ? Parle ! »

Liss freina. Sally réagit aussitôt mais ne s'arrêta que quelques mètres plus loin. Elle tourna son vélo pour lui faire face. La peau brunie de Liss paraissait cuivrée dans la lumière grisâtre. Elle inspira, ouvrit la bouche pour parler mais la referma et susurra, d'une voix tendue :

« Nous ne parlerons pas de ce vélo. »

Sally la regardait fixement. Elle connaissait ça. Parfois on arrivait à atteindre les gens. Parfois on perçait le blindage.

« Et pourquoi pas ? Il a quoi, ce vélo ? Il a quoi, ton mari ? Pourquoi on n'en parlerait pas ? »

Liss baissa les yeux. Sally remarqua qu'elle serrait si fort le guidon que les jointures de ses doigts étaient blanches.

« Je me suis mal exprimée, reprit Liss, toujours de cette voix presque métallique. Je ne parlerai pas de ce vélo. Tu peux rentrer si tu veux. »

Elle leva la tête et regarda Sally. Qui ne put rien lire dans ses yeux. Mais soutint son regard. Elle savait faire. Pour ça elle était forte. Les autres détournaient toujours les yeux en premier. Mais Liss ne s'avoua pas vaincue. Elle se souleva sur sa selle, appuya sur les pédales, dépassa Sally et fila vers la forêt sans se retourner.

« Tu as peur de moi ? cria Sally dans son dos. Tu as peur ? C'est quoi ce putain de vélo ? Il a oublié ce vélo en partant, ou quoi ? »

Liss mit un pied à terre, si brusquement qu'elle trébucha et que le vélo s'abattit sous elle avec un bruit de ferraille. Elle rejoignit Sally en quelques pas.

« Non ! siffla-t-elle. Ne fais pas ça. Tu viens ou tu rentres, mais ne parle pas de ce vélo ! »

Elle fit demi-tour, releva son vélo et se remit en route.

Sally au contraire descendit de la selle et lâcha le Mountainbike qui tomba dans l'herbe. Ses yeux s'étaient mouillés d'un coup et elle se haïssait. Les pleurs ramollissent tout. Pleurer vous rend faible. Elle balança un coup de pied dans le vélo, mais sa cheville heurta la pédale. Une douleur aiguë, cuisante, monta dans sa jambe. Ok, ça vaut mieux que de pleurer, se dit-elle en serrant les dents, ça vaut mieux que de pleurer.

Elle releva le vélo et remonta dessus. Qu'elle ne s'imagine pas que je vais faire demi-tour et rentrer. Je ne suis pas molle à ce point. Sa cheville la brûlait à chaque coup de pédale, et c'était bien. Elle pédala plus vite et plus fort, se souleva sur la selle et continua à rouler en danseuse. Le vent de la course séchait ses larmes. Quand elle atteignit la lisière de la forêt, ses poumons étaient si douloureux qu'elle ne sentait plus sa cheville, et elle eut juste le temps de repérer l'endroit où Liss disparaissait entre les arbres.

« Ça veut dire quoi, marquer ? » demanda Sally quand elle eut rattrapé Liss. Celle-ci était debout près d'un arbre, en train de pulvériser deux traits de peinture fluo sur l'écorce. Liss la considéra une seconde, puis se retourna à demi vers l'arbre qu'elle venait de marquer.

« On trace une marque sur les arbres à abattre. Et sur les autres, qu'on veut laisser en place.

– Pourquoi ceux-là aussi ? Si on ne les marque pas, ils resteront en place de toute façon. »

Liss poussa son vélo un peu plus loin et leva les yeux vers la cime des arbres. Sally suivit son regard. Le ciel avait commencé à se dégager un peu. Des taches bleues apparaissaient ici et là. La frondaison était encore abondante, les premières feuilles jaunes très clairsemées. Liss pulvérisa une nouvelle marque sur un tronc.

« Parfois on aimerait qu'un surgeon ait suffisamment de lumière pour grandir, expliqua-t-elle, concise. Alors il faut faire de la place. Quand on veut avoir certains feuillus dans la forêt, par exemple. Les sapins et les pins poussent plus vite que les chênes ou les hêtres. »

Sally réfléchit un instant.

« Si je comprends bien, dit-elle goguenarde, tu abats les vieux pour que les jeunes puissent grandir ? Ça me plaît. »

Liss eut un petit sourire sans joie. À peine visible.

« Oui, ceux qui sont malades ou trop vieux. Et on marque les jeunes pour éviter qu'ils soient cassés par mégarde pendant le transport des troncs. »

Elles avancèrent en poussant leurs vélos sur le sol moussu. Les pneus butaient de temps à autre sur une racine. Ici l'odeur était différente. Et le silence beaucoup plus grand.

« Où sont les oiseaux ? Je n'entends presque rien. »

Liss leva les yeux, étonnée.

« Tu as remarqué ? »

Sally regrettait d'avoir montré sa surprise. Était-elle à ce point… voyait-on à ce point qu'elle était une enfant de la ville ?

« Ils sont déjà partis ?

– Certains, oui, dit Liss. Mais la plupart ont simplement cessé de chanter. Presque tous les oiseaux ne chantent que pendant la saison des amours et la couvaison. Pour moi, le printemps est fini quand je n'entends plus les alouettes. Elles ne chantent que jusqu'en juillet. »

Sally se demanda quand elle était allée en forêt pour la dernière fois. Ça remontait à loin. Elle ne se rappelait que les sorties à l'école primaire. Les instits se la jouaient écolo et leur faisaient voir des coléoptères, des asticots et autres bestioles du genre qui vivaient sous l'écorce. Et puis ils faisaient du feu ; du pain cuit sur la flamme. Avait-elle toujours détesté ça ? Peut-être n'avait-elle encore jamais réussi à trouver sympa ce que les autres aimaient.

Liss marchait en silence à côté d'elle. On entendait tout de même un oiseau de temps en temps, mais il ne chantait pas. Il lançait juste un bref appel. Les brindilles sèches craquaient sous les pneus. Liss s'arrêtait parfois pour pulvériser ses traits de peinture. Sally attendait. Le silence autour d'elles devenait plus profond, mais pas plus pesant. Ni l'une ni l'autre ne se sentait obligée de parler, et c'était bien. À présent la forêt changeait d'aspect. Elle était moins dense, avec des arbres plus hauts et qui semblaient plus vieux. Rien que des feuillus. Sally buta contre une pierre qui dépassait du sol.

« Tu devrais mettre un foulard sur ta tête, dit Liss, tu es dans une église. »

Sally la regarda sans comprendre. Liss désigna la pierre.

« Nous sommes sur l'emplacement d'un ancien village. Ici se trouvaient autrefois des maisons. Il y a plusieurs centaines d'années. Et tu es dans l'église. »

Sally s'agenouilla, fascinée. Il y avait eu un village à cet endroit. On n'en voyait plus trace. Elle avait cru jusque-là que villes et villages existaient pour toujours. Ils avaient été construits à un certain moment, bien sûr, mais elle n'avait encore jamais entendu parler de villages disparus dans son pays. Il n'y avait pas de volcan ici, ni la mer pour les engloutir.

« D'accord. Être dans une église comme ça, je veux bien », dit-elle en posant un pied sur la pierre. C'était peut-être le clocher – enseveli sous les feuilles et la terre.

« Je m'en doutais », dit Liss.

Quand elles sortirent de la forêt en bordure d'un champ de maïs presque deux heures plus tard, Sally ne savait absolument pas où elles étaient. Liss prit le chemin dans le sens de la montée. Sally eut l'impression que c'était la mauvaise direction, mais quand elles atteignirent le sommet de la butte, elle aperçut le village et put à nouveau s'orienter. C'est là qu'elles avaient récolté les pommes de terre. Elles venaient apparemment de décrire un demi-cercle à travers la forêt. Comme elles longeaient le champ, Sally vit le sac. Liss avait ramassé toutes les pommes de terre, sauf celles que Sally avait renversées. Le sac gisait encore dans un sillon, au milieu d'un petit océan de patates. Ça donnait une impression d'inachevé. Liss pédalait devant et n'avait pas eu un regard pour le champ. Sally ralentit, elle éprouva soudain comme un écho de l'ancienne colère. L'avait-elle amenée ici exprès ? Par vengeance ? Mais elle voyait que Liss continuait à rouler tranquillement, sans se retourner. Elle ralentit encore, finit par serrer le frein, descendit et laissa tomber son vélo dans l'herbe. Elle resta un moment en arrêt au bord du champ. Elle ne savait pas très bien ce qu'elle ressentait, peut-être simplement l'impression d'un truc qui clochait. Ici au moins c'était facile. Facile de voir ce qui clochait. Elle s'accroupit dans le sillon et entreprit de fourrer les pommes de terre dans le sac, une à une, jusqu'à la dernière. Elle trouva la ficelle que Liss avait jetée avec chaque sac. Elle était humide et difficile à nouer. Puis elle essaya de soulever le sac plein. À peine quelques centimètres au-dessus du sol : il était beaucoup trop lourd pour l'emporter. Elle réfléchit. Alla chercher son vélo, le coucha dans le sillon de façon que les roues soient contre le talus. Elle tira en partie le sac sur le cadre du vélo, empoigna la selle et le guidon et hissa le sac en utilisant le vélo comme levier. Hors d'haleine, elle maintint le vélo en équilibre quelques secondes, puis le ramena sur le chemin en le poussant.

Liss fit rouler les tonneaux au milieu de la pièce et les hissa sur les supports. La cave était si fraîche qu'elle frissonnait un peu, malgré le soleil qui avait fini par percer et diffusait une large bande de lumière à travers le soupirail. Les bouteilles sur les étagères luisaient d'un éclat vert. Le doux et léger parfum de bois des tonneaux monta un instant dans l'air humide au moment où elle soulevait le couvercle, mais ensuite elle bougea et il se dissipa. Liss se redressa et prit une profonde inspiration. Il y a des jours où il est plus difficile de regarder seulement ce qui est. Ni en arrière, ni devant. Juste ce qui est là. Parce que tout ce qui est là en ce moment précis ne sort pas du néant et ne va pas vers le néant. Toute chose a une histoire. Même les objets inertes ont une histoire.

Quelle était l'histoire de cette jeune fille ? Elle aurait voulu ne pas y penser, mais c'était impossible. Sally était là, et son histoire avec. Il y avait les cicatrices sur ses jambes. Certains avaient des cicatrices visibles, d'autres à l'intérieur. Avait-elle des frères et sœurs ? Elle secoua la tête. Non. Ne pas poser de questions. Il valait toujours mieux ne pas connaître l'histoire. Chaque question et chaque réponse serait un nouveau fil tendu entre la jeune fille et elle. Quand on savait tout de quelqu'un, on le tenait au bout d'un millier de fils.

Comme son père la tenait.

Elle enflamma la première mèche de soufre et la laissa tomber dans le tonneau. Les tonneaux n'étaient pas dans le même état qu'un an plus tôt. Ils s'étaient enrichis de vie. Levures. Bactéries. Champignons. Mais c'était une vie nocive pour le vin. Qu'il fallait éliminer par le feu pour ne pas le gâter.

Partout il y avait ces fils, ces cordes, ces liens. Visibles et invisibles. Autour d'un jeune arbre, pour qu'il pousse droit. La fois où elle avait demandé pourquoi il fallait que les arbres soient droits alors qu'ils portaient des fruits même sans l'être, elle avait dû gratter le fossé au bord de la route deux après-midis entiers pour arracher la mauvaise herbe. Parce que ça se fait. Parce que c'est comme ça. Parce qu'on ne peut pas laisser tout pousser à sa guise. Aujourd'hui encore, après toutes ces années, une haine brûlante venue de nulle part monta de son estomac dans sa gorge et elle déglutit. Elle avait tranché les fils beaucoup trop tard. Un arbre devenu grand ne pousse plus à sa guise.

Ça commençait à empester le soufre. Elle alluma la deuxième mèche. L'image était séduisante : extraire la mauvaise vie de soi comme d'un tonneau, en la brûlant.

Une ombre dans le rai de soleil modifia un instant la lumière dans la cave. Quelqu'un marchait dans la cour en haut. Liss monta sur une étagère, se cramponna à l'un des montants et se hissa le temps de jeter un coup d'œil par le soupirail. C'était Sally – elle vit ses jambes et les fines cicatrices sur ses cuisses. La jeune fille poussait le vélo dans la grange.

Le vélo.

Le vélo était neuf la fois où Peter avait dévalé le vignoble à toute allure en riant, les cheveux ébouriffés par le vent.

C'était le premier jour chaud d'un printemps qui sentait le renouveau, l'annonce d'un nouveau départ. Le soleil dans les cheveux de Peter, debout sur les pédales au sommet de la côte, en équilibre instable, prêt à s'élancer. Cet instant de désir intense où l'on retarde le plaisir. La vigne était encore nue en mars, mais on sentait partout l'approche du printemps, le vent montait de la rivière, s'engouffrait dans les cheveux blonds de Peter qui, la tête haute et sentant sur lui le regard de Liss, avait lâché le frein et commencé à rouler. Ça n'allait pas assez vite à son goût. Ça n'allait jamais assez vite à son goût. Il pédalait avec vigueur, dévalait l'étroit chemin comme s'il voulait s'envoler au-dessus de la rivière. Liss le suivait sur son vélo, riait quand les sarments la fouettaient au passage, elle se laissait glisser sur la pente raide, à la suite de Peter qui lâchait le guidon et écartait les bras, comme s'il allait s'envoler pour de bon, et à cette vue Liss sentit son ventre se nouer. Vole, lui cria-t-elle dans sa tête, ne tombe pas ! Envole-toi. Il ne tomba pas mais freina au pied de la butte en faisant gicler une petite fontaine de sable. Il s'écroula avec son vélo dans l'herbe sèche, encore jaune de l'hiver, et elle éclata de rire parce que les journées comme celle-là, gorgées de vent, de soleil et de liberté, étaient si rares.

Liss vacilla un instant sur sa planche. Ce genre de pensée ne faisait pas de bien. Elle descendit de l'étagère. Alla chercher les cuves pour le moût et les empila les unes dans les autres. Alla chercher les paniers de vendange et les posa dans les cuves. Alla chercher les sécateurs. Puis elle prit les cuves et les souleva pour les porter dans la cour. Elles étaient lourdes mais ça pouvait aller.

Au moment où elle ouvrait la porte de la cave d'un coup de hanche, elle vit Sally qui s'apprêtait à rentrer dans la maison. Sally la vit et la rejoignit sans hésiter pour lui prêter main-forte.

« On les met où ? demanda-t-elle en attrapant les cuves par l'autre côté.

– Au milieu de la cour, près de la bouche d'égout, dit Liss. Il faut les laver et les faire sécher au soleil.

– Elles vont servir à quoi ? demanda Sally.

– Pour le moût. Si le temps se maintient, on en aura besoin dans une ou deux semaines pour les poires. »

Elle vit que Sally ne comprenait pas de quoi elle parlait.

« Le moût, dit Liss. On le distille pour faire du schnaps. »

Sally prit les cuves une à une et les disposa en cercle autour de la bouche d'égout. Liss alla chercher le tuyau dans la grange. En ouvrant la porte elle vit le sac de pommes de terre à côté du vélo et mit un instant à comprendre. Elle s'approcha sans même y penser, effleura d'une main l'acier froid du vélo et de l'autre la surface chaude et rugueuse du sac de jute. Les deux contacts simultanés créaient une sensation presque douloureuse, une douleur étrangement agréable.

8 septembre

Sally sortait du poulailler, des œufs plein les mains, quand la Golf entra dans la cour. Elle ne savait pas si le conducteur l'avait vue, d'ailleurs elle aurait dû s'en moquer. Quand bien même. On la voyait. Et après ? Bon, d'accord. Dis-toi que tu t'en fiches. Je m'en fiche.

Non.

Elle ne s'en fichait pas. Elle ne voulait pas être vue. Elle n'avait aucune envie de reprendre sa cavale. Pas aujourd'hui. Elle se hâta vers le vieux silo en bois. Une échelle extérieure montait jusqu'en haut, avec des lucarnes à intervalles réguliers, toutes ouvertes. Il n'y avait plus de vaches, Liss n'utilisait donc pas le silo. Sally s'étonnait encore du nombre de bâtiments qu'il pouvait y avoir dans une ferme. Étables. Granges. Remises. Elle posa les œufs par terre et grimpa à l'échelle. Arrivée au niveau de la deuxième lucarne, elle s'assit sur le rebord et cala ses pieds entre les barreaux. D'ici, elle pouvait voir la cour par-dessus le pignon de l'étable tout en étant elle-même quasiment invisible. En se penchant légèrement en arrière, elle fut surprise et amusée de constater que les bruits de la ferme résonnaient à l'intérieur de la tour vide comme dans un vieux transistor.

Le conducteur n'était pas descendu de voiture. Il avait juste donné deux brefs coups de klaxon. Sally attendit, mais rien ne se passa. Au bout d'une minute, il klaxonna de nouveau. Un peu plus longtemps cette fois, et Liss apparut. Avec un visage dur que Sally ne lui connaissait pas. Et qui ne lui déplaisait pas. Mais qui faisait un peu froid dans le dos. Elle vit Liss se pencher vers la vitre. Elle ne pouvait pas entendre ce que disait le conducteur, mais elle entendit très bien la réponse de Liss, un non sec. Qui résonna dans le silo. Sally se cramponna d'une main au montant rouillé de l'échelle et se pencha en avant. Liss était rentrée dans la maison en claquant la porte derrière elle. Le conducteur descendit de son véhicule. D'après sa posture il devait être assez âgé. Un vieux barbon, songea Sally. C'était le mot. Avec un pantalon trop large et un tablier bleu, trop grand aussi. Il suivit Liss à l'intérieur de la maison. Quelques martinets passèrent au-dessus de Sally en poussant des cris stridents. En ville, elle les avait toujours pris pour des hirondelles. Liss lui avait expliqué que c'étaient des martinets. À la campagne il y en avait assez peu en général, parce qu'il leur fallait des tours ou des bâtiments élevés pour nicher, mais la ferme était à côté de l'église. Neuf mois. Elle n'arrivait toujours pas à le croire, mais

Liss lui avait dit que les martinets pouvaient rester neuf mois en vol sans se poser. Dormir. Manger. Boire. Tout se passe en l'air. C'est ainsi qu'il faudrait être. Jamais obligé de revenir sur terre.

La porte de la cuisine s'ouvrit, et l'homme ressortit. Il avait un carton sur les bras. Liss le suivait de près. Sally l'entendit pour la première fois élever le ton.

« Pas ça ! dit-elle d'une voix forte et métallique. Tu n'emportes pas ça.

– Il y a longtemps que ça ne t'appartient plus ! répliqua l'homme en colère. Tout ça est à lui ! »

Il posa le carton sur la banquette arrière et voulut remonter dans son véhicule. Liss lui barra le chemin. Sally regardait, fascinée, le vieil homme qui essayait de la repousser. Liss ne bougeait pas. Pour finir il se baissa avec une rapidité étonnante, passa sous le bras de Liss et sauta dans la voiture.

« Tu restes là ! » cria Liss mais déjà la voiture reculait. Sans regarder, elle attrapa la pelle posée contre le mur de la maison et racla la carrosserie du véhicule qui passait devant elle, sur toute la longueur. Sally vit les éclats de peinture étinceler dans le soleil. Les feux de stop s'allumèrent. La portière s'entrouvrit mais Liss levait déjà sa pelle pour taper sur le capot du coffre en hurlant :

« Tu vas faire quoi maintenant ? Aller trouver les flics ? »

La portière se referma et le moteur vrombit. Liss balança la pelle à travers la cour.

Waouh. C'était quoi cette scène ? Sally se rencogna à l'intérieur de la lucarne par précaution. Mieux valait que Liss ne la voie pas. Qu'elle ait osé faire ça ! Lui rayer carrément toute sa bagnole !

« Descends ! »

Merde. Liss l'avait vue quand même. Mais elle avait repris sa voix normale. Sally descendit de l'échelle et la rejoignit sans se presser.

« C'était qui ?

– Un connard, répondit Liss avec le plus grand calme.

– Il y avait quoi dans le carton ?

– Des livres », répondit Liss. Son expression disait qu'elle ne voulait pas être questionnée davantage. Sally se contenta d'attendre.

« Ils… » Liss marqua une courte hésitation. « J'y tiens, mais en vérité ils ne m'appartiennent pas. Je pensais juste que… je ne pensais pas qu'on viendrait encore les chercher, ajouta-t-elle très vite. Tu veux du thé ?

– En fait, je veux savoir qui était cet homme, répondit Sally.

– Je te l'ai déjà dit. » Liss eut un sourire inattendu. « Un connard. Viens boire un thé. »

Sally la suivit dans la cuisine. Comment expliquer ce changement ? Liss n'était pas comme ça d'habitude. Mais bon, elle finirait bien par parler. Et pour être franche, elle non plus n'avait pas envie d'être questionnée sans arrêt. C'était ok. Elle connaissait ça. Il y avait des gens qu'il valait mieux éviter de nommer. C'était ok.

Quand le thé fut prêt, elles le burent dehors dans la cour. Sally s'assit sur le muret qui entourait l'emplacement de l'ancien tas de fumier, regarda les martinets dans le ciel, puis Liss, qui buvait son café debout, tranquillement. Peut-être avait-elle parfois envie elle aussi d'être un martinet.

9 septembre

Liss se regardait dans la glace de l'armoire. Elle avait porté cette robe il y a bien longtemps. Plus de quinze ans. C'est fou comme les vêtements vous transforment. Il suffit d'un tissu, d'une couleur – et vous voilà quelqu'un d'autre. C'était bien de pouvoir s'habiller comme elle voulait. Pourtant elle ne se reconnaissait plus. Elle était là, silencieuse devant la glace, scrutant son visage comme si elle était face à une ancienne camarade qu'elle n'aurait plus revue depuis l'école. Qu'était devenue la fillette renfermée d'autrefois, qui prenait cet air buté quand elle voulait absolument quelque chose ?

Dans la glace elle vit passer une ombre derrière la porte entrouverte. Sally était levée, elle allait à la salle de bains et s'était arrêtée en la voyant dans la pièce.

« Tout en noir ? »

Liss acquiesça et se regarda dans le miroir.

« Je vais à un enterrement. »

Elle vit que Sally réfléchissait à ce qu'elle allait dire.

Pas une formule toute faite du genre « Je suis désolée », sans même savoir qui était mort.

« Quelqu'un que tu connaissais bien ? »

Sally s'adressait à la femme dans le miroir. Comme s'il était plus facile de parler de cette façon.

« Heuberger. Enfant, je jouais toujours dans sa ferme quand… »

Elle termina la phrase dans sa tête. Quand je n'en pouvais plus d'être ici. Quand j'allais prendre un petit bol de liberté chez les voisins. Quand je ne supportais plus l'odeur de cette vieille maison.

« Il n'habitait plus au village depuis longtemps, dit-elle, il est mort en maison de retraite. Mais il avait décidé de se faire enterrer ici.

– Je peux venir ? »

Surprise, Liss se détourna du miroir pour la regarder.

« Tu ne vas pas… », commença-t-elle, hésitante, avant de poursuivre d'une voix ferme : « Tu ne peux pas y aller dans cette tenue. Ici, ce n'est pas comme en ville.

– Tu peux me prêter quelque chose », dit la jeune fille, toujours sur le seuil.

Liss ouvrit la porte de l'armoire et la pièce entière se refléta un instant dans la glace. Elle fit signe à Sally d'entrer.

Elle aimait les cloches. Elle l'avait constaté dès la première nuit où elle avait dormi ici. Malgré la proximité de l'église, elles ne sonnaient pas trop fort. En ville elle n'y avait jamais prêté attention, mais ici elle le remarquait : le son était plus doux à l'oreille que dans les églises de chez elle. Et elles sonnaient beaucoup plus longtemps.

Les églises. Ce n'était vraiment pas son truc, les églises. Et voilà qu'elle allait à l'enterrement d'un homme qu'elle ne connaissait même pas. Liss lui avait donné une jupe noire. Pas tout à fait adaptée parce qu'elle avait plusieurs bandes multicolores au niveau de l'ourlet – ce qui faisait un peu indien – mais en gros elle était noire. Le chemisier blanc qu'elle portait lui faisait un effet beaucoup plus bizarre. C'était plutôt une chemise. Liss n'aurait pas pu la porter, elle était bien trop petite. Encore un truc que…

Il n'y avait que quelques pas entre la ferme et l'église, mais elle vit plus de gens sur ce court trajet qu'elle n'en avait croisé dans le village en une semaine.

« Qu'est-ce qu'ils ont à nous reluquer comme ça ? »

Liss esquissa un petit sourire mauvais.

« C'est parce qu'ils ne te connaissent pas. »

Sally vit que certains la dévisageaient longuement, ouvertement, et que d'autres se hâtaient de détourner la tête dès qu'elle les défiait du regard à son tour.

« Et peut-être parce qu'ils ont peur de moi. Je ne vais pas souvent à l'église. »

Sally n'en fut pas surprise. Liss n'avait pas l'air d'une pratiquante. Peur ? Certains lui jetaient en effet des coups d'œil craintifs.

« Alors pourquoi aujourd'hui ? »

Elles avaient franchi le portail en fer et se retrouvèrent devant le mur de l'église, au milieu de femmes toutes vêtues de noir. Beaucoup avaient un foulard sur la tête. Des images revinrent soudain à l'esprit de Sally ; les photos d'Italie en noir et blanc que son père avait punaisées dans le couloir. Avec des femmes comme celles-ci – en noir, un foulard sur la tête. Et maintenant elle était parmi elles.

« J'aimais bien Heuberger. »

La voix de Liss était rauque.

« Il est donc normal d'être à son enterrement. »

Normal. Qu'est-ce qui est normal ?

« Rien n'est normal ! dit Sally avec une hargne inattendue. Ce n'est pas parce qu'on a toujours fait une chose d'une certaine façon qu'on doit… »

Elle laissa sa phrase en suspens. Liss marqua un arrêt sur le seuil de l'église. Les cloches sonnaient et on entendait déjà l'orgue à l'intérieur.

Son visage est beau dans ce soleil d'automne, songea Sally tout à coup.

« Oui, dit Liss, tu as raison. Mais certaines choses sont implantées en nous si profondément qu'on les fait tout de même. Je l'aimais bien. Il ne le savait peut-être pas, mais c'est la raison pour laquelle je suis là aujourd'hui. Tu n'es pas obligée de venir. »

Sally ne dit rien mais entra dans l'église au côté de Liss. Elle n'était pas très vaste. Une petite église de village. Il ne restait que quelques places libres dans les derniers rangs. Liss désigna la travée de gauche d'un mouvement de tête, et Sally se glissa sur le banc. Liss resta debout un instant avant de s'asseoir. Tous ceux qui suivaient firent de même.

« Qu'est-ce qu'ils font ? chuchota Sally.

– Ils disent un Notre-Père avant de s'asseoir. »

« Non, je le crois pas », dit-elle à voix haute. Liss la regarda sans comprendre. Elle désignait les bancs à droite de l'allée centrale. Tous occupés par des hommes. De leur côté, à gauche, il n'y avait que des femmes et des enfants. Sally faillit éclater de rire.

Liss se pencha vers elle et dit tout bas :

« Ici, c'est comme ça. Aujourd'hui encore. »

Sally s'étonnait de ne pas être en colère. Son sentiment était tout autre. Plutôt comparable à ce qu'elle éprouvait en regardant les photos chez son père. L'impression de plonger dans un monde ancien, contigu au monde réel sans qu'elle l'ait jamais remarqué. Une sorte de... fascination. Oui. Comme si en tournant le coin d'une rue familière depuis toujours, on se retrouvait soudain dans un autre pays.

Elle ne comprit rien au sermon. Elle se sentait comme une exploratrice. Elle se levait quand Liss se levait et s'asseyait quand Liss s'asseyait. Elle observait les femmes sur leurs rangées de bancs et la lumière multicolore qui tombait des vitraux sur l'étoffe noire des vêtements. Elle regardait les visages des hommes. Était-ce juste une impression, ou bien avaient-ils, ici à la campagne, une expression différente de celle des hommes de la ville ?

Liss ne chantait pas, mais le livret était ouvert devant elle. Sally lisait le texte des cantiques au fur et à mesure. Liss avait-elle toujours vécu ça depuis sa petite enfance ? Toujours dans cette église, toujours sur les bancs à gauche de l'entrée, toujours les mêmes cantiques ? Quand on grandissait ici, on n'avait pas seulement sa propre histoire, on traînait derrière soi celle du village. Peut-être même était-il agréable parfois de n'être qu'une partie d'un tout. D'être le village plutôt que soi. Cette pensée l'effraya.

Le cercueil ouvert était devant, posé sur deux tréteaux tendus de noir, légèrement incliné vers l'assistance. Sally n'avait encore jamais vu de mort. Le visage était jaune, avec quelque chose d'un rapace. Acéré. Pas méchant, mais acéré. Elle fut surprise de voir quatre hommes s'avancer, poser le couvercle sur le cercueil, le visser prestement, puis le soulever.

« Il se passe quoi maintenant ? demanda-t-elle tout bas.

– On va au cimetière », répondit Liss en se levant. Elle laissa le recueil de cantiques où il était.

Les hommes qui portaient le cercueil s'engagèrent dans l'allée centrale, et tout le monde se leva. Le bruissement des centaines de robes et costumes fut comme une vague sonore déferlant dans le silence de l'église.

Trop cool, songea Sally, trop cool. Elle se demanda ce qui lui plaisait autant. Peut-être le fait que personne n'ait besoin de dire ce qu'il fallait faire. Tous savaient à quel moment ils devaient se lever. Tous savaient qu'ils devaient attendre que le cercueil soit passé et ensuite seulement quitter leurs bancs ; d'abord les premiers rangs, puis les autres rangées, l'une après l'autre. Ça avait quelque chose de... oui, on aurait dit un ballet.

Étant assises tout à fait à l'arrière, elle étaient presque au bout de la file.

« C'est bien que tu sois là, Elisabeth », dit une voix chevrotante à côté de Sally. Une vieille femme, toute petite, qui s'adressait à Liss. Elisabeth, donc. D'accord. Elle aussi se serait fait appeler Liss si ses parents lui avaient donné ce prénom.

Liss se contenta de hocher la tête.

« C'était vraiment pas la peine ! grogna une autre voix. Et la décence, alors ? La décence ! »

Sally vit Liss se raidir, mais sans tourner la tête vers l'autre femme. Celle-là était plus âgée que Liss. Un visage haineux. Et elle avait parlé assez fort pour que tous les gens autour puissent entendre. Sally voulut dire quelque chose, mais la voix résonna de nouveau : « À l'église ? Tu devrais avoir honte, Katti Weber. »

« Merci, Anni. »

Liss avait parlé fort et très distinctement.

La vieille femme opina.

« Ça continue », dit-elle de sa voix frêle de vieille dame, qui conservait pourtant une certaine fermeté. Le cortège se mit en branle.

Ils parcoururent la grand-rue du village : un long cortège noir. Il faisait très chaud et Sally transpirait dans sa tenue de deuil. Les jardins devant lesquels ils passaient étaient plantés de pommiers et de poiriers. Les pommes brillaient comme autant de taches lumineuses dans le feuillage d'un vert dense. C'était si bon parfois d'être simplement vivante. Rien d'autre. Juste vivante.

« C'était qui ? »

Liss se tourna vers elle.

« Qui ça ?

– La vieille dame.

– Anni », dit Liss avec un petit sourire.

Anni. Le regard de Sally la pressait de continuer, mais elle n'en dit pas davantage. Bon. Tant pis.

Le cortège progressait lentement. Sally eut le temps d'observer les maisons. Beaucoup étaient nettement plus anciennes que celle de Liss. Le crépi de certaines s'effritait et on voyait qu'elles étaient bâties avec le lourd calcaire grisâtre de la région. Presque aucun mur n'était tout à fait rectiligne parce que le crépi ne parvenait pas à compenser les irrégularités naturelles de la pierre. Nombre de toits étaient couverts de lauzes et non de tuiles. Ils devaient être terriblement lourds et Sally se demanda comment c'était, de grandir avec un poids pareil au-dessus de la tête. D'un autre côté… pas besoin d'un toit de lauzes pour sentir un poids au-dessus de soi. Chez elle, l'air lui-même était parfois aussi lourd que la pierre. Elle haussa les épaules malgré elle…

aujourd'hui elle n'en avait rien à faire, de ces souvenirs à la con.

Dans la rue, une file d'enfants avec un mouchoir blanc à la main, espacés d'une centaine de mètres les uns des autres, s'étirait jusqu'à l'entrée du cimetière.

« Ils font quoi ? »

Liss suivit son regard.

« Il n'y a pas de cloche dans la chapelle du cimetière, répondit-elle. Il faut une sonnerie de cloche au moment où les gens récitent le Notre-Père dans la chapelle. Alors Anni donne le signal au premier gamin, et chacun fait signe au suivant avec son mouchoir, jusqu'à l'église, et le sacristain sonne les cloches.

– Sans blague ? Il n'y a pas de téléphones portables ici ? »

Liss sourit à nouveau. Esquissa un sourire.

« Les gens d'ici ont toujours fait comme ça. »

Le ton était critique. Mais elle pointa le doigt avec un large sourire.

« Et puis tu imagines un peu Anni avec un portable à la main, en train d'écrire un SMS en récitant son Notre-Père ? »

Sally éclata de rire.

On se serait cru dans un film. Le soleil sur les pierres tombales. Les marronniers majestueux et le vent qui bruissait dans leurs frondaisons comme au bord de la mer. Le curé juché sur la planche étroite qu'on avait posée en travers de la fosse parce que la tombe jouxtait le mur du cimetière. Les prières chuchotées. Les enfants qui se faisaient signe avec leurs mouchoirs. Les cloches qui se mettaient à sonner pile au moment du Notre-Père. Le bruit mat de la terre tombant sur le cercueil. Et Liss qui se détournait sans un mot pour partir au moment même où les autres allaient présenter leurs condoléances à la famille. Sally était tellement fascinée par le spectacle qu'elle ne la suivit pas tout de suite. Elle la regarda s'éloigner entre les vieux arbres du cimetière en direction de la sortie. Une grande femme mince qui traçait sa route dans une solitude totale. On ne pouvait pas dire les choses autrement. La lumière de midi vibrait autour d'elle, et Sally la rejoignit.

Elles marchèrent côte à côte en silence. Il faisait très chaud, l'air sentait la poussière et la paille, quand un tracteur portant un haut chargement de balles de foin les dépassa en toussotant.

« Les choses se sont toujours passées comme ça ? finit par demander Sally, au moment où elles tournaient pour entrer dans la cour de la ferme.

– Toujours », dit Liss, et elle monta à l'étage pour se changer. Sally resta dans la cour et leva les yeux vers l'église. Au sommet du clocher, le globe doré scintillait sur le bleu immaculé du ciel. À quoi servait-il ? Et qu'y avait-il dans la voix de Liss ? De la fierté ? De la tristesse ? De l'ironie ? Ou simplement de l'amertume ?

Elle n'aurait su le dire.

11 septembre

Elle avait demandé à Liss si elle pouvait emprunter le vélo. Le vélo. Pourquoi ne pas lui dire tout simplement à qui il appartenait ? Pourquoi n'avoir pas voulu en parler avec elle ? Elle aurait pu dire simplement… qu'aurait-elle pu dire simplement ? À mon ex-mari ? Mon ami ? Il n'y avait pas de seconde brosse à dents dans la salle de bains. Ou plutôt si, celle que Sally utilisait maintenant, sortie de son emballage d'origine. Pas de rasoir. Pas de déodorant masculin ou autre produit. Pourtant il y avait des meubles dans les chambres, pas beaucoup mais au moins un lit ou un bureau, on voyait bien qu'elles avaient été occupées un jour. Des colocataires peut-être ? Difficile de dire si les occupants de ces chambres étaient des hommes ou des femmes. Liss était donc seule dans une ferme où avaient vécu autrefois beaucoup plus de gens. Que s'était-il passé ? Et pourquoi refusait-elle d'en parler ? Sally avait l'impression que Liss en savait déjà beaucoup plus long sur elle que l'inverse. Plus elle y réfléchissait, plus elle trouvait ça bizarre. Elle avait envie d'en savoir davantage. Pour la première fois depuis longtemps, elle voulait en savoir davantage sur une autre personne. Peut-être fallait-il s'y prendre autrement. À l'évidence, Liss n'aimait pas répondre aux questions.

Sally n'avait pas eu envie de rester à la ferme et elle avait demandé à Liss si elle pouvait emprunter le vélo. Liss n'avait rien dit et Sally avait fini par le prendre carrément, elle avait roulé à travers la campagne jusqu'à trouver une petite ville où il y avait au moins un café Internet. Elle n'avait plus son téléphone depuis plus d'une semaine, et même si elle s'en défendait, il lui manquait. Ce portable faisait partie de sa vie depuis si longtemps… À la ferme elle se sentait coupée de tout. Liss possédait bien un ordinateur, mais elle n'avait pas eu envie de lui demander si elle pouvait l'utiliser. D'ailleurs elle avait besoin de bouger. L'immobilité ne lui avait jamais fait de bien. Peut-être n'était-elle restée que trop longtemps dans cette ferme. D'un autre côté, c'était chouette d'être ici : la ferme de Liss était le premier lieu qui ne cherchait pas à la retenir.

Elle n'en connaissait aucun qui n'ait pas tenté d'une façon ou d'une autre de la ligoter. La maison. L'école. Les cliniques. On y entrait, et voilà que les ficelles, les chaînes, les cordes et les filets se mettaient à pousser des murs et du plafond, il devenait de plus en plus difficile d'aller et venir à l'intérieur, il devenait de plus en plus impossible de sortir – de la maison, de l'école, des maisons des amis et de partout. C'étaient des chaînes souples, des cordes élastiques et des filets en caoutchouc, mais plus on voulait partir, plus ils vous retenaient, vous tiraient doucement en arrière ; la nuit, ils devenaient collants et lourds et si on ne fermait pas la bouche, si on ne respirait pas par le nez, ils pénétraient en vous. Ou bien ils se collaient à la nourriture et on les avalait par mégarde comme un cheveu, un cheveu qui n'en finissait pas, de plus en plus en plus épais et solide et qui vous tiraillait à l'intérieur jusqu'à vous faire vomir. Parfois il valait mieux ne pas manger.

Mais tandis qu'elle roulait à travers champs et villages dans l'air transparent de l'automne, elle n'éprouvait aucun tiraillement. La ferme de Liss ne la retenait pas. Elle était toujours libre. En ville, elle était entrée dans un cybercafé pour vérifier ce qu'on disait d'elle sur les réseaux sociaux. Pas grand-chose dans les groupes où elle était, et ça lui fit bizarre. Quelqu'un mentionnait qu'elle avait fugué de la clinique. Et Eve – cette salope d'Eve – y allait de son commentaire du genre Oh-trop-désolée-pour-elle-mon-vieux. Sally avait lu ça et s'était désinscrite de ce groupe. Puis elle avait bu son café. Plus tard, alors qu'elle poussait son vélo dans les rues d'une ville inconnue sous le soleil de l'après-midi, elle avait acheté une boule de glace à la fraise chez un glacier, qu'elle avait mangée assise au bord d'une fontaine. Elle était rentrée en pleine nuit, avait dormi longtemps et passé toute la journée à lire. Ce qu'elle n'avait plus fait depuis ses dix ans.

Aujourd'hui en revanche, elle s'était réveillée tôt. D'accord – elle n'avait rien fait la veille qui aurait pu la fatiguer. Elle entendit Liss dans la salle de bains, il était donc vraiment tôt. Elle resta couchée malgré une pressante envie de pisser. Dès qu'elle entendit Liss descendre l'escalier, elle sauta du lit et alla dans la salle de bains. Il faisait à peine jour mais elle n'alluma pas la lumière. Ainsi les couleurs avaient la douceur de ce petit matin. Elle alla au lavabo, fit couler l'eau, vit une goutte de sang sur le rebord et se dit qu'elle avait dû se blesser par inadvertance, peut-être en dormant ; il lui arrivait de gratter des piqûres de moustique sans s'en rendre compte, mais elle n'avait rien au visage. Elle prit de l'eau dans ses mains en coupe et la versa sur la goutte qui résista avant de se dissoudre et de disparaître dans le trou du lavabo. Elle s'aspergea la figure, avec de l'eau froide. Le contact de l'eau sur le front déclenche un réflexe. La grande bringue de médecin lui avait expliqué ça un jour. L'eau froide dans le nez ou sur le front. Comme chez les nourrissons. Le cœur ralentit et la respiration s'arrête. Un bébé qui tombe à l'eau ne se noie pas. Ou du moins pas tout de suite. Quant à elle… elle sentait toujours son cœur ralentir quand elle se lavait le visage à l'eau glacée. Elle avait le souffle coupé et ne pouvait plus respirer pendant plusieurs secondes, même si elle le voulait. Une sensation agréable.

Elle s'habilla et descendit à la cuisine. Liss était assise à la table, un pied sur la chaise, en train de manger un yaourt avec des fruits et de boire du thé en lisant le journal.

Sally marmonna un Bonjour et s'assit sur la banquette. Elle tendit la main vers la théière, mais Liss fut plus rapide et la servit. Elle avait un bandage autour de l'avant-bras gauche, pas imbibé de sang, mais rougeâtre à trois endroits, des taches ovales et luisantes. Sally comprit aussitôt, car elle avait vu la même chose sur elle plus d'une fois.

Sa première impulsion fut de se lever, de renverser la théière ou de la balancer par terre. Ça voulait dire quoi ? Est-ce que c'était une façon de… de quoi ? C'était trop malsain ! Voulait-elle…

« Hé ! cria-t-elle. Hé, qu'est-ce que… c'est quoi ce bordel ? Tu veux jouer la… » Elle ne savait plus quoi dire et désigna le bras de Liss. « Tu trouves ça drôle ou quoi ? Est-ce que… c'est quoi ce bordel ? » répéta-t-elle parce que les mots lui manquaient.

Liss avait posé son journal. De sa main droite elle effleura son bras au-dessus du bandage.

« Je voulais savoir comment c'était, dit-elle d'une voix calme. Je ne pouvais pas imaginer… je voulais savoir ce que ça fait.

– Et alors ? » hurla Sally, mais ce n'était pas du tout la colère qu'elle connaissait, c'était une autre colère. Une sorte de… compassion rageuse. Elle détestait ça. Elle voulait être en colère. Juste en colère. « Et alors ? C'est le pied d'être une malade mentale, non ? Bienvenue au club ! Bienvenue au club des tailladés. »

Liss se leva et alla chercher le miel dans le placard avant de répondre.

« Ça fait mal.

– Bien sûr que ça fait mal ! » cria Sally. Elle aurait voulu hurler, mais elle n'était plus assez en colère. Tout juste capable de parler fort. « Bien sûr que ça fait mal. Tu croyais quoi ?

– Rien. C'est pour ça que j'ai essayé. Tu veux du miel ?

– Non ! »

Sally but une gorgée.

« Mais si. »

Liss lui tendit le pot. Sally le dévissa et y plongea son couteau, le ressortit en le faisant tourner pour éviter que le miel goutte, et remua le couteau dans sa tasse pour dissoudre le miel dans le thé. Liss l'observait. Sally lui adressa un regard de défi. Elle reposa le couteau sur l'assiette. Soudain elle eut un petit rire.

« Tu n'es pas obligée de me copier. »

Liss rit aussi, comme soulagée.

« Tu veux voir d'où il vient ?

– Qui ça ? »

Liss désigna le miel.

« Tu le fais toi-même ? » demanda Sally étonnée, avant d'ajouter avec un petit sourire en coin : « Ok, ma question est idiote. Tu as vraiment des abeilles ? »

Liss se leva.

« Dans le jardin. »

Sally finit son thé et la suivit dehors.

L'incroyable luminosité de ces journées de septembre ! Elle ne se souvenait pas d'avoir jamais trouvé l'automne aussi beau. Quand elle était petite, oui, les dernières journées de vacances avaient parfois un tout petit rapport avec ce qu'elle ressentait aujourd'hui. Mais c'était comme inversé ; comme si ses sensations d'autrefois n'avaient été qu'un pâle reflet de ce qu'elle éprouvait aujourd'hui avec une telle intensité. Qu'y avait-il de spécial dans cette lumière de septembre, dans ce ciel si haut, dans ce matin clair ? C'était comme si le monde voulait montrer une fois encore toute la beauté dont il était capable, toutes les couleurs de sa palette, toute la fraîcheur de ses parfums.

Liss marchait devant, ses longs pas décontractés et nonchalants étaient ceux d'une femme grande qui n'a pas de problème avec sa taille. Une démarche que Sally trouvait plutôt cool. Faire semblant du contraire serait idiot. Il n'y avait pas de témoin. Jusqu'au moment où Liss trébucha ; Sally ne put s'empêcher de rire. Les poules avaient toujours cette manie idiote de vous passer entre les jambes, il était vraiment difficile de ne pas leur marcher dessus. Liss se retourna et sourit.

« La plupart des accidents se produisent à la maison et à la ferme… même pour les poules.

– Oui, répondit Sally méchamment, c'est un miracle que les poules aient survécu à l'évolution jusqu'à nos jours. »

Liss dépassa le hangar aux machines et tourna derrière.

« C'est ici. »

Dans le coin entre la clôture et le mur grossièrement crépi et sans fenêtre du hangar, il y avait une rangée de ruches posées sur des socles, dans la pénombre d'un grand buisson.

« Là, ce sont les trous de vol. » Liss désignait les fentes étroites dans la partie inférieure de chaque ruche. Sally ne les avait pas repérées tout de suite à cause de toutes ces abeilles qui s'envolaient et se posaient, se serraient les unes contre les autres en bourdonnant, se marchaient dessus et formaient une grappe compacte devant chaque planche d'envol. Sally s'accroupit à côté d'une ruche. On se serait cru dans le métro le matin. Une foule qui se presse pour entrer et pour sortir. Elle n'avait encore jamais vu de si près une telle quantité d'abeilles. Au bout d'un moment, elle finit par déceler une sorte d'organisation. En tout cas, les entrées et les sorties généraient moins de collisions que dans le métro le matin.

« On peut récolter du miel ? » demanda-t-elle en poursuivant son observation.

Liss secoua la tête.

« Beaucoup trop tard. Le miel se récolte en juillet. L'année est quasi terminée pour les abeilles. Mais il faut tout de même que nous jetions un coup d'œil. Ah, j'ai oublié un truc. Peux-tu aller chercher le sucre en poudre dans le cellier ? Il y a un paquet sur le billot.

– Pour les abeilles ? demanda Sally.

– Oui. » Liss sourit. « Mais ce n'est pas ce que tu penses. »

Sally retourna à la maison. Là, je fais partie de quelque chose, pensa-t-elle. Je ne sais pas très bien de quoi. Je fais partie de cette journée ensoleillée. Je fais partie du travail de Liss. Là, je fais partie de cette maison.

Elle n'était pas certaine que ce soit un bien. Mais à cet instant elle se sentait à sa place.

Le sucre en poudre. Elle n'était allée qu'une fois dans le cellier. Ici, on voyait encore les traces d'une autre maison beaucoup plus ancienne à l'intérieur de celle-ci. Le sol sous la fenêtre faisait une sorte de grosse bosse – en dessous devait se trouver l'escalier de la cave. Ça semblait plutôt archaïque. En prenant le paquet de sucre en poudre sur le billot, elle vit les couteaux accrochés, avec leurs manches en bois foncé patiné par l'usage. Sans réfléchir elle en prit un et le garda dans sa main. On sentait qu'il avait été manipulé des dizaines de milliers de fois. Une sensation très agréable. Un bref instant elle eut envie de l'avoir pour elle, tout simplement, de le fourrer carrément dans sa poche, mais elle le remit à son crochet. Elle pourrait… oui, elle pourrait demander à Liss.

Quand elle revint près des ruches, Liss avait étalé une petite bâche sur le sol. À côté, une cuvette en plastique blanc remplie d'eau et deux verres doseurs transparents dont l'un, plus grand, était pourvu d'un couvercle tamis. Sally n'avait pas la moindre idée de leur usage.

« Tu n'as pas peur des piqûres, j'imagine. »

Liss jeta un bref regard à Sally qui secoua la tête.

« Mettons quand même ça », ajouta-t-elle en prenant les deux chapeaux posés dans l'herbe à côté d'elle. Sally en mit un sur sa tête. Le voile lui retomba mollement sur le visage. Liss lui tendit aussi une paire de gants.

« Pour le cas où les abeilles se sentiraient attaquées. »

Sally attendait la suite avec curiosité.

« Maintenant il faut travailler vite, expliqua Liss. On va sucrer les abeilles. »

Pardon ? Elle la charriait ou quoi ? C'était un langage codé ?

« Si. Je suis sérieuse. Tu vas voir. Attention, il faut que tu me passes le verre doseur – non, pas le grand, celui qui est là », elle lui désigna le récipient sans couvercle, « tu le tiendras bien sous la bâche pour que je puisse y faire tomber les abeilles. Il nous en faut exactement cent millilitres.

– Là, maintenant ? » Sally la regardait sans comprendre. « Il nous faut cent millilitres d'abeilles ?

– Oui, dit Liss, ça en fait à peu près cinq cents.

– Si tu le dis… » Sally prit le petit verre. D'une contenance de cent millilitres exactement. « Et après, j'en fais quoi ?

– Tu le transvases dans le grand et tu visses le couvercle par-dessus. Prête ? »

Liss n'attendit pas sa réponse. Elle effectua une série de manipulations fluides, sûres et précises, comme si chaque geste était calculé au millimètre. Elle ouvrit une des ruches, en sortit un cadre grouillant d'abeilles dont elle cogna vigoureusement un des angles sur la bâche. Une pluie crépitante d'abeilles s'abattit sur la toile. Liss posa le cadre sur le côté, attrapa la bâche et la replia de façon à emprisonner les abeilles comme dans un sac.

« Allons-y ! » commanda-t-elle. Sally tint le verre doseur sous un coin de la bâche repliée, tandis que Liss inclinait la toile et faisait tomber les abeilles dans le verre.

« Stop », dit Sally quand le récipient fut plein, elle avait déjà le second verre dans la main lorsqu'elle sentit une douleur cuisante à l'avant-bras. Une abeille l'avait piquée. Elle résista à la tentation de la chasser, vida le verre doseur dans le grand, lâcha le petit et vissa le couvercle tamis sur le grand. Liss secoua presque négligemment les abeilles restées sur la bâche pour les remettre dans leur ruche. Liss se frotta le bras. C'était... ça faisait mal, mais bizarrement la sensation était agréable. Liss lui prit le verre des mains.

« Maintenant, le sucre ! Vite. Si les abeilles restent trop longtemps dans le verre, il s'humidifie. »

Sally lui tendit le sucre. Liss en versa un peu – peut-être l'équivalent d'une cuillerée – au-dessus du tamis et secoua le récipient. Le sucre tomba sur les abeilles à l'intérieur, les saupoudra, toutes se couvrirent de blanc.

« Qu'est-ce que… pourquoi tu fais ça ? »

Sally n'était plus perplexe à présent, mais fascinée.

« Une seconde », répondit Liss en jetant un coup d'œil à la montre à son poignet. C'était une montre d'homme. Qui lui allait bien. Elle secoua vigoureusement le verre, attendit un long moment, le secoua de nouveau puis, ayant consulté l'heure, une troisième fois.

« La cuvette », dit-elle.

Sally attrapa la cuvette en plastique contenant l'eau et voulut la lui donner, mais Liss refusa d'un signe de la main, retourna le bocal au-dessus de la cuvette et saupoudra l'eau de sucre. Il se dilua aussitôt. Quelques petits points noirs flottaient à la surface.

« Je la vide ? demanda Sally.

– Non ! s'écria Liss. Surtout pas ! Attends un instant. »

Elle ôta le couvercle tamis, s'approcha de la ruche et y fit tomber les abeilles avec précaution. Puis elle prit la cuvette des mains de Sally et la posa sur la ruche voisine.

« Les points noirs, expliqua-t-elle, sont des acariens. Des varroas. Ils peuvent anéantir une population d'abeilles en un an. Et ils sont partout. Pour que je sache comment traiter les abeilles, je dois connaître leur degré de contamination. Compte. »

Sally se pencha sur la cuvette.

« Quinze, dit-elle. Non, seize. Le sucre sert à quoi ?

– Les parasites se fixent sur les ouvrières. Le sucre leur fait lâcher prise. Et comme il se dissout aussitôt dans l'eau, on peut repérer les acariens. »

Sally se demanda qui avait bien pu avoir l'idée saugrenue de saupoudrer des abeilles de sucre pour repérer les acariens. Le plus étrange étant que ça avait l'air de marcher.

« Et maintenant ? »

Liss recompta.

« Oui. Seize. C'est la limite. Nous allons devoir traiter, mais pas forcément aujourd'hui. Et il faut encore vérifier les autres ruches.

– Ok », dit Sally. Elle frotta sa piqûre. Ça ne faisait déjà plus mal. Elle jeta un coup d'œil dans la ruche. C'était ouf ! C'était trop ouf ! Les abeilles enduites de sucre se nettoyaient mutuellement ! Elle commençait à comprendre pourquoi Liss avait des abeilles. Ce n'était pas seulement pour le miel. C'était peut-être aussi pour… pour faire des découvertes. Comme elle en ce moment.

« Prête ? » demanda Liss. Elle avait étalé la bâche devant la ruche suivante. Sally prit le verre doseur.

« Prête », dit-elle.

Pour la première fois depuis des mois, elle eut un instant de bonheur.

Tes parents ne sont pas nuls à ce point.

Tu n'as pas idée.

Non. Ils sont gentils.

Oui. Justement.

Elle était assise avec Ben sur les supports à bicyclettes devant le centre commercial. Ils venaient tous ici. Écouter de la musique, regarder sur YouTube des vidéos de chatons qui dansent et de petits enfants sur des tricycles que leurs parents déposent sur un tremplin d'un mètre, qui pédalent jusqu'au bout de la planche et tombent dans l'eau. C'était plutôt vache mais ça les faisait rire à tous les coups.

Pourquoi ça nous fait rire ?

Parce que c'est drôle.

Ben avait raison. C'était drôle. Et pas drôle en même temps.

C'est comme pour mes parents, dit-elle.

Quoi ?

Ce que tu viens de dire. Qu'ils sont gentils. C'est vrai et pas vrai en même temps.

Tous les parents sont comme ça. Les miens aussi.

Non, dit-elle, tu ne comprends pas. Chez vous c'est différent.

Tu veux une glace ? Je t'en rapporte une.

Non. Dis-moi, tu m'écoutes ?

Ben était déjà parti vers le kiosque, chercher des glaces. En face, il y avait la gare routière. Sally voyait parfois les cars en attente, ils lui faisaient penser à de grosses bêtes endormies, au souffle ralenti. Un truc qu'elle ne disait jamais. Pas même à Ben.

Les autres filles l'observaient à la dérobée. Quand Ben n'était pas avec elle, leurs regards changeaient. Ils redevenaient comme d'habitude. Mais quand il était là, elles avaient l'air de dire : Comment a-t-elle réussi à le choper ? Elle-même n'en savait rien. Ben jouait au tennis. Elle n'avait jamais cherché un petit ami qui joue au tennis. Mais peut-être devait-elle prendre ce qu'elle trouvait, songea-t-elle avec ironie.

Quoi de neuf chez vous ?

Eve approchait en se dandinant, voyez-la-jolie-fille-avertie-que-je-suis. Avec son sac clutch où les mêmes préservatifs devaient stagner depuis des mois à côté de son téléphone rose. Eve aurait bien voulu choper Ben et ne comprenait toujours pas ce qu'il trouvait à Sally.

Quoi de neuf chez vous, dis-moi ?

Rien.

On voit ça.

Disparais, Eve. Tu n'as rien d'autre à faire dans la vie que de m'emmerder ? Tu feras quoi le jour où je serai morte ?

Eve ricana.

Je consolerai Ben.

Va te faire foutre, salope.

Va te faire foutre toi-même. Et puis non, laisse tomber. Personne ne veut de toi. Alors comment tu ferais ?

Elle s'éloigna d'un pas nonchalant. En tortillant des fesses. Super-relax. Super-pseudo-sexy. Sally bondit du support à vélos. Rien ne lui aurait fait plus plaisir que de lui balancer un truc à la tête, mais il n'y avait pas le moindre caillou dans le coin. Une belle ville nickel-propre.

Ben revint. Il léchait sa glace et lui tendit l'autre.

Je t'en ai rapporté une quand même. Ça te dit ?

Tu n'as qu'à l'offrir à Eve, feula-t-elle.

Quoi ? Qu'est-ce qui te prend ?

Pourquoi tu ne piges pas ce que je te dis sur mes parents ?

Je ne sais pas de quoi tu parles, dit Ben.

Non, justement, tu ne sais pas !

Elle fonça entre les cars et prit le chemin piétonnier en direction du cimetière, de l'autre côté du petit ruisseau ridicule. Ben lui emboîta le pas.

Attends, Sal ! Attends-moi.

Elle continua, s'engagea sur la voie cyclable. Bordée de hauts peupliers à droite et à gauche. À l'entrée du cimetière, il y avait un banc qu'elle affectionnait. Elle aimait observer les gens qui venaient au cimetière. Quand on arrivait ici, au moins c'était clair. D'un côté comme de l'autre. Les uns étaient morts. Les autres venaient les voir. Plus de malentendu possible.

Pourquoi tu cours comme ça, ma vieille ? haleta Ben.

Je ne me sens pas chez moi ! dit Sally de but en blanc. Presque suppliante. Elle voulait tant que Ben la comprenne. Elle monta sur le banc et s'assit sur le dossier.

Quand je suis à la maison, je ne suis pas chez moi. Tu sais ce que ça veut dire ?

Oui, je comprends.

Il ne comprenait pas, Sally le voyait bien. Mais elle voulait qu'il la comprenne. Qui d'autre, sinon lui ?

Je suis comme… comme en visite. Mes parents sont gentils avec moi comme avec une invitée. Tout ce qu'ils font ne m'avance à rien. À rien du tout. Ce n'est pas seulement… ce n'est pas seulement parce que les autres écoutent de la musique et font d'autres trucs et tout ça. Ils ne comprennent pas ce qui se passe au fond de moi. Ils ne comprennent pas…

Elle hésita.

Parfois j'entends une chanson, c'est comme si une porte s'entrouvrait un tout petit peu à l'autre bout de la maison, je l'entends de ma chambre et je me précipite, parce que je sais que là, derrière cette porte, est mon vrai chez-moi. Mais je n'ai pas le temps de descendre l'escalier qu'elle s'est déjà refermée.

Mais vous avez juste une porte d'entrée.

Tu écoutes ce que je te dis ?

Sally hurlait presque de désespoir.

C'est juste que… ça ne t'arrive jamais, à toi ? Parfois c'est la musique, parfois une image, et parfois il suffit d'un lieu comme ici, entre ces grands arbres. Tu sais que la vraie vie est là-bas, quelque part, et pas ici. Tu comprends brusquement que tout, ici, est comme… comme un film ou une pièce de théâtre ou ce genre de truc. Que tout est factice. Ça ne te fait jamais ça ?

Parfois.

Non, ça ne te fait jamais ça.

Sally se sentait vidée.

Si, ça me le fait. Mais ce n'est pas comme chez toi, je crois.

Oui, je crois aussi. Tu peux… tu veux bien t'asseoir là ? Près de moi ? J'aime bien quand les gens vont au cimetière. Ils font tous la même tête. On les observe ?

On ne va pas rejoindre les autres ?

Sally regardait le jeune feuillage des peupliers. Le ciel était encore clair au-dessus de leur tête. Les longues soirées de printemps étaient les pires. Elle se sentait tiraillée de l'intérieur, au fin fond de son corps, et se disait que si elle résistait trop, ses entrailles allaient finir par sortir. La nostalgie d'un chez-soi devait ressembler à ça. Elle n'avait jamais regretté sa maison quand elle était en classe verte ou en camp d'été. Ce devait être l'aspiration à un lieu où l'on serait à sa place. Un chez-soi qu'on ne connaît pas encore, mais qui vous attend. Sally craignait qu'il ne l'attende pas indéfiniment et qu'elle finisse par succomber, parce que ça la tiraillait tellement fort qu'à un moment ou un autre elle allait se retourner comme un gant, tout ce qu'elle avait de fragile au fond d'elle serait dehors et il serait trop tard. Parce qu'on ne pouvait pas vivre quand on était retourné comme un gant.

Ok. Allons rejoindre les autres.

13 septembre

Liss était allée en vélo au magasin du village et roulait sur les pavés mouillés. Les bouteilles de lait tintinnabulaient dans le panier du porte-bagage, à côté du paquet contenant le nouveau réfractomètre qu'elle était allée chercher à la poste. Elle monta sur le trottoir pour prendre au plus court et le sachet de croissants tressauta dans un bruissement de papier. Un bruit joyeux : Liss constata avec surprise qu'elle se réjouissait de petit-déjeuner avec Sally. Comme on se réhabitue vite à n'être plus seule. Faire les courses et préparer le petit déjeuner pour quelqu'un d'autre est parfois bien agréable. Ne t'emballe pas, se dit-elle aussitôt, réfléchis. C'était vrai. Mais justement.

La jeune fille ne resterait pas toujours. Ses parents finiraient par la retrouver un jour où l'autre. Et c'était sans doute très bien ainsi. Elle appuya plus fort sur les pédales. Non. Ce n'était pas bien. Sally était là où elle voulait être. Là où elle devait être. Pour l'instant elle n'avait pas sa place ailleurs. Sa place était ici. Aujourd'hui. C'était le début de quelque chose. Et puis tous les parents ne… certains parents ne recherchent pas leurs enfants.

Elle pensa aux abeilles. Le travail d'équipe a parfois du bon. L'autre vous permet de voir où est votre place à l'intérieur d'un tout. D'avoir tout à coup un rôle à l'intérieur de ce tout, au lieu d'une simple présence. Oui. Elle se réjouissait de petit-déjeuner avec Sally.

Mais au moment où elle prenait le virage pour entrer dans la cour, sa bonne humeur s'envola d'un coup. Une voiture de police était garée à côté de son tracteur et un policier furetait autour de la maison. Liss sauta de son vélo.

« Vous cherchez quelque chose ? » demanda-t-elle sèchement. Elle s'en voulut aussitôt de sa nervosité. Ce n'était pas comme si elle avait commis un délit.

Le policier se retourna.

« Bonjour, dit-il, poli, je voulais juste… nous recherchons une jeune fille. Votre voisin », signe du pouce pardessus l'épaule, « a déclaré qu'une adolescente habitait chez vous depuis quelques jours. »

Liss grimaça un sourire sans joie.

« Mon voisin. Sympa, la vie au village. Le meilleur des mondes. Chacun prend soin de chacun. »

Le policier hocha la tête.

« En ville c'est autre chose, dit-il d'un ton sentencieux.

– Et qui recherchez-vous ? » demanda-t-elle pour

gagner du temps. Elle essayait de réfléchir mais ses pensées étaient aussi pâteuses que du miel froid.

« La personne portée disparue est âgée de dix-sept ans, très mince, cheveux bruns. Attendez, j'ai une photo. » Il sortit son téléphone. Liss appuya son vélo contre le mur de la maison et espéra que Sally n'allait pas surgir dans la cour. Le ton compassé de ce policier. On croit toujours que ça n'existe pas dans la vraie vie.

« Voilà », dit-il en lui présentant l'écran. Liss reconnut immédiatement Sally, même si la coiffure était différente et la photo vieille d'un an, sinon plus. Elle secoua la tête.

« Non, dit-elle, d'une voix aussi ferme que possible, je ne la connais pas. Et je ne l'ai pas vue. Elle est... elle a fait des bêtises ? »

Le policier referma son portable avec un petit gloussement de mépris.

« Oh non. Elle a fugué. D'une clinique où elle est traitée pour je ne sais quoi – dépression, drogue, anorexie... un truc du genre. Risque de suicide. Et la jeune fille qui est chez vous en ce moment ? »

Liss espéra de toutes ses forces qu'il ne l'avait pas entendue déglutir.

« Ah oui », dit-elle d'un ton qu'elle espérait dégagé, « la jeune fille. Ma nièce. Elle est ici pour la fin des vacances.

– Il serait temps », dit le policier en se dirigeant vers son véhicule.

Liss le regarda sans comprendre.

« Ça recommence demain, non ? Mon aînée, ce sera son premier jour d'école. »

Liss vit qu'il attendait une réaction.

« Félicitations. »

Le policier monta dans sa voiture en souriant, démarra et quitta la ferme. Liss s'adossa un instant au mur, épuisée mais soulagée. Puis elle sentit comme des coups de griffe au fond de son cœur, la bête longtemps enfermée se mit à écumer, le feu se ralluma d'un coup, la colère lui monta à la gorge et elle frappa du poing le crépi rugueux. Elle rentra dans la maison. Il lui fallut toute sa volonté pour ne pas courir.

« Sally ! hurla-t-elle dès le vestibule. Sally ! »

Que ce soit l'intonation inhabituelle ou le fait que Liss n'avait encore jamais élevé la voix dans la maison depuis qu'elle était là, Sally apparut aussitôt en haut des escaliers, l'air effrayée.

« Qu'est-ce qui se passe ? »

Liss grimpa les marches deux par deux et se retrouva à quelques centimètres d'elle ; plus près qu'elle n'avait jamais été. Elle luttait pour contrôler sa voix, mais en vain.

« Tu as écrit la lettre ? »

Sally la regarda sans comprendre.

« Est-ce que tu as écrit cette lettre ? »

Elle criait de nouveau. Sally recula d'un pas.

« J'ai oublié, répondit-elle d'un ton entre stupeur et bravade qui ne fit qu'accroître la fureur de Liss.

– Comment ça ? siffla-t-elle. Comment peut-on oublier une chose pareille. Comment ? »

Sally recula encore et défia Liss du regard.

« Eh ben c'est comme ça. J'ai oublié, voilà. »

Liss tremblait. Elle se faisait violence pour ne pas empoigner Sally et la secouer, elle n'arrivait plus à respirer. Des étincelles dansaient devant ses yeux.

« J'ai eu un policier dans ma ferme, putain ! À l'instant. Tu es recherchée et tu ne trouves rien de mieux à me dire que : "J'ai oublié". »

Elle avait imité le ton de Sally avec un mépris cinglant, décapant, et attendait la riposte ; elle tremblait de rage, prête à se battre, à frapper avant d'être blessée ; prête à saccager tout ce qui les liait.

Sally la regardait. Elle la regarda longuement, puis s'assit par terre à ses pieds.

« Tu m'as enlevée ? Tu me séquestres dans ta cave ? Tu m'as assassinée ? Tu m'as donné à manger. Tu m'as donné une chambre. La seule chose que tu n'aies pas faite, c'est me demander d'où je viens. Tu crois que tu iras en prison pour ça ? »

Elle s'exprimait d'une voix claire et ferme, mais sans agressivité. Ses paroles pénétraient comme en différé à travers le brouillard rouge qui enveloppait Liss. Elles le perçaient néanmoins, ce brouillard, et la vue de Sally assise par terre à ses pieds, les yeux levés vers elle, acheva de le dissiper. Comme le soleil dissipe la brume d'un froid matin d'automne peu à peu, très lentement.

Liss inspira à fond. Elle cherchait ses mots. C'était toujours pareil. Les mots lui avaient toujours manqué. Ils venaient toujours beaucoup trop tard. Mais cette fois, son mutisme lui donna le temps de comprendre ce que disait Sally. Elle n'avait commis aucun délit. Tous ces interdits n'étaient que dans sa tête. Personne ne pouvait la forcer à demander son âge à Sally. Elle aurait tout aussi bien pu avoir dix-huit ans. Mais ce n'était pas tout. La colère la ravageait toujours.

« Je n'exige rien de toi, articula-t-elle d'un ton aigre, rien. Je sais ce que c'est, quand on… quand ils en ont sans arrêt après vous. Mais nous avions… tu as dit que tu écrirais cette lettre. »

Sally était toujours assise. Liss voyait qu'elle tremblait même si sa voix paraissait maîtrisée.

« J'ai oublié, répéta-t-elle d'une voix lente et claire. Oublié. Ce n'était pas intentionnel. Tu comprends ? Est-ce que tu comprends ça ? »

Liss avait des mots plein la poitrine et la gorge ; trop de mots qui se pressaient, se bousculaient, chacun voulait sortir le premier et ils se bloquaient mutuellement. Sally avait les yeux levés vers elle. Leurs regards s'accrochèrent l'un à l'autre.

« Je vais l'écrire cette lettre, dit Sally.

– Oui », répondit Liss au bout d'un moment, et ce mot libéra sa gorge. La voie était libre pour d'autres.

Seulement voilà, ils n'étaient plus du tout pressés de sortir. « C'est bien. »

Elle fit demi-tour et redescendit l'escalier. Les jambes molles comme si elle avait couru. La colère en elle s'évacua comme l'eau d'un vivier dont on a ouvert les vannes. Quand elle arriva au pied des marches, elle se sentait vide et sale.

Il y avait longtemps qu'elle n'avait plus été en colère à ce point, songea-t-elle abattue en ressortant dans la cour pour aller chercher son panier sur le porte-bagage.

Mais il y avait très longtemps aussi qu'elle était seule, songea-t-elle encore, tandis qu'elle descendait à la cave avec le réfractomètre.

Il valait peut-être mieux que la jeune fille reparte bientôt.

Il valait peut-être mieux être seule.

16 septembre

Liss était dans le cellier en train de peser du seigle pour la pâte à pain. Elle en faisait toujours pour deux semaines, la dernière fois ça n'avait suffi que pour neuf jours, et c'était plutôt bon signe en un sens. Elle referma le sac de papier brun et le rangea sous le billot. En se relevant elle crut sentir une odeur éventée de sang et de bois, et secoua la tête malgré elle. Elle se pencha à nouveau jusqu'à avoir le nez presque contre le bois. Non. Ça sentait le bois. Rien d'autre. L'odeur était dans sa tête. Elle leva les yeux vers les couteaux à désosser accrochés au-dessus du billot. Il en manquait un. Mais il manquait depuis longtemps. Le fusil à aiguiser était suspendu à une ficelle à côté des couteaux. Elle le prit, décrocha un des couteaux et se mit à l'affûter comme elle avait appris à le faire autrefois.

Onze ans ? Douze ? Elle avait douze ans. Probablement. Oui. Douze ans. La première neige était tombée et avait fondu aussitôt, la cour n'était pas encore pavée et elle était parsemée de flaques d'eau froide. Début décembre.

Tu arrives ? avait-il crié à travers la cour. Il avait ceint le tablier en caoutchouc blanc qu'il ne mettait que pour l'abattage. Avant, quand elle était plus petite, ça ne la dérangeait pas. Mais là c'était autre chose. Non qu'elle ne mangeât pas de viande. Elle adorait le jambon. Elle aimait les longues saucisses à griller qui se vendaient au demi-mètre et au mètre pendant la fête du vin, à la ville en bas, chaque automne. Pour ça il fallait bien que les cochons et les bovins meurent, elle le savait, le problème n'était pas là. C'était la façon dont il s'y prenait. Elle eut beau s'habiller lentement, elle fut prête trop vite. Elle passa par le couloir du fond, attrapa le seau en zinc et la cuiller en bois et sortit dans la cour. Le ciel était gris et bas, et quelques flocons isolés de neige mouillée tombaient dans les flaques, sur le muret du tas de fumier et sur son capuchon brun-gris. Ils fondaient aussitôt.

Sa mère tira la cuve à côté de la barre fixe qu'il avait fabriquée en soudant ensemble des morceaux de canalisations. Le tuyau pour l'eau chaude dépassait de la fenêtre entrouverte de la cuisine ; sa mère s'en saisit et entreprit de remplir la cuve. L'eau dégageait de la vapeur, la même vapeur que dans la baignoire quand elle s'apprêtait à prendre son bain. L'idée était répugnante.

Il tenait une corde à la main et lui cria un mot qu'elle ne comprit pas, mais elle savait ce qu'elle avait à faire et alla fermer le portail de la cour pour que le cochon ne puisse pas se sauver s'il lui échappait. Le père disparut dans la porcherie et les cochons couinèrent, croyant qu'on leur apportait à manger. Mais déjà il ressortait, traînant derrière lui la truie qui résistait contre la corde tendue, arcboutée sur ses deux pattes avant. Eh oui, pensa Liss, tu n'as encore jamais vu la cour. Moi aussi j'aurais peur. Tu n'es jamais sortie. Jamais. D'autres paysans gardaient leurs cochons à l'extérieur la moitié de l'année au moins. Son père en riait : ils te retournent le verger, et ça te fait du travail en plus ! Mais chez lui il arrivait parfois que les mères truies dévorent leur portée entière, chez les autres jamais. Si elle était née cochon, peut-être sa mère l'aurait-elle... Les cochons n'avaient peut-être pas tort. Quand la progéniture n'est pas assortie aux parents, il vaut peut-être mieux la dévorer. Elle se sentit mal. La cuiller avait l'odeur du sang. Déjà. On pouvait la laver tant qu'on voulait, l'odeur métallique du sang restait imprégnée dans le bois.

La truie braillait. Elle voulait retourner dans la porcherie. C'était tout ce qu'elle connaissait. Et elle était costaude. Elle arracha la corde des mains du père et il poussa un juron quand il la vit foncer en le contournant, mais la mère était déjà devant la porte de la porcherie, brandissant le râteau pour la repousser. La truie fit volte-face et détala à travers la cour, tenta un crochet pour éviter la cuve, dérapa, glissa sur plusieurs mètres dans la boue. Elisabeth ! cria-t-il, Elisabeth.

Non, pensa-t-elle. Il courait derrière la truie qui s'était déjà relevée et se jeta sur elle. Se jeta littéralement sur elle. Deux porcs pataugeant dans la merde, pensa-t-elle avec un rire mauvais. La truie hurlait.

Mais il avait déjà sorti de sa poche le pistolet d'abattage, avait armé et tiré. La truie s'écroula. Ses pattes avant tressaillaient. Il se leva, tira le couteau de sa ceinture et la chercha des yeux.

Le seau ! Aboule le seau !

Elle le lui apporta, il leva les yeux, la regarda. Faut savoir faire ça, dit-il d'un ton rogue, y serait temps. Il lui fourra le manche lisse du couteau dans la main, referma le poing autour du sien et guida la lame dans le cou de la truie, sans une hésitation. Elle sentit dans sa main, dans ses doigts, la lame s'enfoncer à travers la peau, le lard, la chair – sans résistance. Le sang noir gicla dans le seau et elle retira le couteau, le laissa tomber et se mit à touiller avec la cuiller pour que le sang ne coagule pas. L'odeur métallique était si forte qu'elle avait envie de vomir. Sur lui et sur la truie et dans les flaques d'eau sale. Mais elle ravala sa salive et continua à touiller. La truie était morte. Cinq minutes. C'était une chance. La mort venait si vite. Elle leva les yeux vers lui et imagina comment ce serait si c'était lui, étendu là. Dans la merde. À la place de la truie. Touille, pensa-t-elle, tout en remuant la cuiller en bois dans le sang épais, vas-y, touille.

Faire du pain. C'était le moment. Faire du pain.

Elle mit le moulin en marche, et c'est seulement quand le grain commença à s'écouler à grand bruit dans la trémie qu'elle se rendit compte qu'il était très tôt et qu'elle allait réveiller la jeune fille. Mais c'était trop tard. La mouture grise se déversait dans la bassine et l'arôme du seigle se répandait déjà, effaçant le souvenir de l'odeur du sang. Elle préférait l'odeur du seigle à celle du blé. Non qu'elle n'aimât pas l'odeur du blé, mais le seigle qu'on moud sent encore l'épi vert qu'il a été. Une bonne odeur.

Une voix derrière elle la fit sursauter. Avec le bruit du moulin, elle n'avait pas entendu la porte s'ouvrir.

« Tu fais quoi ? » demanda Sally qui visiblement tombait du lit. Elle était en T-shirt et n'avait même pas enfilé son short. C'est bon signe, songea aussitôt Liss ; Sally ne se mettait plus martel en tête pour ce qui s'était passé l'avant-veille.

« J'ai cru que tu perçais un trou. C'est un moulin ? » Elle criait pour couvrir le bruit.

Liss hocha la tête, mais attendit que tout le seigle soit moulu avant de répondre.

« Un moulin à céréales. Il a plus de cent ans. Mon grand-père l'utilisait déjà. En principe c'est pour la nourriture du bétail, mais je m'en sers pour faire du pain. On ne peut pas faire de gâteaux avec cette farine. »

Sally s'approcha, enfonça la main dans la bassine et

prit une poignée de farine grossière qu'elle fit ruisseler entre ses doigts.

« Je peux goûter ? demanda-t-elle.

– Je t'en prie, dit Liss.

– Tu fais toujours ton pain toi-même ? »

Sally mâchait lentement la farine.

« Ça a un goût de… de vert, si on peut dire. C'est un petit peu comme l'odeur du foin.

– C'est du seigle », expliqua Liss. Elle alla chercher le bol contenant le levain, qu'elle avait couvert avec un torchon à vaisselle.

« Ça marche comment ? Faire du pain, je veux dire. »

Sally s'assit sur le billot. Parfaitement à l'aise, comme si avant-hier n'avait pas existé. Les deux mains appuyées de part et d'autre des cuisses. Les jambes croisées à hauteur des chevilles. Liss vit à la dérobée les marques blanches des cicatrices, mais elle vit aussi que les genoux étaient moins anguleux que trois semaines plus tôt. Elle vit ce qui lui avait sauté aux yeux l'avant-veille : la beauté brute, vigoureuse et fragile qui se cachait dans ce corps maigre de fillette.

« Je te montre. » Liss lui tendit le bol de levain. « Soulève le torchon et sens. » Sally prit le bol, ôta le torchon et approcha son nez.

« Vinaigre, dit-elle, ou bien… jus de pomme fermenté ?

– Alors c'est qu'il est bien. »

Liss huma à son tour. N'était-il pas étrange que tout

ce qu'elle aimait faire se ramène plus ou moins à transformer un produit sucré ? Faire du pain. Vinifier. Distiller.

« C'est de l'acide acétique et un peu d'alcool. Il faut acidifier le seigle, sinon on ne peut pas le panifier. »

Elle préleva quelques cuillerées à soupe de levain liquide et les mélangea au contenu d'une jatte en grès qu'elle couvrit. Puis elle tendit la cuiller à Sally.

« Tu veux goûter ? »

Sally la prit et la mit dans sa bouche.

« Ça n'a pas le goût de pain, dit-elle. Un bon goût, mais pas celui du pain.

– Attends un peu », dit Liss. Ça lui faisait drôle d'expliquer.

« Et la farine ? demanda Sally en désignant le seigle qu'elle venait de moudre. Il ne faut pas l'acidifier ?

– On en rajoute une moitié qui n'a pas été acidifiée. Mélangée avec le sel et les épices. Ici. Tu veux ? »

Sally s'approcha. Elle se fit montrer les épices, mâcha quelques graines d'anis et de fenouil, ajouta trop de coriandre avant que Liss ait pu l'arrêter, puis commença à travailler la pâte dans le pétrin. Pétrir demandait de la force. Mais là encore, on aurait dit qu'elle l'avait déjà fait. En vérité, elle pige à toute allure, songea Liss. On n'a pas besoin de lui montrer cent fois les choses.

Elle alla chercher les faitouts. Sally, les bras dans la pâte jusqu'aux coudes, leva des yeux étonnés.

« Tu cuis le pain sur le fourneau ? »

Liss regarda les récipients dans ses mains. Les habitudes les mieux ancrées semblent bizarres le jour où quelqu'un les remet en question.

« Non, dit-elle, mais on peut aussi cuire le pain au four dans des faitouts. J'aime bien la forme. »

Sally libéra ses mains de la pâte, regarda Liss graisser les parois avec du beurre et goûta de nouveau.

« Ça n'a toujours pas le goût du pain. »

Liss sourit. « Tu es bien impatiente.

– Pas autant que toi », répondit Sally.

Oui, songea Liss après un moment de surprise, c'est vrai. Depuis toujours. Mais il était singulier que cette adolescente le perçoive aussi clairement. Elle jeta dans un des récipients une poignée de graines de tournesol, dans l'autre une poignée de sésame.

« Remue. »

Sally comprit tout de suite ce qu'elle voulait et tourna les faitouts entre ses mains pour répartir les graines et les coller de manière égale sur la surface beurrée. Puis, sans rien demander, elle les posa et y versa la pâte.

« On peut manger le seigle tel quel, dit-elle, pensant tout haut. Le levain aussi. La farine. Mais on veut du pain. Il faut moudre le seigle, l'acidifier, le pétrir et le cuire au four. Comme ça on le trouve bon. »

Elle regarda Liss.

« Parfois j'aimerais être comme une bête. Prendre les choses comme elles viennent. Manger ce qui se présente et le manger tel quel. Cru. Bouger comme un animal et vivre comme un animal. Sans pensées et… » elle hésita, « … sans peurs. Sans être toujours liée à quelque chose. »

Liss traça en silence deux entailles en croix sur la pâte, pour que le pain n'éclate pas en gonflant.

« Oui, dit-elle pensive, c'est une envie qu'on a parfois. Mais nous ne sommes pas faits pour ça. Nous sommes capables de lancer.

– Quoi ? » demanda Sally qui ne comprenait pas. Liss avait un faitout dans chaque main, Sally lui ouvrit la porte et la suivit à la cuisine. Liss désigna le four qu'elle avait déjà légèrement préchauffé, et Sally abaissa la porte. Liss déposa les récipients à l'intérieur.

« Maintenant il faut laisser la pâte monter pendant une heure. » Elle se retourna vers Sally. « Lancer. C'est ce qui nous différencie des autres animaux. Nous sommes capables de lancer en visant un but. Aucun autre animal ne sait faire ça. Et nous sommes capables de façonner les choses. De faire fermenter la farine et le jus de raisin. De fabriquer du vin. De faire du pain. Il n'y a rien de mal à ça.

– Mais ce n'est pas naturel ! »

Sally s'assit sur le banc et replia ses genoux entre ses coudes. Liss s'adossa au chambranle de la porte vitrée.

« Tu crois que tu es quoi ? dit-elle, amusée. Tu es un petit bout de nature, exactement comme une pomme de terre. Tu appartiens à la nature au même titre que les éléphants, les castors et les autres humains. Tous modifient quelque chose. En détruisant les forêts, les éléphants ont transformé de grandes parties de l'Afrique en savanes. Les castors bloquent les cours d'eau et détruisent l'habitat des mulots en inondant les prairies. Nous, les humains, sommes des animaux. Des animaux astucieux, incroyablement habiles et manipulateurs. Il semblerait que penser favorise la survie pendant un certain temps. Mais est-ce qu'à la longue… En tout cas nous sommes des bêtes au même titre que les éléphants ou les castors. Être capables de construire des centrales nucléaires ne suffit pas à nous mettre en dehors de la nature.

– Waouh, dit Sally. Je crois que tu n'as encore jamais autant parlé. Selon toi, on ne laisse rien en l'état, c'est bien ça ? On modifie notre environnement par le simple fait d'exister. Qu'on détruise plus ou moins ne fait donc aucune différence. »

Elle la provoquait du regard. Liss réfléchit avant de répondre. En ce moment nous ne parlons pas seulement de la nature, songea-t-elle.

« Tout ce qu'on fait a un impact sur les autres. Je pense qu'il faut le savoir… Pour ce qui est de détruire… est-ce que je détruis quelque chose quand j'aide les abeilles à survivre ?

– Oui. Tu détruis les acariens. »

Sally eut un petit rire de triomphe.

« Tu ne peux pas gagner, dit-elle. Reconnais-le. »

Liss sourit.

« Dans ce genre de discussion, personne ne gagne jamais. Chacun ne cherche qu'à renforcer ses convictions. »

La grisaille du petit matin se dissipait peu à peu. Le ciel au-dessus de la grange s'éclaircissait et les nuages effilochés se teintaient lentement de rose.

« Pourquoi tu vis seule ? » demanda Sally.

Liss se referma comme une huître.

« Je n'ai pas envie de parler de ça. Moi je ne te pose pas de questions. »

Sally grignotait une poire. Impassible. Tranquille. Liss se demanda comment cette fille pouvait exploser de colère à la moindre occasion et redevenir aussi placide qu'une pierre au soleil.

« Ce n'est pas la même chose. Tu sais tout sur moi, de toute façon. »

Liss était surprise.

« Moi ? Sur toi ? »

Sally haussa les épaules.

« C'est pas sorcier. Tu lis le journal. Tu as parlé avec les policiers. Tu me vois. Et tu dis que je te rappelle toi quand tu étais jeune. C'est pas sorcier, non ? »

Liss réfléchit quelques secondes. Il y avait peut-être du vrai.

« J'aime vivre seule. Et la plupart des gens ne me supportent pas. C'est grave ? »

Sally posa le reste de sa poire sur une soucoupe. Liss

aimait sa façon de manger. Elle y mettait une sorte de concentration, ce n'était jamais machinal.

« Ça ne le serait pas si tu étais heureuse, dit-elle en se levant. Mais tu ne l'es pas. On peut mettre le pain en route, maintenant ? »

Liss se sentit bouillir intérieurement mais se retint.

« Toi non plus tu n'es pas heureuse. Sinon pourquoi serais-tu ici ? »

Sally ouvrit de grands yeux.

« Quoi ? demanda-t-elle, stupéfaite. C'est ce que tu penses ? Quand je suis arrivée ici je n'étais pas heureuse. Vraiment pas. Mais là, en ce moment… ou bien dans les vignes, ou dans la forêt… Je serais partie depuis longtemps ! »

Liss ouvrit la porte-fenêtre. Elle ne savait pas trop ce qu'elle éprouvait. Au moment de sortir elle dit : « Il faut encore une demi-heure pour le pain. »

Tandis qu'elle marchait dans la cour, la phrase de l'adolescente résonnait dans sa tête.

Je serais partie depuis longtemps.

17 septembre

Liss craignait parfois de ne pas être en état de travailler. Le travail était tout. Le travail était bénéfique, grâce à lui le déroulement des journées était comme un sentier balisé en montagne. On savait où marcher si on ne voulait pas chuter. Tout le reste était dangereux.

Elle se tenait sous le noyer, les yeux levés vers la cime. L'arbre avait son âge. Celui où un noyer produit le plus de fruits. Il en avait tant qu'elle avait pu récolter la moitié des noix vertes en juin pour faire de la liqueur. Et il en restait encore assez. Les premières avaient même commencé à tomber.

« C'est une année à fruits ! »

Liss se retourna vers la clôture. Anni était descendue de son vélo. Malgré son grand âge, elle allait encore à vélo fleurir l'église pour les baptêmes, les mariages et les enterrements. Liss avait l'impression qu'il en avait toujours été ainsi. Anni avait toujours porté le fichu bleu des paysannes ; le tablier noir par-dessus la robe de travail noire. Autrefois elle lui offrait un bretzel.

Aujourd'hui elle lui adressait encore la parole. Pas le cas de tout le monde. Anni représentait tout ce que Liss continuait à aimer dans son village. Comme si elle avait échappé au temps. Son vélo sans vitesses était aussi noir que les vêtements qu'elle portait depuis son veuvage. Qui remontait à quand ? Liss fit le calcul. Elle avait dix-neuf ans. Anni était en noir depuis tout ce temps.

« C'est une bonne année », répondit-elle en ramassant une noix.

Anni avait-elle toujours été aussi petite ? Elle arrivait tout juste à voir par-dessus la clôture.

« C'est quoi cette fois ? Enterrement ou baptême ? »

Il ne pouvait s'agir d'un mariage. Les mariages ont toujours lieu le samedi.

« Gutmann est mort. Tu n'es pas au courant ? »

Liss frotta la noix entre ses doigts.

« Par qui ? » demanda-t-elle.

Anni hocha la tête. Liss essaya de retrouver sur son visage la femme qui lui donnait des bretzels près de quarante ans plus tôt. La femme qui à l'époque avait l'âge qui était le sien aujourd'hui.

« Tu vas faire ton bois ? » demanda Anni en remontant sur son vélo avec une aisance déconcertante.

Liss acquiesça et se demanda comment Anni le savait. Peut-être suffisait-il qu'Anni pose la question : on avait déjà l'intention d'aller au bois mais on ne le savait pas encore…

« Tu as un bretzel pour moi ? » demanda-t-elle soudain.

Anni, que rien ne semblait pouvoir surprendre, redescendit, fit demi-tour, fouilla dans le panier du porte-bagage, le vélo calé entre ses vieilles jambes arquées, et sortit un bretzel qu'elle tendit par-dessus la clôture.

« Prends soin de la jeune fille », dit-elle de sa voix cassée de vieille femme.

Sur ce, elle remonta en selle et reprit le chemin de l'église ; lentement, en zigzaguant un peu.

Oui, songea Liss en mordant dans le bretzel rassis, c'est ce que je fais.

Elle sortait la remorque de la grange en début d'après-midi quand Sally surgit d'on ne sait où et gara son vélo dans la cour.

« L'automne arrive et je dois faire un chargement de bois, dit Liss. Ça ira plus vite si tu me donnes un coup de main. »

Il n'était pas toujours facile de dire les mots justes sur le ton adéquat. Tout pouvait être mal interprété. Elle le savait. Elle était la championne du malentendu.

Sally grimpa sans hésiter sur le tracteur. Mais resta silencieuse pendant le trajet vers la forêt. Liss quitta la route et prit le chemin d'exploitation à travers la campagne déserte. Les champs de maïs étaient encore hérissés çà et là de moignons de tiges. Des corneilles arpentaient en toute quiétude les vastes champs de blé jaunis à la recherche de grains oubliés. Dans le ciel, une nuée d'oiseaux chanteurs. Dont Liss ne put identifier l'espèce. L'air était chaud mais on sentait venir l'automne. La scie circulaire tressautait sur la remorque avec un bruit de ferraille tandis que le tracteur grimpait en cahotant le chemin de la forêt, et le vacarme aurait de toute façon rendu la conversation impossible. Elles finirent par arriver à l'énorme tas de rondins qu'elle avait empilés deux ans plus tôt. Liss descendit du tracteur, arrêta le moteur et ouvrit le hayon de la remorque. La jeune fille passa directement du tracteur sur la plateforme en montant sur le timon et Liss éprouva une étrange nostalgie : Sally se mouvait déjà avec autant de naturel et de pragmatisme que si elle avait grandi à la ferme. Elle donna un coup de main à Liss pour descendre la scie, Liss détela la remorque et fit faire demi-tour au tracteur.

« On n'a pas besoin d'électricité pour la scie ? »

La voix de la jeune fille était un peu enrouée ; comme si elle parlait pour la première fois de la journée. Ce qui était sans doute le cas. Liss non plus n'avait encore parlé à personne aujourd'hui, à part Anni. Elle désigna la prise de force.

« C'est la différence entre un tracteur et une voiture, expliqua-t-elle. Quand tu te déplaces en tracteur, tu as toujours un moteur avec toi au cas où. Autrefois on utilisait des locomobiles. Il y en a encore une dans la grange de Heuberger.

– C'est quoi une locomobile ? demanda la jeune fille tout en faisant les gestes nécessaires pour brancher la scie circulaire. Elle inséra la goupille de sécurité dans l'arbre sans avoir à poser de questions, et Liss se rappela sa première rencontre avec elle. Il n'y avait pas si longtemps, mais il lui sembla que ça faisait un siècle.

« Une machine à vapeur. Qui ressemblait un peu à une locomotive mais ne se déplaçait pas toute seule. On la transportait aux champs avec des chevaux, et elle faisait la même chose que notre tracteur. Alimenter les scies ou les batteuses, ou même tirer la charrue. »

La jeune fille se redressa.

« Tu pourras me la montrer », dit-elle d'un ton désinvolte, mais c'était la phrase que Liss attendait.

Quand elle eut réglé la vitesse de rotation du moteur, l'après-midi s'emplit des gémissements de la scie circulaire. Un bruit qui évoquait toujours l'hiver, songea Liss tandis qu'elle prenait les rondins un à un sur le tas pour les couper. Le chant monotone de la lame tournant à vide, le bref piaillement quand elle pénétrait dans le bois, puis le chant qui reprenait. Elle n'y pouvait rien : pour elle ce bruit était associé à la neige et aux journées courtes, au froid et à l'hiver. Mais c'était un après-midi chaud, estival, et, quand les ombres commencèrent à s'allonger, la fraîcheur fut la bienvenue. Coiffée d'un casque antibruit rouge fluo, Sally balançait les bûches sur la remorque, infatigable et concentrée. De temps à autre elle grimpait sur la plateforme pour évacuer le bois vers l'arrière, redescendait et reprenait sa tâche sur le même rythme. Se pencher. Ramasser deux bûches. Les jeter dans la remorque. Malgré son aide, la pile de rondins ne baissait pas vite et, quand le tas sur la plateforme atteignit le haut de la ridelle, les ombres des arbres s'allongeaient déjà sur toute la longueur du champ. Le soleil avait disparu depuis longtemps derrière les frondaisons et la couleur du ciel annonçait son coucher. Liss fit signe à la jeune fille d'arrêter. Elles découplèrent la scie et la poussèrent vers la lisière du bois. Liss avait l'intention de revenir le lendemain. Elle fit faire demi-tour au tracteur et Sally accrocha la remorque. Un léger voile blanc flottait maintenant au-dessus des arbres, il faisait presque froid tout à coup.

« Crépuscule civil », dit Sally en grimpant sur son siège. Ces deux mots dénouèrent au fond du corps de Liss la tension inconsciente qui avait duré toute la journée. Comme un ressort qui se détend. Elle avait le pied sur l'embrayage mais n'enclencha pas de vitesse.

« Crépuscule civil, répéta Sally posément. Quand le soleil est couché, il y a d'abord le crépuscule civil, puis le crépuscule nautique. »

Liss coupa le moteur et se tourna vers elle.

« Crépuscule civil : le soleil est de un à six degrés en dessous de l'horizon. Dehors on n'a pas encore besoin d'éclairage artificiel et on ne voit presque pas d'étoiles. »

On dirait un poème, songea Liss, les mots coulent comme si elle les récitait par cœur.

« Crépuscule nautique », poursuivit Sally et Liss perçut une pointe d'ironie dans sa voix. « La plupart des étoiles sont visibles. Le soleil est de six à douze degrés en dessous d'une ligne d'horizon qu'il nous faut imaginer. Il y a malheureusement une forêt entre elle et nous.

– Où as-tu appris ça ? » demanda Liss.

Sally lui jeta un regard de biais et sourit.

« Quand on est censée être la meilleure, il faut savoir des choses que les autres ne savent pas. Il faut savoir que dans ce pays il ne suffit pas que la nuit tombe et que le jour se lève. Parce que tout doit obéir à des règles. »

Liss ne comprenait toujours pas tout à fait mais la jeune fille lui parlait et c'était bien. Elle démarra le moteur. Le capot du tracteur se cabra un peu avant que la remorque lourdement chargée ne s'ébranle sur le sol moelleux de la forêt. Sally se retint à l'accoudoir en fer, se pencha en avant et haussa la voix pour que Liss l'entende.

« Si la loi dit que tu dois allumer tes phares dès qu'il fait nuit, il faut bien que tu puisses dire à quel moment la nuit commence. Il y a des règles pour tout. La nuit commence avec le crépuscule nautique, et tu peux le calculer pour chaque jour. Tu n'es pas la seule à avoir un père intelligent. »

Sally se réinstalla sur son siège. Liss lui jeta un bref coup d'œil. La brume s'élevait au-dessus des champs, une lune rouge montait au-dessus de la silhouette noire du village, et à cet instant précis un premier chevreuil sortit de la forêt. Liss le vit et pointa le doigt. Sally tourna la tête, un deuxième suivit, puis un troisième, juste devant le tracteur. Liss et Sally échangeaient un regard en souriant quand un quatrième surgit d'un bond, percuta le moteur, tomba et atterrit sous une roue. Liss eut beau freiner, impossible de stopper à temps le lourd attelage.

« Merde ! » dit Sally en posant un pied à terre. Liss était déjà descendue du tracteur quand le chevreuil poussa un cri. Un cri comme un coup de fouet. Liss se mordit la lèvre et se pencha. Elle n'avait encore jamais écrasé un animal. Et avec le tracteur, en plus !

L'animal étalé entre les roues avant et les roues arrière essayait de se remettre debout, mais elle vit tout de suite qu'il avait les pattes postérieures brisées, et vraisemblablement le bassin. Il n'y avait plus rien à faire. Sally, de l'autre côté du tracteur, la regardait.

« Je le tire de là ? Qu'est-ce que… On fait quoi maintenant ? »

Liss secoua la tête et se redressa.

« Ça ne sert plus à rien. »

Elle coupa le moteur. Le chevreuil poussa un deuxième cri. Liss sentit un calme glacial s'installer en elle. Elle enfonça la main sous le siège du tracteur, attrapa la boîte en fer-blanc maintenue en place par un tendeur en caoutchouc. Sally la rejoignit. Liss désigna la remorque.

« Va chercher les casques antibruit ! Les deux. »

La jeune fille grimpa sur le timon, se baissa et attrapa les casques qu'elle avait accrochés à la ridelle. Liss avait ouvert la boîte en fer-blanc et sorti le pistolet. Sally l'avait rejointe quand elle ôta l'élastique de la boîte à cigarettes et inséra une cartouche dans le chargeur.

« Tu vas… »

Elle ne termina pas sa phrase. Le chevreuil cria de nouveau et le plus étrange était de voir les trois autres chevreuils brouter dans le champ à une centaine de mètres en levant la tête de temps à autre.

C'est toujours pareil, songea Liss. À la fin on est toujours seul.

Elle prit un des deux casques que tenait Sally et le mit sur ses oreilles. Sally hésita un instant et fit de même. Puis Liss prit le pistolet sur le siège, remit le chargeur en place et recula la glissière tout en s'accroupissant à côté du chevreuil.

« Place-toi derrière moi ! » cria-t-elle à Sally. Elle empoigna le pistolet à deux mains, retint son souffle et tira. La détonation fut assourdissante malgré le casque. La bête s'affala comme une masse, seules les pattes arrière tressautèrent à deux ou trois reprises.

« Merde ! » dit Liss en tirant le chevreuil par une patte avant pour le dégager des roues du tracteur. « Merde », répéta-t-elle en ôtant son casque.

« Et maintenant ? » demanda Sally. Liss vit qu'elle était bouleversée. Il ne fallait pas se montrer désagréable. Ce n'était pas la faute de cette fille si elle n'avait pas réagi assez vite. Elle aurait dû freiner dès le premier chevreuil au lieu de bayer aux corneilles.

« Ça ne va pas te plaire, dit-elle tout bas, tu peux partir devant. Il faut que je l'éviscère. »

La jeune fille la regarda, puis le pistolet dans sa main. Elle secoua la tête.

C'était trop ouf ! Cette femme avait abattu le chevreuil sans hésiter, comme on descend la poubelle ou on prend sa douche. Un naturel bluffant. Et le coup était parti avec un bruit incroyable… ça ne faisait jamais ça dans les films. Elle avait senti la détonation jusque dans son ventre.

« Tu peux me passer deux cordes ? »

Liss lui tendit le pistolet d'une main, de l'autre elle tirait le corps du chevreuil sur le chemin menant à la lisière de la forêt.

« Et remets le pistolet dans la boîte, tu veux ? »

Le pistolet était chaud et lourd dans sa paume. C'était la première fois que Sally tenait une vraie arme. Plutôt cool. Un peu effrayant mais cool.

« Les cordes ! »

Liss s'impatientait. Sally se hâta de ranger le pistolet dans la boîte en fer-blanc et détacha deux des fines cordes rugueuses qui étaient toujours accrochées au garde-corps. Elle les apporta à Liss qui s'agenouilla à côté du chevreuil et noua la première corde autour d'une patte arrière. Sally n'hésita qu'une seconde avant de s'agenouiller à son tour et enroula la seconde corde autour de l'autre patte. C'était bizarre d'attraper cette patte, mais elle le fit.

« Hissons-le », dit Liss en se levant. Elle désigna le pin, devant elles, qui avait deux branches à peu près à la hauteur de leur tête, de part et d'autre du tronc. Liss lança l'extrémité de sa corde par-dessus la branche de gauche et Sally en fit autant de l'autre côté. Elles hissèrent le chevreuil. Son dos heurta le tronc avec un bruit mat assez étrange, et le chevreuil se retrouva pendu la tête en bas, c'était ouf. À présent la nuit tombait pour de bon. Sally frissonna. Elle vit Liss sortir son couteau de la poche arrière de son jean, le déplier et d'un geste posé faire une entaille circulaire entre les pattes du chevreuil, introduire avec précaution la lame sous le pelage et trancher de bas en haut.

« Beurk ! » dit Sally, prise d'une brusque nausée qu'elle maîtrisa presque aussitôt. Liss se retourna.

« Il ne faut pas percer la panse, dit-elle, s'excusant presque, sinon la viande est gâtée. » Elle retourna à sa tâche. Elle agissait avec une froideur. Une précision. Comme si elle avait fait tous ces gestes des milliers de fois. Sally s'approcha, non sans répugnance, quand Liss enfonça de nouveau le couteau et entama les tissus sous-cutanés d'un blanc nacré. Le bruit était dégueu.

Des ciseaux découpant une étoffe épaisse. Était-ce pareil à l'hôpital ? Ça faisait le même bruit quand on vous ouvrait le ventre ? Elle se sentit faiblir.

« Là tu fais quoi ? » demanda-t-elle. Sa langue pataugeait dans la salive. Sa bouche en était remplie.

« Les chasseurs disent "étriper". Il faut enlever les viscères.

– Pourquoi… pourquoi on ne le laisse pas là où il est ? »

Liss suspendit un instant son geste. Ses mains étaient rouges de sang. Était-ce bien Liss ? Cette femme était si… Son aisance à tuer, à ouvrir le corps chaud de la bête, à tremper ses mains dans le sang… Sally était fascinée.

« De toute façon il est mort pour rien, répondit Liss sans s'émouvoir, il serait encore plus absurde de le laisser là où il est. On peut au moins le manger. »

Elle avait ouvert le ventre et le poitrail. L'animal était fendu en deux, béant, et Sally était hypnotisée malgré elle. Elle n'avait encore jamais vu de vrais poumons ; de vrais intestins. L'intérieur de son corps devait ressembler à ça. Elle s'approcha.

« Tu peux tenir ? » demanda Liss en désignant l'œsophage.

Sally s'en saisit. Pas question de montrer ses faiblesses et puis… elle voulait. Elle voulait savoir ce que ça faisait. L'intérieur du chevreuil était beaucoup moins sanguinolent qu'elle ne l'aurait imaginé, mais bon… Liss n'avait pas tiré dans le cœur. La texture de l'œsophage la surprit. Elle s'attendait à quelque chose de mou, d'un peu fragile, en réalité c'était une espèce de tuyau dur et chaud. La lame crissa quand Liss l'enfonça sous la mâchoire du chevreuil. Elle recula d'un pas.

« Maintenant tu peux retirer les viscères. Doucement, pour que la panse ne se déchire pas. »

Sally tira sur l'œsophage et les entrailles se déversèrent sur le sol. Elles fumaient légèrement dans l'air frais de la forêt. Sally dut avaler sa salive à plusieurs reprises. À présent le chevreuil ne saignait plus. Une petite tache presque noire à la racine de l'arbre marquait l'endroit où le sang avait stagné avant de s'infiltrer peu à peu dans le sol.

« Où as-tu appris tout ça ? » demanda Sally pour dire quelque chose. Elle n'avait encore jamais vu abattre un animal. Elle n'avait encore jamais vu à quel point c'était facile, cet instant minuscule qui séparait la vie de la mort. Dix minutes, et le chevreuil bondissant était devenu un morceau de viande suspendu à l'arbre et qui n'éprouvait plus rien.

Liss essuya le couteau et ses mains dans la mousse, replia la lame et le mit dans sa poche.

« Nous allons le cacher sous les bûches. En réalité nous aurions dû appeler le garde-chasse. Nous voilà des braconnières, toi et moi », dit-elle avec un grand sourire.

Et tu as un pistolet sous le siège de ton tracteur, songea Sally tandis qu'elle aidait Liss à hisser le chevreuil dans la remorque et à empiler quelques morceaux de bois par-dessus. Tu as carrément un pistolet dans ton tracteur.

18 septembre

Sally était assise dans la lucarne du fenil et lisait. La maison de Liss était remplie de livres. Il y en avait partout. Ouverts et retournés, le dos cassé, parfois avec un crayon, une feuille séchée ou le rabat de couverture en guise de marque-page. Pas seulement dans la maison. Dans la cuisine, sur les buffets et les appuis de fenêtres, dans le panier de son vélo et bien sûr dans la salle de bains. Sally en avait même trouvé un abandonné sur un barreau du poulailler en allant ramasser les œufs. Un roman d'aventures oublié, couvert de poussière. Pas facile de déterminer les goûts de Liss, elle lisait apparemment ce qui lui tombait sous la main. Des livres d'enfant ou de science-fiction aussi bien que des manuels de mécanique ou des romans qui semblaient ardus. Sally ne savait pas si elle trouvait ça cool ou bizarre. Dans sa famille personne ne lisait. Si ce n'est le journal, peut-être, sur iPad. Mais ici il y avait tant de livres, et tellement de temps pour les lire, qu'ils venaient à vous d'eux-mêmes. Peut-être parce que les journées formaient une continuité indistincte ; elle avait l'impression d'être là depuis une éternité et non pas deux semaines.

Elle était assise dans la lucarne du fenil et le soleil luisait sur ses jambes. Elle aimait cette place d'où elle dominait la cour. La première fois que Liss l'avait vue installée là, son regard s'était attardé sur elle plus longuement que d'ordinaire, mais elle n'avait rien dit. Pas : Va-t'en de là C'est beaucoup trop haut Tu risques de tomber Tu es folle C'est dangereux Va-t'en de là Va-t'en Allez va-t'en. Elle-même ne s'était pas sentie très à l'aise quand elle avait découvert l'étroite porte de bois et l'avait ouverte pour la première fois. C'était dingue : une porte qui ne donnait sur rien. Ou plutôt sur le vide, à huit ou dix mètres de hauteur. Elle s'était mise à plat ventre et avait regardé en bas. Puis s'était retournée sur le dos et avait regardé en haut. Une poutre dépassait d'un mètre environ au-dessus de la porte, une poulie en bois y était fixée, sur laquelle on pouvait passer une corde. Plus tard, elle s'était assise par terre et s'était laissée glisser lentement sur les planches vers l'extrémité de la lucarne jusqu'à pouvoir laisser pendre ses jambes à l'extérieur en se retenant d'une main. Ses talons nus frôlaient le mur chaud. Il lui avait fallu un moment avant de comprendre pourquoi c'était si agréable, puis l'évidence lui avait sauté aux yeux : c'était la liberté. Une sensation de liberté, mais qui tenait à quoi ? Si elle tombait, elle était morte. Ou paralysée. Et ce n'était pas du tout le but, contrairement à ce qu'ils croyaient tous. Elle n'avait aucune envie d'être morte. Ou en petits morceaux. C'était même l'inverse. Elle voulait être limpide, impeccable, exacte, parfaite, et ce n'était jamais possible. Mais assise là, à la limite entre la chute et la sécurité, on se sentait libre, on se sentait bien.

Elle était assise dans la lucarne du fenil, le soleil luisait sur ses jambes et elle lisait. Le livre s'intitulait *Zora la Rousse*, elle l'avait d'abord pris pour un livre d'enfant, mais en vérité ce n'en était pas un. Elle aimait la manière dont l'histoire était racontée. On avait le sentiment que peu de mots suffisaient. La langue était aride comme le paysage dans le livre. En lisant l'histoire de Branko, dont personne ne voulait, elle avait un peu l'impression de se reconnaître. Avec elle ils faisaient tous comme s'ils la voulaient un peu, la voulaient beaucoup, la voulaient absolument, mais ce qu'ils voulaient en réalité n'était qu'un reflet qu'ils puissent appeler Sally, afin d'être moins gênés de n'avoir d'yeux que pour eux-mêmes, ils se seraient baisés eux-mêmes s'ils l'avaient pu, pour ne pas avoir à s'en remettre à quelqu'un d'autre. Personne ne la voulait pour ce qu'elle était, songeait-elle sans grande émotion, le livre ouvert sur les genoux.

En bas, Liss traversa la cour. Elle portait plusieurs paniers en osier empilés les uns dans les autres et disparut à l'intérieur de la grange. Sally l'entendit aller et venir en dessous d'elle, puis la vit ressortir. Elle poussait une brouette où elle avait déposé les paniers.

« Comment tu gagnes ton argent ? cria-t-elle d'en haut. Je veux dire, tu vis de quoi ? »

Liss leva la tête. Elle dut cligner les yeux à cause du soleil.

« Extorsion, répondit-elle avec le plus grand sérieux. Et traite des blanches. »

Sally éclata de rire. Les blagues de Liss étaient si rares, on ne s'y attendait jamais.

« Je vais récolter des poires, cria-t-elle. Tu voulais que je te montre quelques variétés. Tu m'accompagnes ? »

Sally reposa le livre et empoigna la corde qu'elle avait accrochée à la poulie quelques jours auparavant. Les jambes enroulées autour de la corde, comme au cours de gymnastique. Les mains à l'extrémité supérieure. Elle se laissa glisser et se retrouva suspendue dans le vide, un moment de magie absolue. Elle descendit, une main après l'autre, en tournoyant lentement sur elle-même.

« Il y a une échelle au fond de cette grange, au cas où tu n'aurais pas remarqué », dit Liss quand elle arriva en bas.

Sally rit et souffla dans ses paumes. Décidément, c'était son jour de malice.

Elles arrivèrent dans le jardin, où Sally savait déjà qu'il n'y avait que des pommiers. D'ailleurs Liss ne s'arrêta pas. Poussant la brouette, elle contourna le hangar aux machines, le coin où se trouvaient les ruches, alors seulement Sally remarqua un étroit sentier presque envahi par les sureaux, entre la clôture et l'arrière du hangar. La tôle de la brouette raclait le crépi au passage. Les éraflures dans le mortier gris-vert montraient que ce n'était pas la première fois. Peu avant l'extrémité du hangar Liss s'arrêta, tendit le bras par-dessus la brouette et ôta le crochet d'une porte que Sally avait à peine remarquée dans la haie. Liss dut se baisser et passer sous les branches pour la franchir avec la brouette. Sally la suivit et s'arrêta médusée dans l'herbe qui lui montait presque au genou. Elle croyait connaître par cœur la disposition de la ferme à l'intérieur du village. Jamais elle ne se serait attendue à trouver un jardin de cette dimension caché derrière l'école voisine. Et ce n'était pas seulement un jardin. C'était un jardin comme dans les livres. À l'abandon. Avec des orties à hauteur d'homme dans tous les coins. Entièrement ceinturé de haies. Rempli de fleurs et d'herbes folles. Rempli de senteurs suaves et sauvages.

« Mince alors, dit-elle avec respect.

– Oui », répondit sobrement Liss.

Elle s'ouvrit un passage avec la brouette à travers l'herbe haute jusqu'au premier des nombreux poiriers dont l'alignement régulier faisait un effet bizarre au milieu de cette jungle.

« Seigneur d'Esperen, dit-elle en désignant des fruits qui ne ressemblaient pas du tout à des poires.

– Ce ne sont pas des poires, dit Sally en s'approchant, ce sont de gros œufs. »

Liss fit la moue. Sally se demanda si elle souriait ou pas.

« C'est ce qu'il y a de beau avec la nature. Ses critères ne sont pas les nôtres. Même si certains essaient de lui faire produire ce qui leur plaît. Belgique, 1831. Goûte. »

Elle détacha de la branche une poire d'un gris-jaune strié de brun, sortit un couteau de sa poche, tailla un morceau et le tendit à Liss. C'était jaunâtre, d'une douceur singulière dans la bouche car la chair granuleuse fondait entre la langue et le palais.

Liss prit les paniers dans la brouette, les jeta dans l'herbe et se figea soudain.

« Viens ! souffla-t-elle. Viens voir ! »

Sally approcha de quelques pas et suivit son regard. Elle eut le temps de voir un petit serpent se faufiler dans l'herbe.

« C'est pas vrai, souffla-t-elle entre effroi et fascination. Des serpents ? Tu as des serpents dans ton jardin ?

– Des orvets. Ce ne sont pas des serpents. Et ils sont inoffensifs. »

Liss éclata de rire.

« Qu'est-ce qu'il y a ? » demanda Sally qui suivait la trace du serpent, prudente mais dévorée de curiosité.

« Bonjour le symbole, dit Liss, pince-sans-rire. Je cueille une poire, je te la donne et le serpent apparaît. Je me demande bien pourquoi. »

Sally ne répondit pas. Le serpent avait disparu. C'était dingue ! Jamais elle n'avait vu un jardin comme celui-ci.

Une nuée dansante de moustiques vibrait dans le soleil entre les arbres.

Liss l'avait rejointe au pied d'un arbre beaucoup plus haut que les autres. Il avait des fruits à portée de main mais elle sauta, attrapa une branche et se hissa avec adresse, grimpa à deux ou trois mètres et cueillit une poire dans la partie haute et ensoleillée du feuillage.

« Tiens », cria-t-elle en la lançant à Sally.

Encore un moment incroyable. Sally ne connaissait aucun adulte qui grimpe ainsi dans les arbres. Ceux qu'elle connaissait faisaient du sport. Mais ce n'était que du sport. Ils ne bougeaient pas pour arriver quelque part. Ils bougeaient pour être quelque chose. Plus minces ou plus rapides ou meilleurs. En réalité ils ne faisaient que tourner en rond.

Elle attrapa la poire au vol et un second objet brillant tomba à côté d'elle ; le couteau se planta dans le sol, à cinquante centimètres à peine de ses chaussures.

« Coupe-la en deux », dit Liss en redescendant de l'arbre.

Le fruit était lourd et tout chaud de soleil. Sally se pencha, tira le couteau du sol et essuya la terre contre ses jambes nues. Elle coupa la poire.

« Waouh », dit-elle.

C'était comme si on ouvrait une fleur rare. Les pépins brun-noir luisaient dans leurs alvéoles d'un rouge brillant. Tout autour, il y avait comme un lit de chair blanche cerné d'une cloche rouge rosé. Partagé par un fin trait blanc partant de la queue. Le tout enveloppé d'une peau fine et chaude, brun-rouge.

« Je n'avais encore jamais vu ça, dit Sally.

– Alexandre Lucas, dit Liss. On ne sait pas depuis quand elle existe. Goûte. »

Sally tailla cette fois un plus gros morceau. Elle voulait goûter le rouge et le blanc. Difficile de trouver un mot pour décrire ce mélange de fermeté et de fondant de la chair dans la bouche. Le rouge avait un goût plus sucré et le blanc une infime touche d'amertume, mais les deux ensemble donnaient un goût qui… la lumière du soleil aurait peut-être ce goût-là si elle traversait l'immensité bleue du ciel puis le vert passé des hauts arbres pour vous tomber tout droit sur la langue à la fin d'un long été.

« Tu en veux ? » demanda-t-elle en tendant la moitié à Liss, qui secoua la tête.

« Ce n'est pas ma préférée. »

Elle se dirigea vers un autre arbre qui portait des poires allongées et très vertes.

« Celles-ci ne sont pas encore mûres, ou si ? » demanda Sally.

Liss en cueillit une, arracha la queue avec les dents et la recracha.

« Beurré Bosc. Un croisement dû au hasard. Découvert dans la forêt près d'Apremont pendant la Révolution française. Certains l'appellent aussi Empereur Alexandre. »

Elle la tendit à Sally. Qui mordit dedans. Cette fois la chair était ferme et le goût âpre.

« Je les aime quand elles ne sont pas tout à fait mûres, dit Liss.

– Comment tu sais tout ça ? » demanda Sally. Elle caressa les orties avec la main. Parfois elle aimait bien la sensation de brûlure sur ses paumes. « La forêt, l'époque et tout le reste. »

Liss prit encore une bouchée, puis lança le reste de la poire par-dessus la haie d'un large mouvement du bras.

« J'ai appris tout ça par cœur. »

Elle retourna chercher un des paniers dans la brouette.

« Ou, pour être plus exacte, j'ai été obligée d'apprendre tout ça par cœur. Chaque arbre, chaque poire, chaque nom. »

Au passage elle cueillit une poire d'un autre arbre et la lança à Sally sans se retourner. Sally l'attrapa au vol. Le fruit semblait sorti d'un vieux livre d'images. Sally n'avait jamais vu une poire comme celle-là dans aucun supermarché. Des flammes rouges et brillantes s'étiraient sur la partie du fruit exposée au soleil, viraient à l'orangé puis au jaune sur la partie qui ne l'était pas. C'était une poire énorme, lourde, d'une forme irrégulière, presque exotique.

« Marguerite Marillat, dit Liss d'une voix chantante et un peu moqueuse. Une variété française. À la dernière mode quand j'avais treize ans. Créée pour la frime. Beaucoup plus belle à voir que bonne à manger. En plus, elle ne se conserve pas. »

Sally s'adossa au tronc à côté de Liss. Le contact de l'écorce rêche sur son dos à travers le tissu fin du T-shirt était agréable.

« Qui t'a fait apprendre tout ça par cœur ? demanda-t-elle.

– Le propriétaire précédent », répondit Liss qui avait commencé la cueillette des Marillat et les jetait sans précaution dans le panier.

« Elles vont être meurtries ? demanda Sally, quittant son arbre pour lui prêter main-forte.

– De toute façon elles sont destinées à la fermentation. Elles ne donnent même pas un bon schnaps. Tout juste bonnes à faire du jus. Pour les autres ça n'a pas d'importance non plus. Nous n'allons pas les manger. Elles seront transformées en moût. »

Elles travaillèrent en silence. Le jardin était empli du bourdonnement des abeilles, de la lumière de septembre et du parfum des poires.

« Le propriétaire précédent, c'était ton père ? »

Liss ne répondit pas tout de suite. Les poires étaient si grosses que le panier se remplissait très vite sans qu'on ait besoin d'une échelle. Sally la regardait travailler. Avec rapidité, mais pas comme pour le ramassage des pommes de terre. Ses gestes étaient moins réguliers, presque rageurs. Quand le panier fut plein à ras bord, elle le traîna jusqu'à la brouette et le balança dans la caisse d'un seul élan, de toutes ses forces, sans laisser à Sally une chance de l'aider.

« C'était un connard et c'est tout, siffla-t-elle entre ses dents. Pour ce qui est d'être un père… un père comme ça, on s'en passe. »

Elle se dirigea vers la haie où il y avait une échelle que Sally n'avait pas remarquée. Liss la dégagea des broussailles et la dressa contre un tronc, entre les branches.

« Tu veux monter ? »

Sally acquiesça et grimpa les échelons, puis se positionna jambes écartées, les pieds en appui sur deux branches, le dos contre le tronc ; de là elle avait accès à la cime. Les fruits luisaient d'un éclat magnifique parmi les feuilles. Elle se mit à lancer les poires une par une, d'un geste régulier, à Liss postée en bas. Elle hésita un moment avant de poser la question qui l'intéressait.

« Il te battait ? »

Elle cueillit une poire. Lâcha la poire dans les mains de Liss.

« Il n'avait pas besoin. »

La poire atterrit dans le panier.

« Tout devait être précis. Rigoureux. Rien qui dépasse. Je me rappelle encore quand il a planté les arbres. Il a délimité un rectangle au cordeau, comme pour une maison. Un arbre tous les cinq mètres dans le sens de la longueur, tous les quatre mètres dans le sens de la largeur. Des quadrillages de ce genre, il y en avait partout, même si on ne les voyait pas. À la ferme, au village, dans ma chambre, le jour où j'ai fini par en avoir une, même quand j'ai eu seize ans, ou dix-sept, ou dix-huit. Surtout à ce moment-là. »

C'est une bonne chose que je sois dans l'arbre, songea Sally. Liss parlait enfin d'elle, pour la première fois. Elle grimpa deux branches plus haut pour atteindre les fruits à la cime.

« Lire n'était pas normal. Écouter de la musique n'était pas normal. Laisser les choses comme elles sont n'était pas normal, selon lui. On peut contraindre les arbres à pousser droit. Il a cru toute sa vie qu'on pouvait faire pareil avec les gens. »

Le deuxième panier était plein mais il restait encore beaucoup de poires au sommet de l'arbre. Liss alla en chercher un troisième. Sally attendit, adossée au tronc, les jambes écartées en appui sur deux branches, le visage au soleil. Quand Liss déposa le panier dans l'herbe, elle demanda :

« Il est mort quand ? »

Liss leva les yeux vers elle.

« Il n'est pas mort, dit-elle froidement. Il est parti. Avec sa femme qui a passé toute sa vie avec lui entre quatre murs. C'est pour ça que je ne vais qu'une fois par an dans son jardin. Uniquement pour la récolte. Sinon je regretterais les poires. »

Sally avait cueilli presque tous les fruits. Il n'en restait que deux ou trois, aux extrémités des branches, qu'elle n'avait pas pu atteindre. Elle descendit quelques échelons, se suspendit à une branche et se laissa tomber en souplesse. Elle essuya ses mains contre son short. Puis regarda Liss.

« Ce jardin est le plus beau que j'aie vu de toute ma vie. Je veux dire, je comprends que tu le… qu'il était… différent autrefois. Qu'il est pour toi… » Elle cherchait ses mots. Liss se pencha en silence pour ramasser quelques poires tombées dans l'herbe. Sally trouva les mots qu'il fallait.

« Je comprends que ce jardin a été pour toi comme une cage. Mais tu vois ce qu'il est devenu ! »

Elle pivota sur elle-même et essaya de tout enregistrer. Les lattes de la clôture envahies par le feuillage de la haie et gauchies par les intempéries. Les arbres plantés parallèles mais dont les cimes largement déployées, les troncs inclinés et le feuillage moutonnant s'étaient depuis longtemps libérés de la structure rectangulaire d'origine qui n'était plus qu'un pâle souvenir. La mer d'herbes folles, de plantes exubérantes et d'orties déferlant en vagues vert tendre d'un bout à l'autre du verger sous le vent léger de septembre.

« Tout ça est comme… », de nouveau elle cherchait le mot adéquat, « tout ça est comme une magnifique punition pour avoir tenté d'imposer une forme à des choses qui poussent. Tu ne comprends pas ça ? »

Sally avait le sentiment d'une révélation qu'elle voulait absolument faire partager à Liss.

« Parce que tu n'y mets jamais les pieds, que tu as

tout laissé pousser librement, que tu lui as fichu la paix, c'est devenu un jardin enchanté ! »

Le mot lui avait échappé. Ce n'était pas du tout ce qu'elle voulait dire, ça paraissait cucul. Mais c'était dit.

« Il faut te le réapproprier ! » ajouta-t-elle, voyant que Liss ne réagissait pas. « Il est à toi maintenant ! »

Liss saisit les poignées de la brouette dans laquelle elle venait de hisser le deuxième panier.

« Ouvre-moi la porte », dit-elle.

Faire pivoter la petite porte du jardin entravée par les herbes hautes n'était pas facile. Sally tira sur le verrou, si fort qu'elle arracha les vis du bois pourri, tituba en arrière et tomba dans l'herbe.

« Tu vois, dit-elle en riant, maintenant on ne peut même plus le fermer ! »

Le visage de Liss se détendit et Sally vit un sourire se dessiner au coin de ses lèvres.

« Je n'avais pas… je n'avais encore jamais vu les choses comme ça », dit-elle pensive.

Beaucoup plus tard, une fois les poires transvasées dans des sacs en jute et les nombreux sacs empilés dans la remorque, quand Liss démarra le tracteur et fit signe à Sally de monter, le « Merci » qu'elle lui lança sans chercher son regard couvrit le bruit du moteur qui montait lentement en puissance.

19 septembre

Je suis sortie.

Liss posa un pied sur la chaise et appuya un coude sur son genou, le menton dans la main, tandis qu'elle reposait le petit mot sur la table de la cuisine. C'était la première fois que la jeune fille lui écrivait un message. Jusque-là elle était présente ou absente, à l'étage ou dans la grange, mais sans le dire.

Liss tenta de réfléchir, mais réfléchir sur ce qu'on éprouve ne mène à rien, on éprouve et c'est tout. Plusieurs sentiments en même temps, parfois. Comme en ce moment. Ce bout de papier disait : Je veux que tu saches une chose qui me concerne. Ce que tu penses ne m'est pas égal.

Liss ne savait pas si elle le souhaitait. Le coin arraché du journal, le gribouillage au stylo bille, qui n'était pas une écriture d'adolescente, disaient aussi : Je suis un fil que cette fille a tissé entre vous sans rien demander. Fin comme une toile d'araignée, mais sensible si on tire dessus. D'un fil naissent plusieurs fils, de ces fils des cordes et des cordes un filet.

Liss se redressa, prit le papier et le jeta dans le foyer froid de la cuisinière.

Elle est ici depuis trois semaines, songea-t-elle, là encore avec des sentiments contradictoires qu'elle avait du mal à définir parce que les mots justes lui manquaient, une fois de plus.

Un matin de janvier d'un froid glacial. L'air était bleu, les ceps de vigne noirs, figés par le gel. La rivière au fond de son lit fumait sous la brume. Une péniche chargée de montagnes de charbon remontait le courant en silence, l'eau se fendait mollement, comme épaissie par le froid. De l'autre côté de la vallée, un soleil rouge au-dessus des collines.

Elle attendait, le lourd sac à dos en toile kaki sur les épaules. Elle ne devait pas le poser. Elle était forte. Capable de marcher une journée entière avec le sac sur le dos s'il le fallait. Elle était allée le chercher dans le débarras où il conservait ses affaires de l'armée. Elle s'était fait faire un double des clés chez le serrurier des années plus tôt, à quatorze ans. Il ne savait pas qu'elle connaissait toutes ses clés et tous les endroits où il les cachait, dans le tiroir de la cuisine entre les caoutchoucs à bocaux, dans la charpente de la porcherie au-dessus du fenestron, et dans la chasse d'eau des WC, accrochées à une ficelle. Elle eut un sourire amer. Quand on est souvent enfermé, on a l'obsession des clés.

Le sac à dos pesait agréablement sur ses épaules. Plus jamais. Plus personne ne m'enfermera. Elle ne s'était pas enfuie. Elle le lui avait dit. Elle était allée dans la cuisine, où ils étaient assis et buvaient ce café clair couvert d'une peau de lait qu'elle détestait tant. Il sentait déjà le vieillard, avait-elle pensé en entrant dans la cuisine, il n'a pas soixante ans et a déjà une odeur de vieillard.

Je m'en vais.

Personne ne s'en va, avait-il dit. Il était déjà debout, la tasse avait volé en éclats, le café gouttait du mur sur la cuisinière, et il hurlait. Personne ne s'en va. Personne ne s'en va.

Elle lui avait pris son sac ; pour qu'il le voie. Elle avait pris le sac à dos et elle avait dit : C'est exact. Pas vous.

Sur ce, elle était sortie et il l'avait suivie, dans le couloir il avait essayé de la tirer par le bras. Elle s'était retournée et avait remarqué pour la première fois qu'elle était plus grande que lui. Pas de beaucoup, mais plus grande, et elle avait eu l'impression de se baisser pour lui souffler au visage : Je m'en vais, le vioque. Tu ne m'enfermeras plus.

Au vignoble.

Elle n'avait pas eu à en dire davantage. C'était toujours là que Sonny venait la chercher. En haut du vignoble, là où elle lui avait pris la main pour la première fois ; il avait été tellement surpris qu'elle avait failli la lâcher. Mais aujourd'hui ce n'était pas comme toujours. Aujourd'hui, c'était pour toujours.

Le van de Sonny était encore hors de vue, sans doute au fond de la vallée, mais elle entendait le vrombissement du moteur VW reconnaissable entre tous. Une vague chaude lui traversa le ventre, déclenchant ce début de nausée qui revenait chaque matin quand elle se réveillait à la maison. Sonny.

Elle regarda le van monter le chemin entre les vignes. Heureusement qu'il n'y avait pas de neige, le véhicule de Sonny n'était pas équipé de pneus spéciaux. Mais en Italie il n'y aurait pas de neige, dans le sud de la France non plus, ni en Espagne. Ils franchiraient bien les Alpes d'une manière ou d'une autre. Elle n'était encore jamais allée dans les Alpes, mais ils y arriveraient. Sonny et elle.

Le bruit du moteur enfla, le van la rejoignit et s'arrêta en ronronnant. Elle ouvrit la porte latérale et jeta son sac à l'intérieur. Sonny la regarda.

Huit heures. Tu avais dit huit heures.

Elle fut un peu surprise.

Je suis contente de te voir. Chez moi je n'en pouvais plus. Et ça ne me dérangeait pas d'attendre.

Je serais venu plus tôt, mais tu avais dit huit heures.

Elle referma la porte coulissante et grimpa à l'avant, sur le siège du passager.

L'Italie, dit-elle. Tu es content ?

Sonny fit demi-tour. Pour ce faire, il pivota le buste et posa le bras sur le dossier du siège passager.

Oui. Il accéléra. J'aurais pu être là bien plus tôt, mais tu avais dit huit heures.

Elle baissa la vitre. Une pointe de la nausée de tout à l'heure était revenue. Elle inspira à fond. L'air était froid, mais pur.

En Espagne on récolte les oranges en ce moment, cria-t-elle à Sonny, le visage dans le vent.

Sonny eut un petit sourire.

Dans ce cas tu rouvriras la fenêtre en Espagne, répondit-il. Ici, ça caille.

Ils finirent par atteindre l'autoroute.

Elle regarda dehors. Il pleuvait à torrent et tout à l'heure en marchant dans la cour elle voyait la buée de son souffle. C'était une journée de novembre avant l'heure. La jeune fille serait trempée. Autant qu'elle sache, elle n'avait pas d'imperméable.

Elle secoua la tête et attrapa le paquet de tabac sur l'étagère au-dessus de la cuisinière. Cela faisait deux semaines qu'elle n'avait pas fumé, mais aujourd'hui elle en avait envie. Elle roula sa cigarette debout, remit le paquet à sa place et gratta une allumette. Puis elle ouvrit la porte-fenêtre, regarda la pluie dans la cour, et fuma en s'efforçant de ne penser à rien. La vieille Anni passa sur la route tête baissée sur son vélo, en route vers l'église, mais ne la vit pas car elle s'était enveloppée d'une cape en plastique faite dans un ancien sac d'engrais. Un brusque élan de sympathie pour cette vieille femme coriace traversa Liss comme une petite onde chaude.

La pluie. La fumée. La pluie. Elle avait toujours aimé regarder tomber la pluie, écouter tomber la pluie en fumant, la nuit, quand tous les autres dormaient enfin et qu'elle s'asseyait à la fenêtre.

Il y avait de cela une éternité.

Elle jeta sa cigarette sous la pluie et descendit à la cave, voir où en était le moût.

Dès les marches de pierre qui menaient à la cave, l'odeur puissante des poires en fermentation l'atteignit de plein fouet. Elles avaient récolté pendant deux jours. Des centaines de kilos de poires avaient été passés au moulin à fruits et réduits en purée. Liss sourit en revoyant la mine de Sally découvrant le pied mixeur. Hé ! C'est pas un mixeur, c'est une perceuse ! L'adolescente avait pris plaisir à plonger le lourd blender dans les fûts, en le tenant à deux mains pour lutter contre la masse pesante des poires, puis à peser la levure et le sucre et à les mélanger. Liss l'avait regardée incliner les fûts de ses bras minces et les faire pivoter pour les déplacer quand ils étaient au milieu du chemin. On n'aurait pas cru qu'elle faisait ces gestes pour la première fois. Les saisonniers des années précédentes avaient besoin qu'elle leur montre d'abord comment procéder. La jeune fille savait d'instinct où placer ses mains avant qu'on le lui dise.

Liss inspecta tous les fûts pour vérifier si les barboteurs étaient bien en place et convenablement remplis. À deux reprises elle dut rajouter de l'acide sulfurique dilué. Le clapotis des gaz de fermentation dans les tubes en verre se mêlait au bruit léger et régulier de la pluie derrière la fenêtre entrouverte. Liss s'immobilisa. D'habitude il faisait étonnamment clair dans la cave grâce aux fenêtres étroites mais bien réparties, pourtant ce jour-là la lumière était triste et le long passage qui s'étirait sous la cour jusqu'à la grange semblait obscur et inhospitalier. Elle haussa les épaules. Un jour où l'on ne pouvait pas faire grand-chose. Les champs étaient détrempés. La forêt ruisselante. Autrefois, elle passait des journées comme celle-là à lire du matin au soir.

Elle monta l'escalier en bois à l'autre extrémité de la cave et s'attarda un instant dans la grange. Elle vit que son vélo était là. Sally avait pris l'autre. Elle s'arrêta sous le porche et regarda la pluie. Peut-être devrait-elle faire comme la jeune fille. Peut-être pouvait-on, le temps d'une demi-journée, faire comme si votre propre vie ne vous concernait pas.

Elle traversa la cour d'un pas décidé pour aller chercher une veste, n'évita aucune flaque. C'était sympa de sentir l'eau gicler.

Sally ruisselait. Elle avait enroulé son pull dans un sac en plastique fixé sur le porte-bagage, mais tout le reste était trempé. Elle pédalait debout, lentement mais régulièrement. Ses mollets la brûlaient, mais ça durait depuis un bon quart d'heure et il ne fallait pas lâcher. C'était toujours plus loin qu'on ne croyait, toujours. Le vignoble n'en finissait pas, mais il n'y avait pas de vent et la pluie la rafraîchissait. Être seule dehors était cool. Le vélo n'était pas nul. Elle s'y était habituée à présent, et il roulait vraiment bien. Elle avait pris l'étroit chemin d'exploitation qui montait entre les vignes. Il était plus raide que la route. C'était celui où elle avait vu Liss pour la première fois, il lui avait fallu un moment pour s'en rendre compte.

Pédaler en danseuse. Ne pas lâcher.

Le souffle toujours régulier mais de plus en plus rapide, elle faisait aller le guidon, à gauche, à droite, poussait dessus de toutes ses forces à chaque coup de pédale, s'efforçait de peser de tout son poids et davantage encore sur la pédale. Elle ne put s'empêcher de penser aux pommes de terre qu'elle n'avait pas fini de ramasser la première fois. Quand elle avait tout envoyé balader. Une pensée qui lui brûlait le ventre. Ne pas lâcher. Changer de vitesse. Rester en danseuse.

Les ceps de vigne dégouttant de pluie défilaient lentement à côté d'elle. Elle les voyait du coin de l'œil. Sous ses pieds, le chemin. Quatre tours de pédalier pour chaque plaque de béton. Huit coups de pédale. Le passage d'une plaque à l'autre se répercutait dans les roues. Tac, tac. Huit coups de pédale. Tac, tac.

« Putain ! » cria-t-elle à bout de souffle. « Putain ! » Ce n'était pas un cri de colère mais d'effort, elle jurait pour s'encourager, se stimuler ; ou si c'était de la colère, c'était une bonne colère, une colère qui vous rend fort.

Elle haletait et roulait maintenant à toute petite vitesse, mais sans fléchir. Onze coups de pédale pour chaque plaque de béton. Tac. Tac. Ce n'était plus très loin, le sommet de la colline approchait. Tac. Tac.

Arrivée en haut, elle roula encore quelques mètres avant de s'arrêter, hors d'haleine, posa un instant la tête sur ses bras et sentit le sang revenir dans ses mollets qui se décontractaient peu à peu. Elle se redressa, étira le dos et regarda en bas. La rivière grise et lourde au fond de la vallée, où une légère brume grise stagnait malgré la pluie. Elle lécha les gouttes sur sa lèvre supérieure. Son souffle se ralentit. Les éoliennes étaient immobiles. N'était-ce pas le premier jour de l'automne ? C'était étrange : après ces dernières heures qui n'avaient été que mouvement, effort poussé jusqu'à la limite de l'épuisement, après cette matinée à couper le souffle, elle avait soudain envie de ne plus bouger.

Aucun mouvement.

Pourtant, si.

Elle avait l'impression de sentir la terre l'emporter. Elle, et les vignes, et la rivière, les éoliennes et tout ce paysage pluvieux avec toutes ses nuances de gris. Elle écarta les bras, le vélo toujours calé entre les jambes, s'abandonna à la pluie, laissa les gouttes ruisseler sur son visage. Pourquoi ne faisaient-ils pas ça dans les cliniques ? Dans les cliniques ils avaient le bruit de la pluie sur un CD, on était assis en cercle, on devait fermer les yeux et imaginer qu'on était sous la pluie. C'étaient eux les malades. Pas elle.

Elle sentit qu'elle se refroidissait peu à peu. La pluie était encore agréable, mais il fallait qu'elle se remette à bouger.

Encore une minute ou deux. Il était si rare que les choses soient en équilibre. Sans bonheur ni chagrin. En d'autres termes : que le bonheur et la tristesse soient en suspens, se contrebalancent si parfaitement qu'on n'a plus envie de bouger. Peut-être les funambules ont-ils cette sensation quand ils sont tout là-haut sur leur fil, à cet instant unique où une ligne verticale passe exactement au centre de leur corps, traverse le cœur de la corde, descend jusqu'au sol et pénètre au plus profond du noyau de la terre ; cet instant unique d'équilibre parfait.

Je ne retournerai pas à la clinique ! Je ne suis pas anorexique ! Je ne suis pas malade !

Sally hurlait. Elle ne voulait pas hurler, elle savait que ça ne ferait qu'aggraver les choses, mais elle hurlait quand même. Comme si elle se faisait mieux comprendre en braillant.

Ils étaient dans la salle de séjour. Depuis qu'ils avaient emménagé dans cette nouvelle maison – une de plus –, la salle de séjour était la pièce où elle réalisait pleinement que sa mère et elle vivaient dans deux mondes parallèles qui se frôlaient parfois par hasard. Le bon goût. Le mot était partout, comme une étiquette invisible accrochée aux vases, collée sous les tapis, au dos du canapé de cuir sur lequel sa mère était assise en ce moment, à côté des tableaux modernes aux murs et des imposantes sculptures en bois. Il était gravé sur les immenses vitres qui ouvraient sur le jardin inutile, avec ses cerisiers du Japon, son érable du Japon. Une composition parfaite censée ajouter au maigre gazon une touche de couleur printanière ou automnale. Il n'était pas collé sur le front de sa mère. Pas la peine. Le pire était qu'elle ne le faisait pas exprès. Le bon goût, l'élégance et le chic étaient peut-être dans sa nature. Sally l'ignorait. Tout ce qu'elle savait, c'est qu'elle n'était pas comme ça. Quand elle était plantée là, dans cette salle de séjour, comme en ce moment, elle se sentait étrangère.

Son père était assis sur l'appui de la fenêtre. Comme s'ils ne voulaient se lever ni l'un ni l'autre, pour ne pas la mettre en position d'infériorité, d'impuissance. N'empêche. Quand son père venait à la maison et que ce n'était ni Noël ni son anniversaire, elle savait qu'il y avait anguille sous roche. Il était tourné vers elle, les mains croisées entre les genoux ; presque humble.

Nous avons réfléchi, Sarah.

C'était incroyable : ils n'arrêtaient pas de décider pour elle, de l'envoyer ailleurs, de la faire chercher et de la ramener. Ce n'était pas qu'elle les détestait ou quoi. Simplement elle ne pouvait plus les supporter. Comment peut-on être l'enfant de parents incompatibles avec vous depuis le début ?

Une pensée soudaine, mauvaise, la fit grimacer. C'était sûr. Il y avait eu confusion à la maternité. Et quand la clinique s'en était rendu compte au bout de quelques années et avait informé ses parents, son père les avait attaqués en justice. Parce qu'un truc pareil ne pouvait pas lui arriver. Pas à lui. Elle aurait pu être chinoise ou noire, se dit-elle avec un ricanement intérieur, il l'aurait gardée.

Son père parlait doucement, avec compréhension, avec affection. Il était difficile de résister à cette voix ; enfant, elle aimait qu'il lui parle ainsi. Elle se sentait plus grande et prise au sérieux. Aujourd'hui, elle savait qu'il prenait cette voix quand il voulait obtenir quelque chose. Sa mère s'était certainement laissé piéger elle aussi par sa voix, songea-t-elle tout à coup, et malgré son immense colère elle faillit éclater de rire. Voilà qui les liait tout de même, sa mère et elle.

Tu te scarifies. Tu ne manges pas. Tu cours jusqu'à t'écrouler ou presque. Ça te paraît peut-être normal, mais ça ne l'est pas. Vraiment pas.

Qui dit que je ne mange pas ?

Sa mère leva les yeux vers elle. Des yeux tristes. Elle était plutôt douée pour ça. Papa et sa voix douce. Maman et ses yeux tristes. Ses parents formaient un tandem idéal. Mais pour une fille idéale, hélas. Pas pour elle.

Je suis simplement maigre. Vous n'arrivez pas à vous mettre ça dans la tête, mais il y a des gens gros et des gens maigres. Je suis maigre. Je ne suis pas malade.

Tu te scarifies, lui rappela son père. De sa voix douce. Avec une pointe de chagrin. S'agissant d'elle, ils échangeaient leurs trucs, songeait parfois Sally.

Pourquoi tu te scarifies ? Pourquoi tu ne manges pas ? Tu ne sais pas.

Ça fait partie de la maladie.

Sa mère s'était levée.

Ne pas te rendre compte que tu as besoin d'aide fait partie de la maladie.

Ce fut plus fort qu'elle. Sally se mit à hurler. Cette salle de séjour appelait les hurlements.

Je ne me scarifie pas. Je me taillade. C'est différent. Et je le fais parce que j'aime la sensation. Quand je ne l'aimerai plus j'arrêterai, ok ? Je ne vais pas en mourir. D'autres se tatouent. Ou fument. Ou boivent. Je ne prends pas de drogues, je ne fume pas, je ne bois pas. Je fais du sport. Je ne vais pas me détruire et surtout : Je ne retournerai plus en clinique.

Nous ne voulons pas que tu bascules. Tu poursuis un idéal qui…

Sally l'interrompit, incrédule. Tellement surprise qu'elle dit sur un ton presque normal :

Vous croyez que je suis maigre parce que je veux être belle ? Vous le croyez vraiment ? Vous ne comprenez pas… que c'est… Elle cherchait ses mots. Elle pivota lentement sur elle-même, le bras tendu, comme pour enregistrer tout ce qui était là. La salle de séjour et ses parents et toute cette maison, la ville et sa vie tout entière.

Elle dit dans un souffle :

Si je ne mange pas, c'est uniquement parce que rien ici n'a de goût.

Sally rit intérieurement. Elle remonta sur les pédales et démarra avant de perdre l'équilibre.

Au débouché du chemin d'exploitation, elle s'arrêta un instant sur la route. La silhouette de l'église du village était presque noyée dans la grisaille et la pluie. Elle n'était pas encore prête à rentrer mais commençait à avoir froid, elle avait fait plus de trente kilomètres.

Rouler à vélo sous une pluie pareille n'avait rien de plaisant. L'eau accumulée dans les ornières la freinait, et si elle se déportait vers le milieu de la route, les voitures la frôlaient de si près qu'elle était aspirée, et leurs roues faisaient gicler sur elle un nuage de bruine boueuse. Elle aurait dû s'en moquer puisqu'elle était déjà trempée, mais la grossièreté de tous ces chauffards la mettait tout de même en colère.

« Connard ! » cria-t-elle à une grosse Mercedes qui était passée si près que l'appel d'air la fit tituber, l'obligeant à se cramponner au guidon. Elle brandit le doigt, même si le conducteur ne la voyait sans doute plus à travers l'épais rideau de pluie. Un van Volkswagen freina et s'arrêta de l'autre côté de la chaussée.

Sally avait déjà l'insulte aux lèvres et le doigt prêt. La vitre s'abaissa et il lui fallut une seconde pour reconnaître Liss. Qui esquissa un sourire.

« Tu montes ?

– C'est ta voiture ? » demanda Sally après qu'elles eurent chargé le vélo. Le siège du milieu avait été démonté, la place ne manquait pas. Sally avait échangé son T-shirt contre le pull sec dans le sac en plastique. Elle avait gardé son pantalon mouillé. Il sécherait sur elle.

« Ce van est à Gerhard. Celui qui habite dans la grande maison au toit d'ardoises derrière l'église. Il a parfois besoin d'un tracteur, alors il prend le mien. En échange je peux me servir de son van. De toute façon, il en a deux. »

Sally s'était toujours figurée que Liss n'avait pas d'amis. Depuis qu'elle habitait chez elle, il n'y avait pas eu la moindre visite.

« Aha », dit-elle.

Liss lui lança un bref regard qu'elle ne sut interpréter.

« Quoi ? demanda Sally sur la défensive. Qu'est-ce qu'il y a ?

– Tu penses que je n'aime pas trop les gens. »

Ce n'était pas une question. C'était une constatation. Sally se sentit percée à jour. Une sensation qu'elle n'aimait pas : il suffisait aux gens de tomber juste une seule fois pour être aussitôt persuadés de tout savoir sur elle.

« Ce n'est pas difficile à deviner, dit-elle. Tu vas où, là ? »

Liss ne répondit pas tout de suite. Elle roulait vite malgré la pluie, et pas comme quelqu'un qui emprunte un véhicule de temps à autre. Elles bifurquèrent sur la route qui descendait vers la rivière. Sally vit une péniche solitaire qui avançait dans la lumière grise. C'était une image qui lui parlait. Que lui disait-elle ? Elle ne savait pas trop, mais ça lui parlait. Dans la ville où elle habitait, il n'y avait pas de rivière aussi large. Dans la ville où elle habitait, rien de grand n'avait la place de bouger.

Quand elles atteignirent la vallée, Liss bifurqua de nouveau, elles roulaient maintenant parallèles à la rivière, à contre-courant. Sur leur droite, le coteau planté de vignobles, tantôt abrupt, tantôt en pente plus douce. Sally avait ouvert sa vitre. Le vent leur soufflait au visage son haleine qui sentait la pluie et la verdure.

« Voir un charnier », dit Liss. Sally ne comprit pas.

« Quoi ?

– Nous allons voir un charnier. »

Sally referma la vitre.

« Oh merci. Me voilà renseignée, dit-elle d'un ton mordant. Comme si je savais ce qu'est un charnier ! »

Liss ne releva pas.

« Je pense que ça pourrait te plaire. On y est bientôt. »

Sally ne répondit pas mais ouvrit la vitre en grand et se pencha au-dehors, exposant son visage au vent de la course. Elle avait toujours aimé ça. Le vent qui vous coupe la respiration. L'air qui devient lourd tout à coup et vous enfonce un poing invisible, puissant et mou à la fois, dans la bouche et dans les poumons si vous ne détournez pas la tête.

Elles atteignirent les abords d'une petite ville, avec des stations-service, un magasin de bricolage, un hypermarché, d'une laideur à vomir. Mais Liss tourna de nouveau, elles montèrent une pente abrupte, franchirent une porte de pierre, grimpèrent toujours plus haut par des ruelles pavées de plus en plus étroites. Elles s'arrêtèrent sur une petite place. Liss descendit sans attendre Sally. Elle ne se retourna pas et ne verrouilla pas le van. On aurait dit qu'elle était pressée tout à coup. Sally se laissa glisser de son siège, referma la portière et la suivit. Le pavé luisait d'un éclat gris et mat. Aucune des maisons qui entouraient la place n'était droite. L'une d'elles s'était tellement affaissée au fil des siècles que la poutre transversale du colombage penchait de près de cinquante centimètres. Il devait falloir remplacer régulièrement les fenêtres – qui semblaient se ratatiner en allant de gauche à droite. Sally ne put s'empêcher de rire. Comment vivait-on dans une maison dont le plafond est nettement plus bas d'un côté que de l'autre ? Sans doute fallait-il visser au sol les tables et les armoires du premier étage comme sur un bateau, pour qu'elles ne glissent pas toutes vers le mur de droite. Rentrer bourré le soir dans une maison pareille ne devait pas être terrible. Si ça se trouve on restait couché dans l'escalier. Mais ce devait être plutôt rigolo certaines fois.

Elle s'était arrêtée. Liss attendait à l'entrée d'une ruelle étroite et escarpée de l'autre côté de la place, et ne se remit en route qu'après avoir constaté que Sally la suivait. Au bout d'une centaine de mètres, la ruelle débouchait sur une place, et Sally découvrit l'église. Beaucoup trop grande pour ce petit espace.

« Une église ? s'écria-t-elle déçue. C'est tout ?

– Viens ! »

Liss dépassa l'église et se dirigea vers une porte dans un mur qui donnait sur le cimetière. Sally la rejoignit, mais ses espoirs étaient bel et bien déçus. C'est quoi, ce truc ? se demandait-elle en silence, ça rime à quoi ? Et tout en marchant à côté de Liss, elle réalisa qu'elle attendait d'elle beaucoup plus qu'une banale église. Mais tant pis, putain. Si une niche à chiens lui plaisait, tant mieux pour elle. Les autres n'étaient pas obligés d'aimer. Pourtant Liss avait dit que ce qu'elle voulait lui montrer pourrait lui plaire.

Ouais, super. Maintenant elle s'attendait à ce que Liss sache vraiment ce qui lui plaisait… Pourquoi tombait-elle toujours dans le panneau ? Tout le monde est seul. Personne ne comprend jamais vraiment l'autre. Alors pourquoi cette femme, tout à coup ? Au bout de trois semaines ?

« Entrons », dit Liss. Elle se pencha et pénétra par une ouverture basse et sans porte dans une sorte de chapelle attenante au mur de l'église mais qui semblait creusée dans le coteau.

Ok, ce n'était pas une église. Mais une chapelle. Sally avait beau faire, elle était déçue quand même, tandis qu'elle la suivait le long d'une galerie sans fenêtres.

Liss appuya sur un interrupteur et Sally resta bouche bée. Devant elle, un mur de crânes humains. Un vrai mur. Au moins trois mètres de haut sur dix de long. Des milliers d'orbites vides la regardaient. Un mur avec des trous là où il y avait eu autrefois des nez. Un mur fait de milliers de sourires silencieux.

Les crânes étaient empilés, rangée après rangée, entre des couches de… de quoi exactement ?… de fémurs humains. Il devait y en avoir des dizaines de milliers. Elle remarqua à cet instant que les piliers soutenant la voûte à sa droite et à sa gauche étaient aussi constitués de fémurs. Maçonnés ! Les piliers étaient construits avec des os. La voûte aussi. Et puis ce mur de crânes… Elle savait que la question allait paraître idiote, mais c'était plus fort qu'elle, il fallait qu'elle la pose :

« Ce sont des vrais, ou pas ? »

Liss acquiesça.

« C'est un charnier. Un ossuaire. Quand il n'y a plus de place dans les cimetières et qu'on ouvre les tombes, on transporte les ossements ici. On ne peut pas les jeter n'importe où. »

Sally ne s'était jamais posé la question.

« Mais une quantité pareille !... », murmura-t-elle.

Elle ne pouvait se soustraire à l'étrange fascination qui émanait de ces milliers d'ossements. Elle avança de quelques pas et toucha un crâne. Lisse. Comme poli. Sally songea soudain à toutes les fois où elle avait touché la tête de quelqu'un, mais jamais sans les cheveux ni la peau... Elle posa la main sur sa propre tête. Sentit sa chaleur. Posa l'autre main sur le crâne. Froid. Voilà. C'était tout ce qui vous séparait de la mort. La longueur d'un bras. Elle entendit Liss rire tout bas.

« Quoi ? demanda-t-elle, sans agressivité cette fois.

– J'ai fait exactement la même chose la première fois que je suis venue ici. »

Sally caressa le crâne, puis recula de quelques pas et se pénétra du spectacle.

« Il y en a combien ? »

Liss vint se placer à côté d'elle.

« Vingt mille à peu près.

– Mais pourquoi… qui a fait ça ? Ils ont construit un mur d'os. Empilés comme des… », elle ne savait pas comment le dire.

« C'est mieux que de les balancer sur un tas, je trouve. »

Sally ne répondit pas. Liss avait peut-être raison. Elle longea le mur en laissant ses doigts glisser sur les os et les crânes. Le contact d'une orbite creuse lui rappela soudain cette pièce de théâtre assommante qu'elle avait lue à l'école. Avec ce prince qui tient un crâne dans sa main et fait des blablas sur la mort. Si on a cette sensation-là… bon, alors ok… ce n'était pas assommant. Quand on éprouve ça, on ne peut pas s'en empêcher.

La lumière s'éteignit.

« Attends », dit Liss. Sally l'entendit qui cherchait l'interrupteur, elle ferma les yeux et appuya les deux mains contre le mur d'ossements froids. Quelle sensation dingue !

« Pourquoi viens-tu ici ? » demanda-t-elle, les paupières toujours closes.

La lumière se ralluma. Elle attendit sans se retourner, le regard fixé sur les yeux vides d'un visage disparu. Elle se rendit compte que Liss hésitait.

« Tu as déjà été amoureuse ? » demanda-t-elle au bout d'un moment.

Sally se sentit bouillir, mais ce fut comme si la chaleur de la colère passait aussitôt de ses paumes dans les crânes froids, ne laissant en elle qu'une curiosité étrangement sereine.

« C'est quoi cette question à la con ? demanda-t-elle sans élever le ton. Bien sûr, j'ai déjà été amoureuse ! » Elle souligna le dernier mot comme si elle se voulait ironique, ce qui n'était pas le cas. « Mais ça ne te regarde pas.

– Non, dit Liss, je sais. »

Elle s'approcha de Sally et à son tour effleura un crâne du bout des doigts. Suivit son contour d'un geste très doux. Sally enfouit ses mains dans les poches de son pantalon encore humide.

« Enfin bon, reprit Liss d'un ton presque léger, le fait est que j'étais amoureuse la première fois que je suis venue ici. J'étais un peu plus âgée que toi, vingt ans peut-être.

– C'était qui ? demanda Sally. Le gars au vélo ?

– Ça ne te regarde pas non plus, répondit Liss. En tout cas c'était un amour malheureux. Terriblement. Je faisais beaucoup de stop à l'époque. Une fois, j'ai atterri ici par hasard. Mon intention n'était pas d'entrer dans l'église, ajouta-t-elle avec un léger sourire. Mais j'ai toujours aimé les cimetières. C'est ainsi que j'ai découvert ce charnier. Un jour de juin caniculaire. »

Elle se tut. Peut-être avait-elle le sentiment d'en avoir déjà trop dit. Un sentiment que Sally connaissait bien. Il valait toujours mieux ne rien raconter. Liss mit les mains dans ses poches elle aussi, s'adossa au mur d'ossements avec nonchalance et se tourna vers Sally.

« Tu arrives ici, archimalheureuse et pleine de fantasmes romantiques : tu imagines ce qui se passerait si tu mourais subitement en sautant d'un pont ou dans un accident, ou s'il ne te restait que six semaines à vivre – bref, tout ce qu'on invente pour forcer l'autre à vous aimer. »

Sally eut l'impression bizarre d'être prise en train de faire une chose interdite.

« Tu te retrouves face à vingt mille morts réduits en poussière, devant un mur de crânes d'une beauté singulière, et tu réalises tout à coup que ton prétendu malheur n'a aucune importance. Que rien n'a vraiment d'importance, au fond, puisque tout passe. »

La lumière s'éteignit à nouveau et ce fut au tour de Sally de chercher l'interrupteur. Ce qui lui donna le temps de trouver les mots pour exprimer la colère qu'elle avait au bord des lèvres et qui ne demandait qu'à sortir. Sa main tâtonna le long du mur et elle alluma. Puis se tourna vers Liss, toujours adossée au mur d'ossements.

« C'est n'importe quoi ! » dit-elle d'une voix sonore. Qui résonna dans l'ossuaire. « C'est vraiment n'importe quoi. Tu n'es pas vide à ce point. Je connais des gens qui le sont, qui sont vraiment vides. Ces gens-là… j'en connais suffisamment, je t'assure. Mais ce que tu dis là c'est des conneries. Tout a de l'importance. Ce n'est pas parce que tu seras morte un jour que... », elle cherchait les mots.

Liss ne disait rien.

« Quoi ? » hurla Sally, et sa colère ressemblait à celle qu'elle avait éprouvée tout à l'heure, sur son vélo, cette bonne colère qui vous fait avancer. « Quoi, sous prétexte que tu ne seras plus un jour que... des os », elle désigna le mur, « tu veux déjà être morte à l'intérieur de toi ? Tu ne l'es pas. Pas toi. Ce que tu dis là, c'est juste n'importe quoi. »

Elle fit demi-tour et sortit du charnier sous la pluie. Un long moment s'écoula avant que Liss la rejoigne. Elle ne bougea pas quand Liss vint se placer à côté d'elle sous la pluie.

« C'est ce que j'ai ressenti à l'époque, dit-elle calmement. Pour moi c'est un bon endroit. »

Sally hésita un instant. Ce n'était pas faux. C'était un bon endroit. Mais ce que disait Liss n'était pas adapté. Et ne lui correspondait pas. Elle ne savait pas comment le dire sans avoir l'air stupide.

« Là ! » dit-elle sur une impulsion, et se tournant vers Liss elle lui appliqua sur le front sa main trempée de pluie. « Là ! Tu es chaude. Chaude, tu comprends ? »

Au moment où elle retirait sa main, elle réalisa que c'était le premier contact physique entre elles depuis trois semaines. Elles ne s'étaient encore jamais touchées ni même serré la main. Sally prit une profonde inspiration.

« Oui, dit Liss tout à coup, d'une voix forte mais étonnamment légère. C'est bon. J'ai compris. »

Elle souriait un peu et Sally respira, soulagée.

« Café ou église ? demanda Liss.

– Le chevreuil, répondit Sally, d'un ton ferme. On rentre chez nous et tu me montres comment on prépare un chevreuil. »

Chez nous, elle a dit *chez nous*, songea Liss.

C'était en haut de la vieille tour du château fort en ruines qui surplombait la ville. L'accès était fermé, la porte verrouillée parce que l'escalier menaçait de s'écrouler. Sonny l'avait fracturée la première fois qu'ils s'étaient trouvés là ensemble.

Sonny ! Si quelqu'un venait !

Personne ne viendra, avait-il dit en riant. Avec tant d'insouciance qu'elle avait ri elle aussi. Dans une sacoche de la moto, il avait un pied-de-biche avec lequel il avait fait sauter le verrou sans aucun effort, les vis avaient volé. Puis il avait glissé les mains sous la porte en bois et l'avait soulevée si adroitement qu'elle était sortie de ses gonds.

On la remettra en place plus tard. Ce sera notre tour.

Notre tour. Quels mots merveilleux. À part cette tour, il ne restait que quelques pans de muraille et le puits dans lequel des hommes avaient jeté une servante pendant la guerre de Trente Ans, pour empoisonner l'eau. À chacune de ses visites elle imaginait la scène. Il y avait une minuterie, on glissait une pièce de dix pfennigs et l'intérieur du puits s'éclairait deux minutes. On distinguait le fond à travers une épaisse grille de fer posée sur la margelle. La surface de l'eau miroitait à une très grande profondeur. Sur la margelle était posé un gobelet au bout d'une chaîne, on pouvait puiser un peu d'eau dans un petit bassin juste à côté, et la verser dans le puits. Quand l'eau tombait, c'était fantastique. Elle tombait, tombait, à un moment on l'entendait toucher le fond et des zébrures argentées brisaient le miroir sombre. Une chute aussi longue… que peut-on bien ressentir ?

Notre tour. Ils étaient là-haut ensemble pour la première fois, c'était le début de l'été, sous un ciel très sombre lacéré par le vent. On avait le sentiment excitant de vivre une journée d'automne en sachant qu'on n'était pas à l'aube de l'hiver mais d'un nouvel été. Le vent aigre fouaillait ses cheveux mais la sensation était plutôt agréable, d'une âpre douceur. Dans la région, il ventait rarement aussi fort. Obéissant à une impulsion, elle sauta sur le pan de mur.

Hé !

Sonny accourut et voulut la retenir par les jambes.

Non. Je tiens mieux toute seule.

Le pays entier à ses pieds, et elle comme une reine au-dessus de l'abîme. Vu d'en haut, son village disparaissait presque au milieu des champs.

Tu es sexy, debout là-haut.

Une onde brûlante lui traversait le corps quand il disait ce genre de chose. Il la trouvait sexy !

Elle sauta du mur. Il était face à elle, nonchalant ; ses longs cheveux flottant au vent.

Tu trouves ?

Il hocha la tête.

Très sexy même.

Il l'attira à elle, elle se laissa faire et sentit sa bouche sur la sienne ; un peu brutale, comme le vent, mais pleine de vigueur et de désir.

Je t'ai écrit une chanson.

Il avait le souffle court lui aussi.

Sérieux ?

Il avait caché sa guitare ici, au sommet de la tour. Tellement il était sûr qu'elle viendrait.

Il ne doutait de rien, celui-là !

Elle fit mine de le gifler. Il rit et lui saisit la main.

C'est ce que tu aimes chez moi.

Et toi ? Qu'est-ce que tu aimes chez moi ?

Ton argent et ta ferme, dit-il en riant. Il prit sa guitare.

Maintenant écoute.

Elle s'assit en tailleur sur le mur. Dans son dos, quarante-cinq mètres de vide. Devant elle, Sonny qui accordait sa guitare en quelques gestes. Autour d'elle, le vent qui faisait claquer le drapeau usé. Le vieux tissu n'avait pas l'habitude d'être ainsi malmené. Liss sourit.

Réduis-le en lambeaux ! pensait-elle. *Et passe la tempête, qui redonne forme*[1]*…*

Sonny se mit à chanter. Sa voix, qu'elle aimait tant, était rauque et plutôt mélancolique quand il entonna :

Coming a long way, looking for you, heading up north, seeking just you…

La musique pénétrait en elle, mais à l'instant où elle reconnut le morceau le vent devint glacial. Elle sauta du mur.

Charmant. Caro sait que tu me la chantes ?

Sonny s'arrêta.

Quoi ?

Écrite pour moi ? C'est ça ? Pour moi ? Ben voyons… pour moi tu joues toujours en live, mais pour Caro tu as enregistré une cassette.

Liss !

Non.

Elle ramassa sa veste en jean et se dirigea vers l'escalier.

Liss, allons, tu sais bien que c'est fini depuis longtemps avec Caro, putain ! C'est à toi que je pensais en écrivant cette chanson. Je t'assure. Je pensais déjà à toi.

Ne dis pas de conneries !

Liss !

Elle descendit l'escalier à toute allure, brûlante de

1. Citation du poème de Rilke « L'observateur », dans le recueil *Le Livre des images*.

colère contre sa propre bêtise. Brûlante de honte et brûlante du désir absurde que ce qu'il avait dit soit vrai, qu'il ait vraiment pensé à elle. Elle courut dans l'herbe, traversa la cour du château sans se retourner et pensa au puits. Voilà ce qu'on ressent quand on tombe et que ça n'en finit pas.

22 septembre

Sally avait écrit la lettre. Elle était allée à la petite ville en vélo, avait acheté un timbre au distributeur et mis la lettre à la boîte deux ou trois villages plus loin. Salut ne vous inquiétez pas je reste quelque temps chez une amie inutile de me chercher tout va bien. Ce qu'on écrit quand on n'a pas envie d'écrire. Ça lui avait fait drôle d'écrire le mot *amie.*

Elle éprouvait tout de même un sentiment bizarre. Elle était ici depuis plus de trois semaines. Rien d'anormal en soi. Elle avait déjà été absente beaucoup plus longtemps sans écrire de lettre. Dans des camps de vacances qu'elle n'aimait pas. Où elle allait depuis ses douze ans. Presque chaque été. Et plus tard dans des cliniques qui en général ne s'appelaient pas comme ça, on disait maison de santé, centre de désintoxication ou autre. Des séjours de six ou huit semaines sans écrire, même si l'usage du portable était parfois interdit au début et si elle n'avait pas envie de téléphoner. Le sentiment bizarre était d'un autre ordre.

Elle était dans le verger aux poiriers et réfléchissait. C'était une matinée comme elle les aimait. Les autres réclamaient toujours du soleil et de la chaleur. Elle aimait le temps venteux et frais ; assez frais pour qu'on sente le vent sur sa peau, mais sans frissonner. Aujourd'hui le vent soufflait fort. Il agitait les cimes des arbres, qui n'étaient pourtant pas très hauts pour la plupart et protégés par le hangar aux machines. La lumière du soleil allait et venait, changeait sans arrêt parce que le vent poussait les nuages à toute vitesse dans le ciel bleu comme s'il était pressé de les emmener ailleurs. De temps à autre, une poire oubliée tombait dans l'herbe avec un bruit mat. Les abeilles volaient parfois à reculons quelques secondes, emportées par une bourrasque plus forte. Oui, pensa-t-elle, c'est peut-être ça. Le sentiment bizarre tenait peut-être au fait que pour la première fois depuis son enfance elle séjournait depuis un certain temps dans un endroit sans avoir eu envie de repartir aussitôt. Elle ramassa une poire dans l'herbe haute et l'examina. Elle ne verrait plus jamais les poires de la même façon. Celle-ci était zébrée de jaune et de rouge, et Sally tenta de se rappeler son nom, mais ça n'avait pas d'importance. Le fruit était taché à l'endroit où il avait heurté le sol, sinon il était parfait. Sally mordit dedans avec lenteur, en laissant le jus couler sur son menton, et reconnut immédiatement le goût. C'était la variété de poire qu'elle avait picorée le premier matin dans le saladier de fruits. Elle sourit tout à coup. Ok, se dit-elle, Liss est une sorcière, elle a remplacé le pain d'épices par les poires.

Liss. Qui était Liss ? Elle prit encore une bouchée puis jeta la poire, malgré son envie de la manger en entier. Ou peut-être à cause de cette envie. Peu importait. Qui était Liss ?

« Hé toi, qu'est-ce que tu fais dans ce jardin ? »

Sally se retourna effrayée et s'en voulut aussitôt. Elle n'avait aucune raison d'avoir peur. Elle avait le droit d'être ici. La voix venait du côté de l'école. Elle vit un homme d'âge moyen, avec une veste courte en tricot vert qui lui donnait un peu l'air d'un chasseur. Il avait le cheveu rare et un visage allongé. Sally le détestait déjà.

« J'ai le droit d'être ici, répondit-elle du tac au tac, c'est le jardin de Liss.

– Liss ? Liss ? répéta l'homme avec mépris. Je vois. Pourquoi dis-tu Liss ? Et d'abord qui es-tu ?

– Qu'est-ce que ça peut vous faire ? répliqua Sally. Et vous, qui êtes-vous ? »

L'homme la dévisagea un long moment sans répondre. Sally soutint son regard. Son animosité l'aidait.

« Je t'ai demandé qui tu es et ce que tu fais dans ce jardin, reprit l'homme lentement et en articulant comme si elle était une demeurée.

– Oui, dit Sally. Exact. Et moi je vous dis d'aller vous faire foutre. »

Elle sortit du verger, tremblante à l'intérieur mais sans courir. Elle entendit l'homme crier dans son dos :

« Ça va pas, non, espèce de petite... tu... »

Sally fit volte-face avant de tourner le coin du hangar aux machines.

« Eh bien dites-le ! s'écria-t-elle. Dites-le donc ! Ça vous soulagera peut-être. Petite conne ? Petite pétasse ? Vous n'avez pas d'autre mot, n'est-ce pas ? »

Elle descendit vers la maison, passa à côté des poules qui s'écartèrent en caquetant comme si elles devinaient son humeur.

C'était toujours pareil. Pourquoi ? Pourquoi se trouvait-il toujours quelqu'un pour vous casser le moral, pour vous provoquer stupidement ? Pourquoi y avait-il toujours des gens aussi bêtes que les bêtes ? Plus bêtes en vérité – les poules au moins avaient compris. Et pourquoi réagissait-elle toujours ainsi ? Pourquoi n'était-elle pas comme Liss ? Elle lui avait déjà crié après mais Liss gardait son calme. Restait toujours impassible. Ou du moins faisait comme si. Quel connard ce type ! Qu'est-ce que ça pouvait bien lui faire, qui était dans ce verger ? Il pensait peut-être qu'elle allait voler des poires ? Mettre le feu, ou quoi encore ? Mais non. Elle avait juste franchi la clôture d'un verger où cet imbécile estimait qu'elle n'avait rien à faire. Un verger qui n'était même pas à lui. Elle n'avait pas pénétré dans sa salle de séjour, putain. Dans sa fureur elle ramassa un caillou et le lança sur une poule. Ce n'était pas vraiment son intention, mais le caillou fit mouche. La poule tituba et s'enfuit en piaillant. Merde ! C'était la faute à ce putain de connard, qui n'avait rien de mieux à faire que de surveiller les jardins des autres.

« On sous-estime souvent les poules. » C'était la voix de Liss, un peu moqueuse. « Elles t'ont attaquée ? »

Sally leva la tête. Liss était à la fenêtre de la salle de bains, en train d'enrouler une serviette autour de ses cheveux, de là-haut elle avait tout vu. La vapeur de l'eau brûlante flottait dans l'air.

« Ma présence dans ton verger a l'air de poser un problème à ton voisin. Il s'en est pris à moi sans aucune raison ! »

Sally criait presque. Elle voulait que Liss la comprenne, mais exprimait surtout sa colère qu'on ne lui fiche jamais la paix, même pas ici.

Liss se taisait. Elle disparut un instant, et quand elle revint à la fenêtre, elle avait enfilé une chemise qu'elle boutonnait nonchalamment. Sally s'était assise sur le muret longeant l'ancien tas de fumier, remplacé par un tas de planches et la brouette posée à la verticale contre le mur. Toujours furieuse, elle appuya les talons contre le crépi. Liss se pencha par la fenêtre et regarda les poules.

« Elle n'a rien ! cria Sally. Tout va bien. Je n'ai pas lancé fort ! »

Liss fit une légère moue. C'était presque un sourire.

« Elle doit être dans tous ses états, en train de caqueter sur son perchoir et de raconter aux autres poules : “Mince, vous savez quoi ? La nouvelle, la petite conne, elle vient de me balancer un caillou, putain ! Hé, je n’ai rien fait ! Je me fais canarder pour rien !”

– Comment ça ? demanda Sally, déconcertée.

– C’est tout », dit Liss en refermant la fenêtre de la salle de bains.

Sally comprit brusquement et sauta du mur.

« Ce n’est pas la même chose ! » cria-t-elle en direction de la fenêtre, mais soudain elle imagina la poule se plaignant d’elle à ses congénères et éclata de rire. Elle ne voulait pas rire, elle voulait être fâchée, mais c’était plus fort qu’elle.

Rire quand on est fâché.

Bon Dieu. Ce que Liss lui faisait faire !

23-24 septembre

Sally avait emporté dans la salle de bains le transistor de la cuisine. Il était posé sur le lavabo, elle était dans la baignoire et chantait en même temps que la radio. On se serait cru Dieu sait où, c'était ringard de ne pas avoir de téléphone portable pour écouter de la musique, seulement une radio. De ne pas pouvoir choisir ce qu'on veut écouter, de devoir prendre ce qui vient, qu'on aime ou pas.

Elles avaient passé la moitié de la journée dans le vignoble, puis étaient allées récolter des pommes dans un pré où Liss ne l'avait encore jamais emmenée. Cette dispersion des champs et des prés appartenant à Liss la laissait perplexe. Elle l'avait interrogée. Pourquoi sa propriété n'était-elle pas d'un seul tenant ? Pourquoi s'accommodait-elle de devoir rouler des kilomètres pour aller d'un lieu à un autre ? Était-elle riche ? Elle avait tellement de terres. Liss avait ri et lui avait expliqué comment les choses se passaient à la campagne. On n'achetait pas ses terres d'un bloc mais un petit morceau par-ci, par-là, au fil de siècles, on en vendait, on en recevait en se mariant ou en héritage. Pourquoi ne faisaient-ils pas des échanges entre eux, tout simplement ? avait demandé Sally. Elles étaient assises sur le tracteur et rentraient à la ferme avec la remorque pleine de sacs de pommes. Liss avait expliqué, avec une moue un peu dédaigneuse, que la plupart des gens du village préféraient la possession à la réflexion. Si elle était riche ? La question l'avait surprise, Sally l'avait vu parce qu'elle avait dû réfléchir avant de répondre. Oui, avait-elle fini par dire, si les champs étaient à moi et pas à lui. Au mépris dans sa voix, Sally avait compris qu'elle parlait de son père. Mais c'était tout de même une étrange façon d'être riche, avait-elle ajouté : parfois elle n'arrivait pas à payer ses factures. La terre est toujours une charge, avait-elle conclu.

Sally s'étira dans la baignoire. Elle n'avait pas pris de bain depuis une éternité. Rien que des douches. Mais les élancements dans son dos s'étaient accrus au fil de la journée, au fur et à mesure qu'elle ramassait des pommes. Les bras en appui au fond de la baignoire, elle se souleva lentement et cambra les reins. Sa tête était plongée dans l'eau jusqu'aux oreilles, son corps émergeait, trempé et luisant sous le faible éclairage de la salle de bains et Sally inspira, presque effrayée de se… Elle se laissa retomber dans l'eau, si vite que la baignoire déborda. Pendant un quart de seconde, elle s'était trouvée belle. Elle ferma les yeux pour conserver cette image un moment. La radio passait une chanson qu'elle ne connaissait pas. Sans intérêt.

Sans intérêt. C'est ça ? Elle rouvrit les yeux et regarda dans l'eau transparente. Elle n'aimait pas la mousse dans le bain. Elle était allongée au fond, la réfraction de l'eau faisait paraître son corps un peu plus court en perspective, mais oui : plutôt beau, et pas sans intérêt. Elle réalisa soudain qu'elle avait toujours eu cette vision d'elle-même. Un corps sans intérêt. Seules comptaient la volonté et la force. Mais pour l'heure elle avait plaisir à être comme elle était. Peut-être parce que, ici, elle ne bougeait pas pour bouger. Ne courait pas pour courir. Ne faisait pas du vélo pour faire du vélo. Ici, elle devait se baisser des milliers de fois pour remplir des sacs de pommes de terre ou de pommes. Ici, elle devait prendre son vélo pour aller à la ville, dans les vignes ou dans la forêt. Ce n'était pas… vide de sens quand elle se battait, qu'elle allait jusqu'à la limite de ses forces. Elle leva les yeux vers la radio et sursauta si fort que l'eau gicla par-dessus bord. Dans le miroir elle voyait Liss, sur le seuil de la porte entrouverte, qui l'observait.

« Quoi ? cria-t-elle d'une voix où se mêlaient la colère et l'effroi. Quoi ? »

Elle se sentit brusquement idiote et sans défense dans cette baignoire, comme un enfant, elle se leva pour hurler après Liss qui avait reculé de quelques pas mais sans faire demi-tour, avec sur le visage une expression que Sally ne comprenait pas et ne voulait pas comprendre.

« Quoi ? cria-t-elle à nouveau. Qu'est-ce qui te prend ? Tu es lesbienne ou quoi ? »

Sa fureur était telle que les mots sortaient tout seuls. Elle se sentait… agressée et elle ripostait, aussi fort qu'elle pouvait.

« Pourquoi tu me regardes ? Ça veut dire quoi ? Tu veux me lécher, c'est ça ? »

Elle écarta les jambes dans un geste obscène, dérapa et serait tombée si elle ne s'était pas rattrapée à la barre de douche, ce qui la rendit encore plus furieuse.

« Eh ben viens ! Viens donc ! » hurla-t-elle tandis que Liss se détournait sans un mot.

« Connasse ! » hurla-t-elle d'une voix stridente, désemparée car ce n'était pas le mot adéquat, il n'était pas assez blessant. Elle voulut sortir de l'eau aussi vite que possible et perdit l'équilibre, se cramponna des deux mains aux carreaux glissants, tendit le bras et claqua la porte de toutes ses forces. Debout dans la baignoire, elle haletait, tremblante de colère et de froid, incapable de se contrôler, tandis que les larmes lui montaient aux yeux. Ce qui augmenta encore sa fureur. Elle n'avait aucune raison de pleurer ! Cette… cette bonne femme ! Elle n'avait pas le pouvoir de la faire pleurer ! Elle l'avait… elle l'avait quoi au juste, elle ne savait pas. Elle prit la radio et la balança contre le miroir. Il fut ébranlé mais ne tomba pas. Elle donna un coup de poing et cette fois le miroir vola en éclats qui atterrirent dans le lavabo. Sally poussa un cri, attrapa le transistor qui marchait toujours et le jeta par terre de toutes ses forces. Elle se sentait… comment dire… salie. Oui, c'était réussi ! Elle avait pris un bain qui l'avait salie ! Cette connasse ! Cette salope ! Et elle qui l'avait… elle l'avait… c'était comme si elle l'avait… elle l'avait crue, elle avait tout gobé ! Encore une fois elle s'était laissé piéger ! Pauvre cloche ! Pauvre cloche, pauvre cloche, pauvre cloche !

Elle… Criant toujours elle attrapa une serviette sur l'étagère, ouvrit à fond tous les robinets et courut dans sa chambre.

Elle était assise sur son lit à côté de son sac à dos bouclé et tendait l'oreille. À un moment elle avait entendu la femme aller dans la salle de bains, ramasser les éclats de verre et éponger le sol. La salle de bains était inondée. Bien fait. Elle avait continué à attendre jusqu'à ce que les reflets de toutes les lumières de la maison se soient éteints dans la cour. De son côté, elle n'avait pas allumé. Elle était assise sur son lit depuis des heures, la tête vide. Elle attendait, c'est tout. Elle ne voulait plus jamais la croiser, pas même à l'instant où elle partirait.

Elle entendit la cloche de l'église sonner une heure et demie. Tout était silencieux. Un étroit croissant de lune était suspendu dans un ciel à peine voilé. Elle embarquerait le vélo, songea-t-elle. C'était bien le moins.

Elle se leva doucement. Endossa le sac sans presque

faire de bruit. Elle tenait ses chaussures à la main. La coupure due au miroir brisé ne saignait plus depuis longtemps, mais avait laissé une grande tache sombre sur le drap du lit. Mon cadeau de départ, songea Sally. Voici mon cadeau, bye bye.

Elle ouvrit la porte sans bruit, descendit l'escalier à pas de loup, ouvrit la porte de la cuisine pour aller directement dans la cour, et vit la lueur rouge de la cigarette en même temps qu'elle sentit l'odeur. Elle résista à l'impulsion de refermer la porte, suivre le couloir et filer par la porte de derrière. Non. Elle ne changerait pas ses plans. La femme était assise sur une chaise dans la cuisine obscure devant la porte-fenêtre ouverte, telle une sentinelle, et elle fumait comme si de rien n'était. Sally prit une inspiration un peu tremblante et passa devant elle, prête à frapper si la femme la touchait.

« Non », dit celle-ci d'une voix basse et un peu étranglée. Sally était déjà dans la cour.

« Comment ça, non ? » fit-elle sans s'arrêter. Dans l'obscurité, elle ne trouva pas tout de suite la poignée du portail de la grange.

« Non, je ne suis pas lesbienne.

– Ah bon ? » Sally ricana. « Comment tu le sais ? Parce que tu n'avais jamais osé jusqu'ici ? Parce qu'il te fallait quelqu'un qui ne puisse pas t'échapper, c'est ça ? »

Elle trouva enfin la poignée de bois lisse et ouvrit le

portail. Le vélo était toujours contre le mur de gauche. Elle s'en saisit rageusement.

« J'ai essayé. Je ne suis pas lesbienne. Ce n'est pas pour ça que je te regardais. »

Les mots sortaient avec lenteur et difficulté, à moitié avalés par la nuit.

Sally ne savait pas ce qu'elle éprouvait. Elle se sentait furieuse et perdue. Elle balança le vélo à travers la cour en direction de Liss. Il glissa sur le béton avec un bruit de ferraille qui déchira le silence feutré du village endormi.

« Pourquoi ? Pourquoi tu as fait ça ? Qu'est-ce que... tu es malade ou quoi ? Je t'ai... tu étais là, debout, à me mater d'un œil lubrique ! Oui, lubrique ! J'ai bien vu ! Tu crois peut-être que j'ai pas vu ? »

Le bout incandescent de la cigarette éclaira un instant le visage de Liss, Sally vit qu'il était mouillé. Eh bien qu'elle pleure !

« Je suis... », commença Liss. Elle s'interrompit mais Sally n'attendit pas.

« Vas-y ! Dis-le. Je me barre, alors si tu as encore un truc à me dire, dis-le. Je n'ai pas envie d'attendre que l'inspiration te vienne.

– Ok, dit Liss en écrasant avec soin sa cigarette. Peu importe que tu me croies ou pas, mais c'est comme ça. Je suis passée devant la salle de bains et je t'ai vue. Au moment où tu... tu te soulevais hors de l'eau, je crois. »

Sally se sentit devenir brûlante. Oui. Justement. Le genre de moment où on ne veut justement pas être vue !

« Et ? Et ça t'a excitée, c'est ça ?

– Non, répondit Liss d'une voix que Sally ne savait pas comment définir. Non, ce n'est pas ça. Ça m'a... rappelé des souvenirs.

– Quels souvenirs ? » demanda Sally d'un ton sec. Elle était toujours dans la cour, son sac sur le dos.

Liss se leva.

« Ça m'a rappelé moi. Moi quand j'avais à peu près ton âge.

– Ben voyons, ironisa Sally. Tu parles !

– Je ne sais plus si c'était comme ça à ton âge, dit Liss, mais aujourd'hui certaines images du passé reviennent parfois comme des éclairs. Elles te frappent... moi en tout cas. Te foudroient. Tu ne sais pas ce que c'est... », ajouta-t-elle et sa voix s'éteignit un instant.

On entendit un léger cliquetis de chaîne, une vache qui bougeait dans une étable du voisinage. Sinon tout était silencieux. Pas un souffle de vent n'agitait les feuilles du noyer dans la cour.

« Tu ne sais pas ce que c'est d'être devant son miroir le soir et de se regarder. Tes seins ne sont plus comme ils étaient. Tu vois des veinules bleues sur tes chevilles que tu n'avais pas remarquées la veille, tu as des traînées blanchâtres sur la peau du ventre. Et derrière cette femme qui commence à se déliter transparaît toujours la jeune fille que tu as été. La jeune fille qui était dans cette même baignoire, dans une maison… »

Sa voix se brisa de nouveau. Elle attrapa sa blague à tabac et Sally entendit, plus qu'elle ne vit, que ses mains tremblaient, car elle dut sortir une seconde feuille de papier du sachet pour se rouler une cigarette. Elle se fait toujours des cigarettes sans filtre, songea Sally, elle savait beaucoup de petites choses sur cette femme, et ce constat lui causa une étrange irritation.

Liss alluma sa cigarette. Son visage apparut à nouveau dans la lueur du briquet, il était sec et avait presque retrouvé son impassibilité habituelle. Seule la flamme du briquet tremblait.

« Si j'avais su à l'époque, quand j'étais dans cette baignoire à quinze ans, que trente ans plus tard je serais toujours… j'habiterais toujours… j'habiterais de nouveau cette maison, je me serais suicidée. C'est pour ça que…

– C'est pour ça que quoi ? » demanda Sally.

Liss fumait en silence. Sally attendit.

« C'est pour ça qu'il vaut mieux que tu t'en ailles. »

Sally ne savait plus trop où elle en était, ni à quoi s'en tenir, mais il ne fallait pas que sa colère retombe.

« C'est donc ça ? » dit-elle, trop fort. Elle voulait rompre le silence de la nuit. Elle voulait qu'on l'entende. « Tu me matais parce que je te rappelle l'ado que tu as été ? C'est trop… Je ne te crois pas. »

Un changement se produisit alors chez Liss. Sally la vit se raidir.

« Sally », dit-elle d'une voix ferme, et la jeune fille éprouva un choc inattendu en entendant Liss l'appeler pour la première fois par son nom, « tu n'as pas idée. Tu ne peux pas savoir à quel point tu me… quand on s'est vues la première fois, tu grimpais dans le vignoble d'un air furibard et c'était comme si je me voyais dans un miroir me renvoyant mon image avec trente ans de retard. Je n'y peux rien. C'est ainsi.

– Ah ouais, dit Sally, tu m'as donc permis d'habiter chez toi pour la seule raison que je suis toi. En plus jeune et en plus belle. »

Elle avait choisi des mots qui blessent.

« Peut-être, répondit Liss lentement, peut-être aussi pour ça. »

Elle s'arrêta et tira sur sa cigarette.

« Non. En fait, non. En tout cas ce n'est pas le plus important. Je n'ai pas oublié ce qu'on ressent quand on se regarde et qu'on se trouve belle, singulière, différente. Quand on sait qu'on est née pour autre chose que ce qu'on a. »

Sally vit l'extrémité rougeoyante de la cigarette décrire un arc impatient.

« Je sais ce que c'est, quand ce sentiment, cette certitude d'être une personne singulière, s'étiole peu à peu comme un arbre qu'on a planté dans une mauvaise terre et qu'on force avec des cordes et des tuteurs à tourner le dos au soleil. »

D'une pichenette, elle jeta sa cigarette. Minuscule comète qui finit sa course sur le béton de la cour dans une gerbe d'étincelles.

« Je vais me coucher, conclut-elle d'une voix très lasse. J'ai trop parlé. Trop fumé. »

Elle entra dans la cuisine. À peine plus qu'une ombre dans la nuit. Mais elle avait laissé la porte ouverte. Sally resta où elle était. Le silence était tel qu'elle entendait les stridulations des grillons tout au fond du jardin. Elle sursauta quand le clocher de l'église sonna deux heures et demie. Deux coups comme amortis. La porte de la cuisine était ouverte. Sally sentit sa colère refluer, s'écouler comme l'eau d'une baignoire, elle se sentit vidée. Beaucoup plus tard seulement elle franchit la porte-fenêtre, entra dans la cuisine, referma et monta l'escalier dans le noir. Ses pieds trouvèrent le chemin tout seuls.

26 septembre

Le pire était l'absence de paroles. Elles s'évitaient. Seul le bruit de l'eau dans les canalisations de la salle de bains avait fait comprendre à Liss que Sally n'était pas partie. Toutes deux avaient attendu ensuite le temps qu'il fallait pour être sûres de ne pas se croiser. Liss avait petit-déjeuné seule. Sally avait petit-déjeuné seule. Chacune avait pris soin de ne laisser à l'autre aucune trace de sa présence.

Pourquoi la jeune fille était-elle encore là ? Liss ne savait pas ce qui la retenait. Mais pourquoi était-elle encore là elle-même ? Elle aurait été incapable de se donner une vraie réponse, au-delà des raisons fallacieuses que vous inspire le bon sens ; l'argent, les poules, le travail… rien que de fausses raisons.

Qu'était cette jeune fille pour elle ? Et elle, qu'était-elle pour Sally ? Peut-être refusait-elle de s'avouer qu'elle projetait sur l'adolescente un faux souvenir de jeunesse à travers un miroir séduisant et flatteur, mais qui était une glace sans tain. Pouvait-on se réaliser à travers une autre personne ? Faire revivre sa propre vie à une jeune fille qui vous tombait du ciel et qui était peut-être plus forte que vous ? La lui faire revivre en mieux ? Elle prit une profonde inspiration et se ressaisit. Le travail. Il y avait de quoi faire. Elle n'avait pas envie de poursuivre ces réflexions.

Sally rôdait dans le village. Elle avait pris le vélo mais n'avait pas eu envie de s'en aller. Ce n'était pas du jeu : le soleil brillait. Ce n'était pas du jeu : un petit vent soufflait qui rendait la journée légère, alors qu'elle se sentait lourde et dure. Elle aurait dû partir pendant la nuit. Ou peut-être pas. Ou peut-être que si. Ok. Laisse tomber.

Mais ce n'était pas si facile. Les images étaient toujours là, un peu floues mais dérangeantes, s'immisçant entre elle et le bleu du ciel matinal, entre elle et les pick-up qui descendaient la rue du village avec leur énorme chargement de balles de foin brimbalantes, entre elle et le camion du laitier. C'était pourtant une matinée paisible. Les bruits étaient agréables. Le ronronnement du camion qui pompait le lait dans les gros bidons déposés le long de la chaussée. Le teuf-teuf des tracteurs. Même les moteurs des rares voitures qui roulaient dans le village. Personne ne semblait pressé. La vie suivait son cours, et la lumière promettait un après-midi où l'on pourrait encore aller nager ; pour la dernière fois de l'année. Mais il y avait ces images un peu floues d'elle dans la baignoire... de Liss qui la regardait. De Liss dans la cour, fumant sa cigarette. Que lui voulait-elle ? Et pourquoi était-elle restée ?

Parce qu'il n'y avait pas d'alternative, putain. Parce que partout ailleurs, c'était bien pire qu'ici. Elle freina brusquement et descendit de selle sans lâcher le vélo.

C'était la réponse à toutes les questions.

Parce que partout, c'était pire qu'ici. L'idée venait de s'imposer à elle, avec toutes ses conséquences. Elle ne put s'empêcher de rire. Oui, de rire. Elle savait que tout cela était temporaire. Ce rire lui-même n'était qu'un emprunt et ce moment de délivrance, un achat à crédit, parce qu'elle ne pourrait pas rester ici pour toujours. Mais à cet instant, ça ne comptait pas. À cet instant, les images dérangeantes venaient de se dissiper d'un coup, comme si on avait retiré un film gris tendu entre elle et le monde : pour la première fois elle voyait le village tel qu'il était, avec toutes ses couleurs.

« Vous ne riez pas souvent, mademoiselle. »

Si la voix n'avait pas été aussi vieille et aimable, elle aurait sorti une vacherie ou une grossièreté. *Mademoiselle* ! Elle tourna la tête. C'était une femme très âgée, comme on n'en trouvait plus qu'ici, semblait-il. À la ville, elles étaient toutes en maison de retraite. Elle n'avait encore jamais vu quelqu'un d'aussi vieux et qui paraisse aussi vivant en même temps. Un foulard. Une robe noire avec un tablier noir par-dessus. Une apparition d'une autre époque. Ses articulations, on le voyait tout de suite, étaient épaisses et noueuses, et ses doigts un peu tordus. Les sorcières des contes ressemblaient à ça. Si ce n'est que les sorcières des contes ne roulaient pas à vélo. Ça la rendait… c'était sympa. Qu'une aussi vieille femme fasse encore du vélo.

« Non, répondit-elle, laconique mais sans agressivité, pas souvent. Mais aujourd'hui, oui. »

La vieille farfouilla dans son sac accroché au guidon et en sortit un sachet de boulanger.

« Un bretzel, ça vous dirait, mademoiselle ? Ils m'en mettent toujours trop. Parce que j'ai travaillé là-bas autrefois. »

Sally hésitait. Anni lui tendit le sachet.

« Servez-vous sans crainte. Je n'y ai pas touché, et ce serait dommage que je doive le donner aux poules. Il est tout frais.

– Ce n'est pas pour ça », se hâta de dire Sally. La vieille dame devait croire qu'elle refusait le bretzel parce qu'elle l'avait tenu dans sa main.

« Merci. »

Elle mordit dans le biscuit. La croûte s'effrita sur sa langue. Il était vraiment frais.

Anni hésita un instant avant de dire de sa voix fragile :

« Vous habitez chez Elisabeth. Ce n'est pas une mauvaise femme. Prenez un peu soin d'elle. »

Elle remonta sur ses pédales ; si lentement qu'elle

aurait pu tomber, mais non. Une question vint à l'esprit de Sally.

« Il y a un endroit ici où on peut aller nager ? Un étang, un lac ? »

Anni s'arrêta de nouveau. Elle adressa à Sally un sourire édenté.

« Maintenant, en cette saison ? Il est vrai qu'il fait très beau aujourd'hui. Là-bas dans la forêt, dit-elle en pointant le doigt vers l'est, il y a un lac. Moi je ne sais pas nager », conclut-elle sur un ton presque joyeux et elle s'éloigna. Sally la suivit des yeux. Puis elle posa le vélo contre le muret, plaqua les mains sur la pierre rugueuse, toute chaude de soleil, se hissa et s'assit, les genoux repliés, les bras autour des jambes. Elle vit la vieille femme sur son vélo disparaître peu à peu de son champ de vision. Comment savait-elle qui elle était ?

Prendre soin de Liss. Était-ce le genre de choses que les vieilles personnes disent comme ça, sans y penser ? Prendre soin de Liss. Non, Liss n'était pas une mauvaise femme. Songeuse, Sally mordit un morceau de bretzel. Il était encore un peu chaud à l'intérieur. Le sel sur sa lèvre supérieure était granuleux et d'un goût agréable. Elle ne se rappelait pas la dernière fois qu'on lui avait offert une friandise. C'est réservé aux enfants.

Liss était dans la buanderie, elle triait du linge quand elle entendit Sally l'appeler.

« Je suis là ! » cria-t-elle.

Sally ouvrit la porte mais Liss ne leva pas tout de suite la tête. Elle ne savait pas quoi dire. Rompre le silence lui avait toujours paru difficile. Certaines fois elle n'y arrivait pas.

« Je suis allée nager. Dans la forêt. »

Liss leva les yeux. Sally semblait de bonne humeur. Comme une adolescente tout à fait normale, songea-t-elle avec étonnement, et un sentiment l'étreignit dont elle ne savait si c'était de la jalousie ou de la joie.

« Je n'étais encore jamais venue ici », constata Sally.

Pendant une seconde, Liss vit la pièce familière avec des yeux neufs. Ici comme dans le cellier, rien n'avait changé ou presque. À part la machine à laver, tout était comme cinquante ans plus tôt. Elle ne venait là que par nécessité.

« On la chauffe au bois ? »

Sally s'était agenouillée devant l'énorme lessiveuse encastrée dans son socle de pierre et ouvrait le clapet du foyer.

« Je me baignais dedans quand j'étais enfant. Avant qu'on ait la salle de bains à l'étage. »

Sa voix lui sembla raide comme du carton.

Sally se releva, souleva le couvercle en zinc au-dessus de la cuve, le fit retomber et adressa à Liss un sourire en coin.

« Je ferai pareil la prochaine fois. Si tu veux me regarder prendre mon bain, tu devras d'abord soulever le couvercle. »

Liss éprouva un bref soulagement. Pourquoi ? Ce n'était pourtant que... non. Ce n'était plus n'importe quelle jeune fille. C'était Sally. Sally qui, les cheveux trempés, se tenait devant elle et disait :

« Tu voulais me montrer ce truc. Ce tracteur à vapeur.

– La locomobile.

– Exact. » Sally marqua une petite pause. « Aujourd'hui, la vieille dame m'a parlé. Tu sais. Celle qui te salue toujours. Elle savait qui je suis. Elle s'appelle Anni. »

Anni. Liss esquissa un sourire.

« C'est très bien. Allez, viens. Petit voyage dans le temps. »

Il faisait moins chaud. Le soleil était déjà très bas sur l'horizon et le léger vent du soir apportait une agréable fraîcheur quand elles quittèrent la rue pour pénétrer dans une grande cour. La maison tout en longueur était en retrait, derrière un châtaignier qui était déjà vieux du temps de son enfance, songea Liss. Quand elle se déplaçait avec Sally, elle voyait parfois le village d'un autre œil. Les odeurs étaient celles de toujours, les bruits étaient ceux de toujours, tout était comme toujours, et pourtant, c'était comme si tout était...un peu plus neuf.

« Plus personne n'habite ici ? »

Sally désignait les fenêtres obscures. L'herbe haute entre les pavés le suggérait aussi. Liss secoua la tête.

« Plus depuis dix, quinze ans. Depuis que le vieux

Heuberger était en maison de retraite. Ses fils sont en ville. Aujourd'hui plus personne ne veut être paysan.

– Et toi ? »

Sally s'était arrêtée et regardait le lourd toit d'ardoises. C'était une belle ferme en vérité. Enfant, Liss la préférait de beaucoup à celle de ses parents.

« Je n'ai pas choisi, répondit-elle calmement. Viens, on fait le tour par-derrière. »

Elles prirent l'étroit chemin entre la maison et la grange, qui menait vers le jardin sur l'arrière, puis les champs.

« Autrefois ils contournaient le village avec les chevaux et tout le tintouin quand ils voulaient aller dans leurs champs ? »

Quelle perspicacité chez cette jeune fille !

Liss ouvrit le portail arrière de la grange. La barre était rouillée, elle dut taper dessus avec un caillou pour la faire sauter. Elle tira sur le battant qui résistait, freiné par l'herbe haute.

« On va traverser la grange, dit-elle. Les granges sont souvent bâties comme des passages qui permettent d'aller directement de la ferme aux champs. »

Elle ouvrit le second battant. La grange donnait au sud-est. La locomobile apparut, telle une grosse bête noire aux aguets dans la douce lumière rougeâtre.

« Génial. »

Sally fit le tour de la locomobile. Liss la regarda passer ses mains sur le métal rugueux, ouvrir le clapet de la chaudière et jeter un coup d'œil à l'intérieur.

« On peut l'allumer ? » demanda-t-elle, mais elle n'attendit pas la réponse, sauta d'un bond sur le marchepied en fer et monta sur le dos rond de la locomobile.

« On peut relever la cheminée », dit Liss d'en bas. Sally tira sur le tuyau à l'horizontale et il se souleva.

« Monte, dit-elle en riant, viens voir ! »

Liss agrippa la roue gigantesque sur laquelle passait autrefois la courroie et prit appui sur les rayons pour la rejoindre. Comme autrefois. Elle n'était jamais venue ici avec Sonny et c'était une bonne chose, songea-t-elle.

Sally avait redressé la cheminée, qui s'emboîta dans son support en couinant. Le soleil couchant éclairait son visage quand elle se tourna vers Liss.

« Dommage que je ne sois pas noire », dit-elle avec un petit sourire moqueur.

« Comment ça ? » demanda Liss qui ne comprenait pas.

Sally imita son expression et dit :

« Je serais Jim Bouton[1] et toi... eh bien tu serais Liss, la conductrice de la locomobile.

1. Héros du roman pour enfants de Michael Ende : *Jim Knopf und Lukas der Lokomotivführer* (1960), en deux volumes (en français : *La Cité des Dragons* et *Jim Bouton et les Terribles*). Jim Bouton est un bébé noir arrivé dans un colis postal sur une petite île. Il

– Je peux y remédier », dit Liss pince-sans-rire, en sautant de la machine. Elle enfonça le bras dans la chaudière et remonta sur le toit, la main pleine de suie. Elle en barbouilla la figure de Sally sans lui laisser le temps de dire ouf. Pendant un quart de seconde, elle eut peur d'avoir fait le pas de trop, le geste de trop, mais Sally riait de toutes ses dents. Blanches et éclatantes sur le fond noir du visage.

« Et maintenant, dit-elle avec solennité, il nous faut un gros aimant[1]. »

Quand elles refermèrent ensemble les deux battants du portail de la grange, Sally constata avec surprise que la nuit tombait pour de bon. Elle n'avait pas vu le temps passer. Liss remit la barre en s'aidant à nouveau de la pierre.

« On mange quelque chose ? » proposa-t-elle. Sally acquiesça. Elle était vraiment affamée. Elle n'avait rien avalé depuis le bretzel du matin.

Les lampadaires du village s'allumèrent l'un après l'autre en clignotant au moment où elles passaient devant l'église.

---

grandit, devient l'ami de Lukas le conducteur de locomotive et part à l'aventure avec lui. Le livre a été adapté au cinéma en 2018.

1. Dans le second volume, la découverte d'un puissant aimant permet à Lucas de transformer sa locomotive en « perpétumobile », capable d'avancer perpétuellement sans aucun carburant.

« Tu as encore du noir sur la figure », dit Liss en riant. Sally s'arrêta, le temps de s'essuyer le visage avec les mains. Au moment où elle rejoignait Liss, elle vit le fourgon de police suivi d'une voiture et reconnut celle de ses parents. Les deux véhicules franchissaient le carrefour et tournaient pour entrer dans la ferme de Liss. Prise de panique, Sally détala.

Merde ! Merde de merde de merde. Elle se demanda s'ils l'avaient vue, tourna la tête un instant sans ralentir mais ne vit personne à ses trousses. Elle courait dans la ruelle le long de l'église, mais ne savait où aller. En franchissant la clôture à gauche, on retournait dans la ferme de Liss. En allant tout droit, on dépassait le jardin et on se retrouvait en plein champ. À découvert. Elle serait visible à des kilomètres. Et puis c'était là qu'habitait le connard de voisin. Ok. Alors où aller ? Où ? Elle ouvrit la grille du cimetière, courut vers la porte et appuya sur la poignée. Ouverte. Elle ne s'attendait pas à ce qu'elle cède si facilement et faillit tomber. Dans une église. Il fallait le faire. Elle se retint de rire, mais toussa parce qu'elle était hors d'haleine et que son estomac se soulevait tout à coup. Que lui arrivait-il ? Elle avait les jambes coupées, les genoux tremblants et mal au cœur. Elle se retint à un des bancs. L'obscurité à l'intérieur était presque totale. Ça sentait le vieux bois. Les connards ! Pourquoi ne pouvaient-ils pas vous foutre la paix ? Pourquoi ? Tout simplement parce qu'ils ne supportaient pas que d'autres refusent de vivre dans leur monde de merde. Parce qu'ils voulaient entraîner le monde entier dans ce merdier, ce cloaque puant où tout pourrissait, les projets avortés, les désirs et les rêves brisés, tout. Et si vous arriviez à vous en extirper, ils rappliquaient, parce qu'ils ne voulaient pas être seuls sur leur tas d'ordures. Parce qu'ils voulaient que la vie des autres aussi soit détruite. Qu'ils crament en enfer !

Elle regarda autour d'elle. Pendant les obsèques elle avait remarqué cette petite porte au fond, à côté de l'autel. Elle s'approcha et testa la poignée. Ouverte aussi. Une petite pièce avec une armoire et une table sur laquelle elle distingua dans la pénombre une croix et deux ou trois coupes. Des calices. On appelait ça des calices.

« Sarah ! »

Oh merde.

« Sarah ! Sarah »

C'était sa mère. Elle entendait sa mère l'appeler. Était-elle vraiment bête à ce point ? Sarah ! Il y avait belle lurette qu'elle ne réagissait plus à ce nom. Au son, sa mère devait se trouver dans la cour de la ferme ou dans la rue.

La petite pièce avait une seconde porte, ouverte et qui laissait voir un escalier. Il menait quelque part en haut. Sally s'y engagea. Au point où elle en était, ça n'avait plus d'importance. Il y faisait encore plus sombre qu'en bas et elle distinguait à peine les marches. L'escalier tournait deux fois avant de donner accès à la chaire ;

l'obscurité était un peu moins dense. De là on voyait l'église en entier, mais Sally continua à grimper. L'escalier conduisait visiblement au clocher. Elle passa devant deux lucarnes à travers lesquelles elle aperçut le toit de la grange de Liss. Elle déboucha dans un petit espace carré où il y avait un placard vitré. Il contenait le mouvement d'horlogerie, constata-t-elle. Et une échelle en bois se dressait là. En plein milieu. Au-dessus, la trappe permettant d'accéder à la charpente et aux cloches. Le tic-tac du mouvement d'horlogerie était très fort.

« Sarah ! »

Va te faire foutre, Sarah ! Tu es qui, Sarah ? À l'heure qu'il est, la petite Sarah grimpe à l'échelle.

Arrivée à mi-hauteur, elle fut prise d'un léger vertige. Elle était drôlement haute, cette échelle. Mais le problème n'était pas en haut. Il était en bas. Elle ferma les yeux un instant. Ok, de toute façon elle ne redescendrait pas. Heureusement qu'il faisait aussi sombre, elle n'y voyait quasiment rien. Continue à grimper, petite Sarah ! Monte, monte !

La voix de sa mère dans sa tête l'aidait. Elle alimentait sa colère. Par chance il y avait au sommet de la tour un véritable plancher sur lequel elle put poser les pieds. C'était presque comme une pièce supplémentaire, à part les cloches qui pendaient du plafond. Au moins il faisait un peu plus clair ici. Le ciel n'était pas tout à fait noir et la lueur des lampadaires de la rue pénétrait par les petites ouvertures. Le sol était couvert de déjections de pigeons et de plumes, mais une légère brise soufflait à travers les rosaces. Elle se jucha sur une des poutres transversales soutenant les cloches et aperçut un petit morceau de la cour et de la maison au-delà du toit de la grange, mais pas les voitures. Elle se calma un peu. À l'évidence, elle ne pouvait pas rester ici éternellement. Les images surgirent d'un coup. Avec tous les détails à la con. Sa chambre. La cuisine où elle petit-déjeunait seule chaque matin. Ou pas, justement. Le trajet de l'école, qu'elle devait faire tous les jours. Et tout le reste, qui allait recommencer de zéro. La nausée provoquée par sa montée trop rapide reprit de plus belle, la boule au fond de sa gorge l'empêchait presque d'avaler. Elle n'avait vraiment pas envie qu'on l'oblige à rentrer. Un pigeon battit des ailes et elle sursauta. Bon Dieu, pourquoi avait-elle sans arrêt la frousse !

Oui, pourquoi ? À quoi bon ? C'était foutu. Même si elle se cachait au sommet de ce clocher. Elle pouvait aussi bien redescendre tout de suite. Ou demain si ce n'était pas aujourd'hui. Bien sûr, elle pouvait tenir quelques jours encore, mais à un moment ou un autre ils finiraient par la retrouver. Mais bon Dieu – elle n'avait pas la moindre envie d'aller ailleurs !

Ce constat la frappa comme un poing. Elle vacilla un instant sur sa poutre et tendit le bras derrière elle pour se retenir. Sa main prit appui contre la cloche, qui céda légèrement sous sa pression. Le métal était froid et rugueux. Oui. C'était bien ça. Elle ne voulait aller nulle part ailleurs. La ferme était le meilleur endroit où elle ait jamais été.

Dans la maison là-bas les lumières s'allumèrent. Partout. Visiblement ils la cherchaient. Elle se demanda comment ses parents avaient su qu'elle était ici. On voyait parfois une silhouette passer devant une fenêtre. De là où elle était, elle distinguait très bien la cuisine, mais aucune trace de Liss.

Soudain retentit un petit bruit mécanique, puis un bourdonnement, et elle leva la tête. Au-dessus d'elle, un marteau fixé à un châssis métallique à côté de la cloche du haut reculait lentement. Il y eut un cliquetis et le marteau s'abattit sur le bronze. Le son était incroyablement puissant. Il résonna à travers tout son corps, elle n'avait jamais vécu ça, même au concert. Waouh ! C'était ouf. Le marteau recula à nouveau et heurta une seconde fois la cloche. Le tintement se répercuta de nouveau dans toute la charpente, dans son ventre et dans ses os. Sept heures et demie. Elle inspira, encore tremblante. Puis se calma d'un coup. C'était comme si le son avait expulsé d'elle sa panique. Elle se hissa un peu plus haut pour mieux voir. La maison était à nouveau plongée dans le noir, et elle vit la voiture de ses parents et le fourgon de police quitter la ferme, tourner l'un derrière l'autre au carrefour et disparaître. Son soulagement fut tel qu'il lui coupa presque les jambes, ses mains faillirent lâcher la poutre. Elle s'accroupit et ferma les yeux. Ça alors ! Merci ! Liss était cool. Elle était vraiment cool.

Elle sortit de l'église, longea le mur de la grange et, arrivée au coin, jeta un coup d'œil dans la cour. Elle s'efforçait toujours de ne faire aucun bruit. D'être invisible. Pourtant il n'y avait là que le tracteur et la remorque. Sally alla jusqu'à la porte vitrée, mais la cuisine était sombre et la porte fermée. Peut-être Liss était-elle allée soigner les poules. La maison entière était dans le noir et elle éprouva soudain une sale impression. Une très sale impression.

« Liss ? »

Elle l'appela. D'abord à voix basse. Puis plus fort. La porte de devant était fermée aussi. Liss ne pouvait pas être dans la maison. Pas de lumière non plus dans la grange, et elle n'était pas dans le jardin. Elle était partie avec eux. Ou bien ils l'avaient embarquée.

Super. Que fallait-il comprendre ? Que faisait Liss avec ces gens-là ?

Elle s'approcha de la porte de l'étable. Liss ne la fermait jamais, et de l'étable on pouvait accéder à la maison.

Une fois dans sa chambre, elle alluma la lumière. Et vit tout de suite que son sac n'était plus là. Ni son porte-monnaie. Cette fois elle n'avait plus rien. Pas d'argent, pas de pièce d'identité – même si elle n'aurait pu la montrer nulle part. Debout près de son lit, elle réfléchissait.

Ma chambre. Bizarre. Rien ici ne m'appartient. Mais quand même. C'est ma chambre.

Elle éteignit et regarda dans la cour obscure, sans rien voir. S'ils avaient embarqué Liss, ils la ramèneraient. Dans ce cas, soit ils la trouveraient ici et l'emmèneraient chez elle ou à la clinique, soit elle aurait disparu. Pourquoi avaient-ils emporté son sac à dos ?

Elle avait besoin d'argent. Un minimum.

C'était la première fois qu'elle se trouvait dans la chambre de Liss, très différente de ce à quoi elle s'était attendue. Il y avait un très grand lit fabriqué sur place, entouré d'une gigantesque moustiquaire accrochée au plafond. On aurait dit une tente, impression accrue par la couverture exotique et bariolée qui évoquait la Chine ou l'Inde. Les bibliothèques étaient constituées de caisses à vin, non pas posées contre le mur, mais assujetties à des barres verticales et réparties dans la pièce en autant de colonnes allant du sol au plafond. Sally toucha une des caisses où étaient rangés des livres d'art et recula, surprise de la voir bouger. Chaque caisse était mobile et pouvait tourner autour de son axe métallique. La pièce était remplie de livres, mais il n'y avait rien sur les murs. Ou plutôt si : un tableau, un seul. Placé de telle façon qu'on le voyait forcément quand on était assis au bureau. Sally s'avança pour l'examiner de plus près et prit conscience qu'on pouvait sourire en comprenant une chose qui pourtant n'avait rien de drôle et n'était qu'une amère vérité. D'après la signature, le tableau n'était pas de Liss. Mais le peintre était une femme, ce qui l'étonna un peu. Le tableau était méchant. D'une méchanceté bizarre, sournoise. Un Arlequin obséquieux était agenouillé devant un homme d'affaires grand et mince dont la tête était un building moderne, et lui baisait les pieds. L'homme d'affaires brandissait avec dédain une coupe d'où le champagne giclait sur le dos du malheureux. Une belle femme à moitié nue dansait avec un Chinois coiffé d'un chapeau bizarrement carré et bariolé, sa gueule grimaçait un sourire meurtrier. Un fou aux doigts beaucoup trop longs sautillait autour d'eux, son nez pointu levé vers le ciel, le visage déformé par un cri de désespoir. Un serpent multicolore et goguenard sinuait entre les pieds des danseurs assez adroitement pour n'être pas piétiné et reliait tous les personnages entre eux. Était-ce la vision du monde qu'avait Liss ? Le tableau disait que le monde entier n'était qu'un beau mirage empoisonné. Que personne ne faisait rien sans penser d'abord à soi. Le serpent était présent dans chaque tractation, chaque amitié, chaque amour – dans tout ce qui se jouait entre les hommes. Elle pensa à celui qu'elle avait vu dans le verger aux poiriers.

Mais Liss n'était pas du tout comme ça ! Ou alors elle ne s'en était pas aperçue. Troublée, Sally s'assit sur le lit. Ça arrivait parfois. On n'était plus sûr de rien. Tout pouvait être vrai et faux en même temps. Elle sentit tout à coup une immense fatigue dans ses jambes. Elle observa longuement le tableau. Pourtant si. Il lui plaisait en un sens, à cause de sa franchise impitoyable. Parce qu'il montrait sans ménagement ce que la peintre pensait des humains. Mais elle n'arrivait pas à associer cette vision à Liss. Jamais encore elle n'avait rencontré quelqu'un qui ne vous... comment dire... qui ne cherchait pas à vous posséder. Sans que vous lui soyez indifférent pour autant. Quelqu'un qui ne vous demande rien que vous n'accordiez de votre plein gré.

Elle se releva et s'approcha du bureau. Si elle y trouvait de l'argent, elle laisserait un mot. Liss comprendrait certainement. Elle ouvrit le premier tiroir. Il ne contenait que des lettres. Elle s'apprêtait à le refermer quand elle remarqua que certaines enveloppes ne portaient pas d'adresse. Elle les sortit. Trente, quarante enveloppes. Épaisses : au moins trois ou quatre feuilles dans chacune. Liss les avait-elle reçues ou écrites ? Sally leva les yeux vers le tableau au mur. Ce n'était pas la chose à faire. Elle hésita, elle avait presque remis les lettres dans le tiroir, mais ce fut plus fort qu'elle. Elle sortit de l'enveloppe du dessus deux feuilles pliées en quatre.

17 septembre

Peter. Mon chéri.
Je me rends compte que je suis restée longtemps sans t'écrire. En tout cas plus longtemps que d'habitude. J'aurais dû le faire depuis longtemps, mais il y avait toujours quelque chose qui m'en empêchait. Une jeune fille

est arrivée. Échappée d'une clinique. Elle est très maigre, anorexie probablement ou un truc comme ça. À moins qu'il s'agisse d'autre chose – elle est très coriace. Et un peu folle.

Sally prit une profonde inspiration. Lire ce qu'on a écrit sur vous est trop bizarre. Elle poursuivit. On voyait le moment où Liss avait dû être dérangée. La suite n'était pas écrite au crayon à bille, mais au crayon noir.

J'ai mauvaise conscience, Peter. Tu me manques tellement. Il n'y a pas eu un jour pendant toutes ces années, pas un seul, où je ne me suis pas réveillée en pensant à toi. En même temps je ne sais même plus à quoi tu ressembles aujourd'hui. Je ne sais pas ce que tu penses, comment tu ris ou pleures – s'il t'arrive de pleurer. Pour être tout à fait honnête – et je dois l'être car il faut trancher à même la plaie infectée, il faut couper profond pour atteindre la chair saine – je ne sais même pas si je te reconnaîtrais. Cette idée me fait peur.

Pourtant j'ai mauvaise conscience. Pour la première fois depuis toutes ces années, je me suis réveillée en ne pensant pas à toi mais à cette jeune fille. Elle me rappelle moi quand j'avais son âge. Sauf qu'elle est beaucoup plus forte que moi. Et elle vit tout de manière beaucoup plus profonde. Nous étions avec les abeilles. Elle a été piquée et elle était presque heureuse d'avoir mal. Je n'ai encore jamais vu quelqu'un absorber les choses comme elle le fait. Chaque image. Chaque goût. Chaque bruit. Pas étonnant qu'une telle fille ne trouve pas sa place dans un monde normal.

J'ai mauvaise conscience parce que je commence à bien l'aimer et parce que je sais que c'est absurde. J'ai toujours perdu tout ce que j'aimais. Non, disons plutôt que j'ai toujours détruit tout ce que j'aimais.

Peter. Tu me manques. Je sais que je me répète, mais ça ne peut pas t'ennuyer, tu ne me liras jamais. Tu m'as manqué chaque jour qui passait. Jusqu'à maintenant. Maintenant il y a quelqu'un avec qui je n'ai pas de passé. J'aurais dû la renvoyer depuis longtemps. Mais j'aurais toujours dû faire ce qu'il fallait et je ne l'ai jamais fait. Et puis j'aimerais tant connaître ça au moins une fois : voir quelqu'un repartir de chez moi plus riche qu'il ne l'était en arrivant. Plus riche et en meilleure santé. Pour une fois, ne pas casser ce que

La lettre s'arrêtait au milieu de la phrase. Elle retourna la feuille, mais il n'y avait rien au dos. Une autre feuille, vierge, était jointe à la première. Peut-être Liss avait-elle l'habitude d'écrire des lettres de plusieurs pages. Sally replia les feuillets et les remit dans l'enveloppe, avec autant de précaution que s'il se fût agi de fines pellicules de verre susceptibles de se briser à tout moment. Elle éprouvait la même sensation que plus tôt dans le clocher, quand le son avait résonné à travers son corps. Une vibration soudaine la parcourut tout entière.

Bon Dieu. Elle n'aurait pas dû lire cette lettre. Elle ne savait pas ce qu'elle était censée éprouver. Elle referma le tiroir et n'eut pas le courage d'en ouvrir un autre pour voir s'il contenait de l'argent. Sans le vouloir elle effleura la souris et l'écran de l'ordinateur s'éclaira. Il n'y avait pas de mot de passe. Ok. Son intention n'était pas de découvrir encore Dieu sait quoi sur la vie privée de Liss, mais elle pouvait au moins consulter en vitesse son propre compte, voir s'ils avaient écrit des trucs sur elle et peut-être aussi ce qui se passait du côté de ses parents.

Sans s'asseoir elle entra son mot de passe et fit défiler des centaines de messages. C'était incroyable le nombre de cochonneries qui s'accumulaient en quelques semaines. Il y avait une ribambelle de mails de ses parents qu'elle survola et qui disaient tous la même chose : ils se faisaient du souci blablabla. Chaque fois ils la suppliaient de leur dire où elle était, etc. Les conneries habituelles. Le message le plus récent de sa mère datait de dix minutes. Il s'ajoutait aux dix autres envoyés dans la même journée :

Sarah, s'il te plaît, il faut absolument donner de tes nouvelles. Nous avons tellement peur pour toi ! Nous savons que tu as été dans cette ferme. Tu ne dois en aucun cas y retourner ! Cette femme est une criminelle. Elle a fait de la prison pour avoir voulu tuer son mari. S'il te plaît, dis-nous que tu es en bonne santé. Je t'en prie ! Maman.

Sally relut le message. Puis le relut encore. Elle ferma sa messagerie, éteignit l'ordinateur et sortit de la maison.

27 septembre

Tout recommençait. Comme si la longue période écoulée entretemps était abolie. Dès l'instant où on l'avait fait descendre du fourgon de police et poussée dans le bâtiment. Non, pas poussée. Priée d'entrer, cette fois. Mais c'était pareil. Pourquoi rien ne changeait-il jamais dans ces bureaux ? Même l'odeur de plastique était pareille. Et ces sensations qu'elle détestait tant : la bouche sèche, les jambes flageolantes. La panique au fond du ventre, ce chien hideux et sauvage qui se réveillait soudain et n'allait pas tarder à baver, à mordre, à gronder. Il était plus de minuit. On l'avait fait attendre, interrogée brièvement, de nouveau fait attendre, et maintenant elle était de retour dans la salle d'interrogatoire, avec le policier et les parents.

« Depuis quand Sarah était-elle chez vous ?

– Je ne sais plus exactement. Début septembre, je crois.

– Pourquoi ne pas vous être manifestée auprès de nous ?

– Pourquoi ? J'aurais dû ? C'est interdit de donner une chambre à quelqu'un ? »

Il y eut une pause. Le policier la regardait. Les parents de Sally la regardaient. Ils avaient l'air normaux. Mais son père aussi avait l'air normal. Ils avaient toujours l'air normaux. Avait-elle l'air normale, elle aussi ?

Elle essaya de se ressaisir. C'était difficile, parce que ses pensées et ses sensations s'emballaient. Elle n'avait rien fait d'interdit. Ou bien si ?

« Où est Sarah ? »

Le père de Sally se pencha vers elle. Il était pâle et son haleine avait une odeur douceâtre, comme s'il avait oublié de se laver les dents.

« Je ne sais pas. »

Le père se mit à hurler.

« Alors pourquoi ses affaires sont-elles chez vous ? Comment pouvez-vous ne pas savoir ? Vous savez très bien où elle est ! Où est-elle ? Vous la gardez enfermée ? »

Brusquement, il n'avait plus l'air normal du tout. Liss inspira à fond et pressa les mains contre ses flancs, comme si ça pouvait l'aider à se tenir droite. Elle aurait voulu lui hurler dessus à son tour. Qu'est-ce qu'il s'imaginait ? Croyait-il qu'elle l'avait assassinée, violentée, ou lui avait infligé Dieu sait quoi ? Mais elle se retint. Bien sûr qu'il le croyait. Évidemment. Ils le croyaient tous.

« Je l'ignore, articula-t-elle, parce qu'elle ne me dit pas où elle va. Elle a habité chez moi. C'est tout. »

Le policier la regarda d'un air sceptique.

« Et vous ne lui avez naturellement jamais demandé d'où elle venait. Pourquoi une fille de cet âge ne va pas à l'école en période scolaire. Où sont ses parents. »

Ce n'étaient pas des questions. Il énumérait. Liss ne savait quoi répondre. À l'évidence, personne ne comprenait qu'on ne pose pas de questions quand on voit qu'on n'obtiendra pas de réponses. Personne n'aurait compris.

« Je ne sais pas où est Sarah », articula-t-elle enfin. En disant Sally elle aurait abîmé le mot. « Elle s'est enfuie quand elle vous a vus. Elle aura continué sa route. Peut-être qu'elle s'est cachée. Qu'est-ce que j'en sais ?

– Vous lui avez fait quelque chose, murmura la mère. Quatre semaines. Sarah est restée chez vous quatre semaines sans donner de nouvelles, et vous prétendez que vous ignorez tout de sa maladie, alors que c'est une fille qui sort tout droit de la clinique. Je ne sais pas ce que vous lui avez fait. »

Liss commençait à voir rouge. Le chien dans son ventre aboyait furieusement. Elle se leva d'un bond.

« Je lui ai donné un foyer, à cette fille, putain ! » hurla-t-elle. Elle leur aurait volontiers cassé la figure, mais se contenta de serrer les poings, tremblante, la vue brouillée par la rage. La mère se leva à son tour.

« Mais vous êtes qui ? Sa mère ? Vous êtes… personne. Vous êtes une criminelle. Vous n'avez pas donné de foyer à ma fille. Comment pouvez-vous… qu'est-ce que vous croyez ? »

Elle n'avait pas haussé la voix mais on entendait sa haine, et le policier leva les mains.

« Rasseyez-vous. Toutes les deux. Asseyez-vous ! Et calmez-vous. Nous allons tirer ça au clair. Nous allons tirer ça au clair. »

Pourquoi répétait-il tout deux fois ? Liss se rassit à contrecœur, sa colère était maintenant beaucoup plus forte que sa peur. Elle savait qu'elle avait bien agi, et les autres disaient que c'était mal. Comme autrefois.

« Maintenant je voudrais m'en aller, dit-elle d'une voix lasse.

– Vous ne voulez pas nous dire simplement où est cette jeune fille ? demanda le policier. Regardez les parents. Si c'était votre enfant, vous...

– Ne me parlez pas de ça, pas vous ! rugit-elle, incapable de se contrôler. Maintenant je m'en vais, et je me fous de savoir si vous allez retrouver Sally ou pas. Je ne l'ai pas cachée. Je n'ai fait que lui donner une chambre, et si vous voulez la pourchasser, libre à vous. Allez-y, retrouvez-la et bousillez-la ! Les gens comme vous sont très forts pour ça ! Retrouvez-la et bousillez-la ! »

Elle essaya d'ouvrir la porte, mais elle était verrouillée. Bien sûr. C'était un commissariat de police. Elle fit volte-face.

« Ouvrez ! siffla-t-elle. Ouvrez ! »

Le policier appuya sur la commande à distance et Liss ouvrit la porte à la volée.

« Vous n'allez tout de même pas la laisser partir ?

demanda le père stupéfait. Elle sait où est notre fille. Vous ne pouvez quand même pas la… »

Liss se rua dans l'escalier sans se retourner. Ses pieds effleuraient à peine les marches mais elle en rata une et faillit tomber.

Sortie du bâtiment elle se mit à pleurer de rage, martela du poing le crépi rugueux du mur, encore et encore, jusqu'à ce que ses jointures se teintent de rouge.

30 septembre

Le pire, c'était le manque. Sally n'avait pas eu conscience de s'habituer à tant de choses en si peu de temps. Émerger lentement du sommeil, entendre le chant du coq, le léger gloussement des poules qui lui semblait toujours si paisible. Elles s'assuraient mutuellement que tout allait bien ; se le répétaient encore et encore. Entendre le doux tintement de la cloche de l'église par-dessus le toit de la grange. Elle avait beau en connaître maintenant toute la puissance – ce son lui paraissait toujours doux. S'éveiller à la ferme était vraiment cool.

Elle était assise à son bureau et disposait ses affaires. Le portable dans le coin droit. Ses parents l'avaient rapporté de la clinique. Elle ne l'avait toujours pas rechargé ni allumé. L'ordinateur à dix centimètres du bord de la table, bien parallèle. Elle prit la règle dans le pot où elle rangeait ses crayons et mesura. Les nouveaux manuels scolaires de terminale empilés à gauche à côté de l'ordinateur. À quinze centimètres, elle vérifia et posa la règle. Il va me falloir un mètre à ruban. Pour mesurer les jours jusqu'au bac et jusqu'aux études et jusqu'au mariage et jusqu'à ce que je devienne folle et que je crève. Il n'existe pas de mètre à ruban assez long.

Elle rit tout bas. Je peux en mettre plusieurs bout à bout.

Reprends ta vie en main.

Accepte la réalité. Essaie une fois, au moins une fois, de faire avec.

La vie est ainsi. Rien n'est facile. Tu as besoin d'une structure.

Oui. Merci beaucoup, maman. Merci beaucoup, papa. C'est sympa que tu aies passé la nuit ici, que je t'aie vu au petit déjeuner ; ce n'était même pas mon anniversaire. Je vais mettre de l'ordre dans ma vie.

Elle posa la main à plat sur la table et dessina au feutre noir le contour de ses doigts. Comme ça la main savait où était sa place. Elle jeta le feutre de toutes ses forces contre la fenêtre avec l'espoir de la casser, mais le crayon en métal rebondit et l'atteignit au front. La douleur la surprit.

« Sarah ? Tout va bien ? »

La voix de sa mère tremblait.

Tout va bien. Ouais. Était-elle bête à ce point ? Pensait-elle vraiment que tout allait bien ?

Elle ne savait plus où aller, c'est tout. Et elle n'avait pas réussi à aller ailleurs. Qu'aurait-elle pu faire ? Il n'y avait qu'un endroit où elle avait envie d'être. Et elle ne pouvait pas y rester.

Elle regarda la pluie par la vitre. Le temps n'était pas froid mais désespérément maussade. Merci la météo. Manquait plus qu'un peu de musique triste en arrière-fond.

Elle n'avait rien pu raconter. Quand elle était arrivée à la maison, son père était encore là. Elle n'avait eu qu'une envie : repartir aussitôt.

Qu'est-ce que tu as fait pourquoi n'as-tu pas donné de nouvelles nous nous sommes fait tellement de souci tu aurais quand même pu oh mon Dieu nous avons eu tellement peur peur peur souci souci pourquoi pourquoi pourquoi. Ce n'étaient pas de véritables questions. Ils déversaient leurs gravats. Ils savaient très bien où elle avait été.

Elle fit des petits points noirs sur ses ongles avec le feutre. L'école était comme toujours. Les profs la traitaient tous comme si elle avait le cancer. Avec précaution. Beaucoup de s'il te plaît et de merci. Si tu as besoin de quelque chose. Si tu ne te sens pas. Tu peux toujours. Pourquoi ne terminaient-ils jamais leurs phrases ? Les élèves de la classe étaient curieux mais ne lui parlaient guère. Si tu veux tu peux copier sur mon cahier. Je peux te passer mes feuilles d'économie. En maths on a commencé les probabilités. Elle avait failli éclater de rire. Les matières ! Ça n'avait jamais été son problème. Son problème, c'était qu'elle ne comprenait pas la patience des autres. Il fallait se contenter d'écouter. On n'avait rien à faire. Juste écouter. Elle aimait bien écouter Liss. Même quand elle ne disait rien. Elle aimait bien la regarder faire des choses qui avaient toujours un sens. Soulever une poule pour voir pourquoi elle boitait. Fendre une bûche pour fabriquer une cale qui empêche la porte de la grange de se fermer. Ou bien, tout au début, manœuvrer le tracteur pour que le timon de la remorque s'ancre dans l'attelage. Pile poil.

Elle appuya son menton dans sa main gauche. De la droite, elle traça un cadre autour de l'écran de son téléphone avec le feutre.

C'étaient les odeurs qui lui manquaient le plus. Le moût de poire dans la cave à vin. Dehors, dans la cour, les effluves des vaches que le vent apportait parfois des étables du village à la tombée de la nuit. L'odeur des pommes de terre tout juste sorties du sol, et leur arôme une fois cuites, quand on les mange avec du sel. Et puis ce parfum ancestral de soleil et de poussière qu'ont la paille et le foin quand la porte de la grange est ouverte et qu'on est assis sur le seuil en train de lire.

Cette femme a essayé de tuer son mari. La phrase de son père, répétée tant et plus, résonnait dans sa tête. Cette femme a essayé de tuer son mari. Elle est dangereuse.

Sally repensa au jour où elle avait oublié d'écrire sa lettre. Elle repensa au chevreuil qu'elles avaient écrasé. Elle repensa au pistolet que Liss gardait dans une boîte en fer-blanc sous le siège de son tracteur. Elle remit soigneusement le capuchon sur le feutre et appuya sa tête contre la table.

1er octobre

Ce jour-là, en France, c'était encore l'été. Le chant omniprésent des cigales vous assourdissait, vous ensuquait, c'était la musique du Midi. À l'approche du soir, un léger vent venu de la mer dissipait la chaleur qui montait du sol, mais pas l'odeur du thym sauvage ni le parfum âcre de résine des pins. La porte coulissante du van était ouverte, elle avait fixé une bâche à la barre du toit avec des clips pour bocaux de conserve. Deux piquets, et ça faisait un grand pare-soleil ; presque une tente qu'ils pouvaient monter partout où ils étaient. Elle était fière de cette petite trouvaille. Sonny était parti faire des courses dans la bourgade voisine. L'enfant dormait, en chemise, bras et jambes écartés, le souffle régulier, sur la peau de mouton qui garnissait habituellement le siège du conducteur. Liss avait posé son livre et regardait son fils. Ce mot ! Elle ne s'en lassait pas. Mon fils. Elle sentit monter en elle cette émotion qui vous fait respirer plus vite ; la révélation soudaine du Bonheur – avec une majuscule. Être loin. Être libres, même s'ils n'avaient presque pas d'argent. Le cas échéant, ils resteraient sur place jusqu'à pouvoir de nouveau payer l'essence, puis repartiraient. Avoir un enfant en pleine santé, être là pour lui. Pouvoir lire où elle voulait, ce qu'elle voulait et quand elle voulait. Respirer cet air et sentir sur sa peau ce vent qui n'existait pas chez eux.

Elle se leva et fit quelques pas en direction du bord de la falaise. Ils avaient garé le van sur un escarpement rocheux au-dessus d'une petite crique. Les campings étaient tous fermés depuis longtemps. C'était l'extrémité de la France, on ne pouvait pas aller plus loin. Lors de son premier voyage dans le Sud, en Espagne, elle était tombée amoureuse des paysages du midi de la France. L'Espagne n'avait pas supporté la comparaison. Le vent du soir plaquait sa robe légère contre son corps, presque comme s'il lui caressait directement la peau. L'eau de la crique était d'une transparence irréelle. Autrefois, quand elle lisait dans un livre la description d'un littoral comme celui-ci, elle n'aurait pas imaginé que ça existait pour de vrai. Aucune rivière, aucun lac de son enfance n'était jamais limpide. La première fois qu'elle avait vu une eau aussi claire, elle était restée plusieurs minutes à la contempler. Et cette fascination ne l'avait plus quittée. Quand elle nageait vers le large, elle voyait le fond à six ou sept mètres sous elle. La découverte d'un tel univers restait pour elle un événement incroyable. Ses parents n'étaient jamais partis en vacances.

Nous sommes des paysans, disait son père, qui va nous soigner les bêtes ?

Un camp de ski à la montagne avec l'école. Deux camps d'été avec les Jeunesses évangéliques. Et maintenant elle était là, au début d'octobre, sur les rochers surplombant une petite crique française, dans une robe d'été dont elle n'avait même pas besoin. D'un seul geste, elle la passa par-dessus sa tête et la laissa tomber. La robe s'envola en direction du van et s'affala derrière, comme un oiseau bariolé et fourbu.

Waouh !

Sonny montait le petit chemin.

Tu es belle !

Il déposa les sacs de courses et tendit les mains vers elle. Ils firent l'amour debout, vite et fort, le souffle court, elle garda les yeux ouverts, elle sentait Sonny, voyait la mer et se voyait en même temps, comme de l'extérieur ; nue devant Sonny, ardente, et le temps d'un instant elle se sentit aussi belle que l'eau de la crique.

Plus tard, ils dînèrent assis à la table de camping branlante. Burent du vin rouge dont le goût n'avait rien à voir avec celui du blanc clairet que faisait son père. Et qui ne pouvait pas être bon. Il n'était pas fait pour être bon, il était comme on l'avait toujours fait.

On devrait prendre le chemin du retour.

La phrase l'atteignit comme une gifle balancée négligemment.

Quoi ? Rentrer ?

L'automne arrive. Nous n'avons plus d'argent. Et tu dois… nous devons penser à l'enfant.

Sur le moment, elle fut incapable de parler. Une sensation qu'elle n'avait plus éprouvée depuis longtemps : les mots bouillonnaient en elle, voulaient tous sortir en même temps et se coinçaient dans sa gorge, elle se disait parfois que mourir asphyxié devait ressembler à ça.

Nous avions parlé d'un voyage ! Nous sommes partis depuis cinq semaines !

Sonny n'avait jamais supporté la critique. Là où d'autres, se sentant pris en flagrant délit de petit mensonge dans la vie quotidienne, s'excusaient ou cherchaient à se justifier, il attaquait. Une chose qu'elle avait aimée chez lui.

Tu crois que ça va continuer indéfiniment ?

Il fulminait, assis très droit dans la chaise de camping distendue, et repoussa la tasse si violemment que le vin déborda.

Oui ! C'est ce que je pensais. Ce que nous avions décidé ! C'est pour ça qu'on est ici !

Les mots commençaient à sortir. Ils se bousculaient, elle bégayait presque.

Je dois penser à l'enfant ? Moi ? Tu te rappelles ce qui s'est passé quand je t'ai dit que j'étais enceinte ? Dis, tu te rappelles ?

C'est fini depuis longtemps !

Il hurlait presque.

Rien n'est fini ! Comment peux-tu être assis devant

moi et me dire que nous devons rentrer parce que je dois penser à l'enfant ? J'ai pensé à l'enfant, quand tu as foutu le camp et baisé la première fille qui croisait ton chemin. Estime-toi heureux de ne pas lui avoir fait un môme à elle aussi ! Deux ans minimum ! C'est ce que nous avions dit. Deux ans ! Je pense à l'enfant ! Moi, oui. Je ne veux pas qu'il grandisse comme toi ou moi. Je veux qu'il ait une vie, une vraie.

Sans argent ? Dans un van ?

Il ricanait maintenant, ce qui la blessa encore plus que ses cris, car elle ne connaissait que trop bien ce ton.

Brusquement, elle se sentit sale et vulnérable, à moitié nue comme elle l'était encore. Elle se leva et attrapa un T-shirt sur la corde qui tendait la toile.

Oui. Sans argent. Dans un van. Mais ici. Ou en Espagne. Ou au Maroc. C'est pourtant ce qu'on avait imaginé, non ?

La lune étirait sur l'eau son empreinte argentée, fragile et mouvante, comme pour leur faire signe. Là-bas, de l'autre côté, il y avait l'Afrique.

Ton père m'a proposé de reprendre la ferme si on se marie.

Elle dut se cramponner au van. D'un seul coup, tout devenait irréel, plus rien n'était vrai. Rien de ce qu'elle voyait. L'enfant grogna et se roula en boule. Elle se pencha et couvrit le petit corps avec sa robe.

Tu le sais depuis quand ? demanda-t-elle dans un souffle.

Quelle importance ?

Il versa du vin dans sa tasse et le but d'un trait.

Il dit qu'il va se retirer complètement dans quelques années. Il me l'a promis. Quand nous établirons un contrat de transfert, je le lui ferai mentionner. Et tout sera réglé ! Tu seras à l'abri et ton enfant aussi. La ferme marche bien !

Elle ne savait comment réagir. Elle voulait courir et en même temps s'asseoir. Elle voulait s'écrouler. Dormir à côté de l'enfant, jusqu'à demain, et tout serait différent. Elle était affreusement lasse tout à coup.

Tu ne vois pas ce qu'il est en train de faire ? Tu ne vois pas qu'il veut nous enchaîner comme ses chiens ? Attachés toute la vie au bout d'une chaîne dans sa cour ? Plutôt que… sa main désigna d'un geste impuissant la côte, la mer, la lune, le van et l'enfant… plutôt que tout ça ?

Il faut tout de même bien que ça se termine un jour ! hurla-t-il.

Il se leva, attrapa la bouteille et s'en alla.

Je me noie, songea-t-elle. Je suis sur la terre ferme et je me noie. Pendant toute la nuit, la phrase lui laboura la tête en tous sens comme une herse, et au matin ses pensées n'étaient plus qu'un champ de désolation.

« C'est toi qui as appelé la police pour leur dire que la fille habitait chez moi ? »

Il était sept heures et demie du matin. Elle se tenait

face à Gerhard, qui ne portait qu'un T-shirt informe et un bermuda, les vêtements dans lesquels il dormait.

« Quoi ? demanda-t-il d'une voix ensommeillée. C'est pour ça que tu viens sonner aux aurores ?

– C'est toi qui as appelé ? »

Le ton était si vindicatif qu'il se réveilla tout à fait.

« Quoi ? Eh ben oui ! Naturellement. »

Liss était sur le perron devant la maison de Gerhard, elle le regardait et elle avait froid. Elle avait eu froid toute la nuit et dormi d'un sommeil agité et superficiel. Pour finir elle s'était levée à cinq heures, s'était assise dans la cuisine et avait continué à se geler.

« Naturellement ? Gerhard, tu es un salaud. »

Elle fit demi-tour et s'éloigna.

« Tu ne piges pas, ou quoi ? cria-t-il dans son dos. On ne peut pas vivre comme ça ! Il y a des lois ! Il y a des règles. Pour toi aussi il y a des règles, et il faut les respecter ! Tu ne peux pas… »

Il ne termina pas sa phrase. Sans doute ne savait-il pas lui-même ce qu'il voulait dire. Mais les mots résonnèrent dans ses oreilles. On ne peut pas vivre comme ça. Oui, songea-t-elle en marchant, c'est vrai. On ne peut pas vivre comme ça. C'est comme si j'étais invisible. Je crois parler aux gens, mais les mots gèlent dans l'air et personne ne les entend. Je n'aurais pas dû accueillir cette fille. Le silence à la ferme est à peine supportable maintenant qu'elle est partie.

Elle avait du mal à travailler. Le travail avait toujours été sa planche de salut. Aujourd'hui, chaque pas lui coûtait. Comme si l'air était devenu plus dense ; presque comme de l'eau. Quoi qu'elle fasse, elle se heurtait à une résistance invisible. Se sentait bonne à rien. Elle restait assise dans la cuisine à regarder la cour. La brume matinale commençait à se dissiper et elle vit que la journée serait ensoleillée, mais rien ne vibra en elle. Elle s'était toujours défendue. Toujours, toujours, toujours, et ils l'avaient toujours rattrapée. Toujours. Ils venaient de réussir une fois de plus. Son père. Sa mère. Sonny. Et plus tard, à nouveau Sonny. Ils avaient tous essayé de la rabaisser. Elle s'était toujours relevée. Mais à quoi bon ?

Elle se roula machinalement une cigarette et réalisa que c'était déjà la sixième ou la septième ce matin. Mauvais signe.

Il n'y a que deux endroits où ils ne peuvent pas interdire de fumer, lui avait dit Beatrix pendant la promenade. Une heure par jour. Dans une cour où il n'y avait pas même un arbre, pour qu'on ne puisse pas y grimper et escalader le mur. Comme si ça avançait à quoi que ce soit. Après le mur intérieur, il y en avait un autre, puis la clôture, et enfin le dernier mur…

Deux endroits : l'asile psychiatrique et la prison.

Beatrix avait connu les deux. Elle avait ce rire éraillé que provoque peut-être la cigarette, à moins qu'elle ait eu cette voix depuis toujours. Parce que fumer est la seule chose qui vous reste pour vous réchauffer.

Mais c'est faux, songea Liss tandis qu'elle fumait et regardait dehors sans que rien ne vibre en elle, ça ne réchauffe pas.

Elle alla à la cave, s'arrêta au milieu du couloir, ne sachant plus pourquoi elle était descendue. Elle aurait dû sentir l'odeur du moût ; son parfum puissant, épicé, aurait dû imprégner depuis longtemps l'air ambiant. Elle réalisa soudain qu'en fumant tout à l'heure elle n'avait pas apprécié le goût du tabac. L'odeur des cigarettes était toujours meilleure que leur goût, mais elle n'avait quasiment rien senti. Elle se précipita vers un fût, souleva le couvercle et se pencha au-dessus du moût. Alors seulement lui parvinrent les effluves de poire et d'alcool, mais comme à travers un filtre. Il fallait démarrer la distillation. Mais la seule idée de devoir installer l'alambic lui apparut comme un obstacle insurmontable. Que lui arrivait-il ? Elle avait toujours eu plaisir à distiller, aujourd'hui elle ne parvenait même plus à se rappeler cette sensation.

Elle n'était allée qu'une seule fois sur la côte atlantique, et une image s'était profondément gravée en elle. Le soir, elle avait vu les pontons presque à l'horizontale. Les vagues venaient se briser lourdement contre le quai, à un mètre et demi sous le parapet, et si on ne bougeait pas on sentait la roche trembler sous ses pieds. C'était une sensation agréable. Mais quand elle était revenue du camping le lendemain matin, seule, parce qu'elle était la première levée, Sonny dormait encore, et qu'elle avait envie de beauté, un spectacle tout à fait inattendu s'était offert à elle. Plus de bateaux. Les pontons s'étaient affaissés, et quand elle s'était penchée par-dessus le parapet, elle avait découvert à huit mètres environ au-dessous d'elle une étendue désolée, boueuse et grise, où gisaient les bateaux, couchés sur le flanc, pitoyables. Le ruban d'eau scintillante du chenal était à cinq cents mètres. Elle ne savait rien de l'amplitude des marées. Elle connaissait le flux et le reflux grâce aux livres, mais n'avait jamais imaginé qu'une mer puisse se retirer en laissant derrière elle cette étendue désolée. Elle n'avait jamais vu le fond de la mer mis à nu. Ce n'était pas un beau spectacle.

Aujourd'hui elle se sentait dans le même état. Comme si tout s'était retiré d'elle, avait reflué pour ne laisser qu'un désert de boue. D'où émergeait, vision hideuse, grossière et envahissante, tout ce qui demeurait habituellement caché sous la surface étincelante de l'eau. Tout ce qui sombre au fond de vous pour y croupir et y pourrir. Tout s'était retiré d'elle, elle était vidée, réduite à un dépôt de résidus puants. Elle pivota sur elle-même, embrassa du regard sa cave à vin et songea : Si j'étais un fût, je me balancerais à la poubelle. Tu ne pourras plus y verser de vin. Jamais plus tu n'arriveras à le nettoyer.

Elle prit deux bouteilles au hasard sur les étagères, remonta à la cuisine et se mit à boire ; elle aurait été incapable de dire si le vin était bon ou pas. C'était juste une tentative désespérée pour remplir à tout prix ce grand vide qui était en elle.

3 octobre

Sally se trouvait pour la première fois de sa vie dans une salle d'archives. À l'époque d'Internet, on aurait pu s'attendre à tout trouver sur la toile, mais quand elle entra pour la première fois le nom du village de Liss et en mot clé « tentative de meurtre », c'était à croire que tout le monde avait voulu tuer quelqu'un un jour ou l'autre. Les tentatives de meurtre étaient légion sur Internet, putain. Photos. Descriptions. Fantasmes malsains. Forums. Mais rien sur le village de Liss. Pas même une entrée Wikipédia. Ou plutôt si, mais réduite à trois petites phrases et une photo floue de l'église.

Alors elle avait pensé aux journaux. Elle s'était rappelé que Liss avait appris par le journal qu'elle-même était recherchée. Un journal local avait sûrement rendu compte de l'histoire de Liss. Elle avait interrogé ses parents mine de rien, mais ils ne pouvaient que répéter ce qu'ils avaient entendu dire au commissariat. Ils ne savaient même pas quand c'était arrivé. D'un grand secours, comme toujours.

Le journal avait un site internet minable. Et pas d'archives en ligne, sauf pour les trois dernières années. Mais elle avait découvert qu'ils possédaient une vraie salle d'archives où l'on pouvait consulter tout ce qu'on voulait pour quinze euros. Tous les articles des soixante dernières années.

L'histoire de Liss l'obsédait. Elle avait quand même habité quatre semaines chez cette femme. Elles avaient parlé. Parlé vraiment, pas comme les autres parlaient avec elle. Sur de vrais sujets. Et elles s'étaient tues ensemble. La plupart des gens ne pigent pas qu'on peut aussi se taire avec quelqu'un et que c'est même la meilleure chose à faire. Parce qu'on peut toujours échanger n'importe quelle connerie avec tout le monde, ça ne signifie rien du tout, mais les autres croient aussitôt s'être vachement rapprochés de vous. Ben avait toujours cru ça. Je t'aime. Il l'avait vraiment dit. Ça ne signifiait rien du tout. Ce n'étaient que des mots. Avec Ben on ne pouvait pas se taire. Avec les parents non plus. Qu'est-ce que tu as ? Tu as quelque chose ? Pourquoi tu ne dis rien ?

Ils n'ont pas capté qu'on dit tout le temps quelque chose. Mais pas avec des mots.

Liss l'avait compris. Elle avait cette qualité. Sally n'arrivait pas à se mettre dans le crâne qu'elle avait tué quelqu'un. Ou du moins failli.

Ou bien l'en croyait-elle capable ?

Le chevreuil. Comment elle avait tué ce chevreuil.

Avec un naturel confondant. Mais ce n'était pas pareil. Elle n'avait pas voulu le tuer… Merde. Ce genre de chose devait se passer exactement comme ça. On ne veut pas le faire, mais on est obligé.

Il y avait même pire : quand on pense qu'il faut le faire parce que c'est la meilleure solution.

Elle était donc aux archives. La pièce était plutôt sombre et faisait penser à un grenier. Les murs étaient penchés et toutes les fenêtres mansardées. On ne distinguait que des petits morceaux de ciel. Mais de toute façon personne ici n'avait besoin de beaucoup de lumière.

« Microfilms », lisait-on sur les appareils qui ressemblaient aux anciens ordinateurs. Ce n'étaient que des écrans sur lesquels on pouvait lire des microfilms. Le mot lui plut. Microfilms. On ne trouvait ça que dans les vieux films.

Elle avait payé les quinze euros, et une stagiaire lui avait expliqué comment insérer le microfilm et le visionner. Elle avait demandé à Sally ce qu'elle cherchait et lui avait donné un tuyau : inutile de parcourir chaque fois le journal entier, les faits divers et comptes rendus de procès se trouvaient toujours sur les deux mêmes pages. De plus, ils étaient toujours publiés les trois mêmes jours de la semaine. Ce qui facilitait la recherche.

Elle avait passé en revue les trois dernières années sur Internet. L'affaire ne devait pas remonter à plus de quinze ans, estimait-elle. Il lui restait donc douze ans.

Ce qui faisait tout de même cent soixante publications par an. Au total, plus de deux mille pages à consulter. La journée serait longue.

Elle avait bien fait de ne pas aller au lycée.

Sally parcourut des centaines de brèves relatant des accidents de la route, des vols, des tentatives de racket, des bagarres et des cambriolages. Des délits de fuite. Une agression au couteau par-ci, par-là. Au bout d'un moment ses yeux se mirent à papilloter et elle dut s'interrompre et reculer sur sa chaise. Son dos lui faisait mal. Elle était presque seule dans la pièce. À part la stagiaire assise à son bureau qui travaillait sur son ordinateur en silence. L'écran émettait un léger bourdonnement. Elle leva les yeux. Les fenêtres dessinaient une série de petits rectangles de ciel automnal d'un bleu parfait. Elle éprouva soudain une envie presque physique de marcher en pleins champs et de voir l'éclat rouge et jaune des poires se détacher parmi les feuilles, sur un ciel de ce bleu-là. Une envie de humer les senteurs du dehors, une envie de liberté. Ses jambes tremblaient. Elle souhaita de toutes ses forces que ce qu'ils racontaient sur Liss soit faux. Ou qu'il y ait une autre vérité cachée derrière ce qu'ils présentaient tous comme des faits, clairs et nets, indiscutables, et cependant inexacts. Elle se secoua et introduisit dans le lecteur le microfilm suivant.

« Tu es drôlement tenace », lui dit la stagiaire beaucoup plus tard.

Sally sursauta. Elle était tellement absorbée par sa lecture que le monde autour d'elle n'était plus qu'un vague bruit de fond.

« Ouais. Je veux terminer. »

La stagiaire regardait son écran.

« J'espère que tu vas y arriver. Je dois malheureusement fermer à cinq heures. Il ne te reste qu'une heure et demie. Tu n'as pas fait une seule pause. »

C'était une constatation qui n'appelait pas de réponse.

« Je sais », dit Sally. Elle se serait bien passée de cette remarque mais ne voulait pas agresser bêtement la stagiaire. Cette fille était réglo.

« J'ai bientôt fini. Plus qu'une année et demie. »

La stagiaire hocha la tête.

Il lui restait peu de temps, mais elle s'efforça de ne pas se laisser distraire. Au pire, elle reviendrait demain. Alors ce fut presque comme une récompense : quelques journaux plus loin, elle trouva l'article qu'elle cherchait.

Un mari a failli mourir poignardé au cours d'une dispute, disait le titre. *Face aux accusations, la femme de trente-deux ans garde le silence. L'avocat général réclame huit ans.*

L'émotion soudaine, après cette longue journée épuisante, lui traversa l'estomac comme une décharge électrique, l'effroi lui coupa les bras et les jambes. Voir écrit noir sur blanc ce qui s'était passé n'était pas la même chose qu'entendre une vague histoire de la bouche de ses parents. Elle survola l'article une première fois, puis le relut lentement. Elle sut tout de suite qu'il ne pouvait s'agir que de Liss. La dispute avait dégénéré dans le cellier, disait-on. La femme avait attrapé un couteau et tenté de poignarder son mari. Un seul coup. L'avocat général y voyait une circonstance aggravante car la femme savait où viser. Elle pouvait escompter que ce coup unique serait mortel. Elle ne voulait pas seulement le blesser. Quand la juge lui avait demandé si elle voulait tuer son mari, elle l'avait regardée longuement.

Oui. Sally imaginait la scène. Elle tremblait intérieurement mais ses gestes étaient calmes quand elle sortit le film du lecteur et le rapporta à la stagiaire. On pouvait avoir une photocopie.

« Vous avez trouvé quelque chose ? demanda la jeune femme en prenant le film que lui tendait Sally.

– Oui », dit-elle, et elle ajouta : « Merci », comme si elle n'avait pas effectué sa recherche toute seule.

Assise dans le train, elle lut et relut l'article. Pour un compte rendu de procès, il était très complet, mais en vérité nombre de questions demeuraient. Liss n'avait rien dit face au tribunal. Pourquoi ? Et Sally avait-elle raté l'article relatant le verdict ? Liss avait-elle vraiment écopé de huit ans ? Et comment s'était déroulée la dispute, en vrai ? Dans le journal, il y avait tout et rien. Des années de discorde. Des bagarres à répétition, avait déclaré un voisin. Lequel ? Le connard du verger aux poires ? Mais Liss aurait-elle continué à lui emprunter sa voiture ? Et pourquoi vivait-elle toujours dans la ferme où les faits s'étaient visiblement produits ? À sa place elle n'y serait jamais retournée, songea-t-elle. Là-bas.

Sally se rappela le cellier où elle avait fait le pain avec Liss. Dans cette pièce-là ? Elle pensa à sa chambre. Était-ce là que son mari travaillait ? Dormait ? Ou bien avec elle ?

Il faisait encore soleil. La ligne de chemin de fer traversait çà et là des petits bouts de campagne. Pas très vastes, il y avait toujours des maisons quelque part à l'arrière-plan, et là-bas un chemin bordé d'érables. Ils étaient encore verts dans l'ensemble, mais du côté sud les premières taches rouges flamboyaient déjà sous le soleil au ras de l'horizon.

Il faut qu'elle voie ça. Il faut qu'elle voie ça et qu'elle trouve ça beau, comme moi. Il faut qu'elle soit assise à côté de moi et qu'elle voie ça, parce que c'est elle qui m'a fait remarquer ce rouge pour la première fois.

C'était un aveu bizarre. Sally était immobile sur son siège. Les arbres étaient passés depuis longtemps. La banlieue se rapprochait, cernait peu à peu la voie ferrée et finit par l'absorber. Les murs arrière des maisons défilaient, en brique, hideux. Comme ceux d'une prison, songea-t-elle, et elle essaya d'imaginer comment on pouvait passer huit ans dans ce genre de maison. De l'autre côté du mur, là où l'on entendait les trains sans les voir.

Huit ans.

Huit ans sans un seul érable rouge à l'automne.

Quand elle descendit du train, elle savait ce qu'elle avait à faire.

4 octobre

Avec le petit, on ne pouvait pas se baigner dans la rivière. C'est pourquoi ils étaient allés en voiture jusqu'au lac de forêt où ils se donnaient parfois rendez-vous au début. Au début – du temps où Sonny était tout à fait différent : farouche. Libre. Un de ces gars qui fonçaient en moto dans les ruelles étroites du village, montaient sur les trottoirs, entraient dans les cours des voisins et n'hésitaient pas à traverser une étable quand c'était le plus court chemin entre la rue d'en haut et celle d'en bas, se moquant des cris de fureur avec un sentiment d'impunité totale.

Au bord du lac elle avait fumé son premier joint. Avec une impression d'audace incroyable ! Et soudain elle avait su qu'elle partirait. Qu'elle ne pourrait pas vivre ici, que Sonny et elle s'en sortiraient ensemble.

Au bord du lac ils avaient fait l'amour pour la première fois. Une nuit d'août. Il faisait très chaud mais, comme le ciel était couvert, Sonny avait laissé le phare de la moto allumé et dirigé vers le lac ; quand on était dans l'eau et qu'on regardait la rive, il brillait comme une lune qui serait tombée entre les arbres. Ils nagèrent nus. Elle n'avait encore jamais osé devant Sonny. Ils nagèrent nus, le contact de leurs jambes était frais quand elles se touchaient sous l'eau et un frisson parcourait chaque fois tout son corps. Le sol vaseux était chaud sous leurs pieds quand ils sortirent du lac. Elle commençait à se sécher avec son T-shirt lorsqu'il s'approcha d'elle, le lui prit des mains, le jeta sans façon et l'embrassa. Ils s'aimèrent dans l'herbe devant le banc, dans la clarté lunaire du phare de la moto.

Elle ne put s'empêcher d'y penser en regardant Sonny se déshabiller. Elle ne pouvait s'empêcher d'y penser quand ils étaient au bord du lac, mais ça n'arrivait plus très souvent. Leur fils était assis sur la couverture qu'elle avait étendue et s'emberlificotait dans sa chemise en essayant de l'enlever par la tête sans la déboutonner. Elle rit.

Viens, je t'aide.

Non, je peux y arriver tout seul.

Son visage était coincé dans la chemisette et en gesticulant pour se libérer il bascula en arrière et éclata de rire à son tour. Elle leva les yeux vers Sonny, mais il ne riait pas. Pendant le trajet déjà il était impatient, prenait les virages au plus court, serrait les autres véhicules de plus près que d'habitude, ce qui l'obligeait à de brusques coups de freins.

Elle leva la tête et lui sourit. Parfois ça marchait, mais aujourd'hui impossible de le dérider. Les lèvres serrées, il bougonna :

L'orage arrive, alors si on veut encore nager.

Liss regarda le ciel. À l'ouest, un mur de nuages noirs se dressait au-dessus des arbres, mais il y avait encore du soleil et il faisait très chaud, même si la lumière tombait déjà comme à travers une fine brume sur la surface étale du lac.

Viens, Peter, papa est pressé.

Elle l'aida à ôter sa chemise, mais il tint à se déshabiller seul, enfila son maillot de bain et prit la main de Sonny. Liss sentit une boule se former dans sa gorge, comme si elle allait pleurer, malgré cette journée magnifique. Mais elle avait tout à coup la sensation que tout s'accélérait, c'était comme si le temps lui échappait. Son enfant debout à côté de son père. Sept ans déjà, tout menu et si mignon. Il tenait beaucoup de Sonny. Même si Sonny n'était plus aussi mince qu'autrefois, il était encore très beau. Une sensation bizarre, entre bonheur et renoncement.

Elle se leva à son tour de la couverture. Les moustiques dansaient autour d'elle leur ronde folle. Un effet de l'orage imminent. Elle ôta ses vêtements en vitesse.

Tu vas rester comme ça ?

Sonny désignait ses seins.

Quoi ?

Liss ne comprit pas. Elle avait le bas de son bikini. N'avait rien apporté d'autre.

Je te demande si tu vas rester comme ça.

Sonny, il n'y a personne ici à part nous.

Elle connaissait ce ton, ce regard, et il lui tapait sur les nerfs. Il se dirigea vers l'eau sans un mot. Peter le suivit. La bonne humeur de Liss s'était envolée d'un coup. Il était très fort pour ça. Autrefois c'était l'inverse. Il entraînait les autres par son enthousiasme, son humeur pétillante les électrisait. C'était comme s'il ne pouvait pas supporter que les autres ne partagent pas son optimisme, son insouciance, alors il n'avait de cesse d'amener tout le monde à l'unisson. Mais s'il était mal luné, grognon, irrité pour une raison inexplicable, c'était pareil. Il démoralisait tout le monde.

C'est froid !

Peter était dans l'eau jusqu'aux genoux et levait une jambe dès qu'une vaguelette l'atteignait.

Mais non !

Sonny l'éclaboussa.

Non ! piailla Peter. Non !

Laisse-le.

Quoi ? L'eau est chaude ! Pas la peine de faire tant de chichis.

Sonny l'éclaboussa de nouveau. Peter était au bord des larmes.

Fais-lui pareil.

Liss éclaboussa Sonny. Peter observa un instant, puis l'imita.

Arrête ! Peter, je te préviens !

Le petit prenait plaisir à ce jeu. Oubliée, l'eau qu'il trouvait froide un instant plus tôt. Ils étaient debout dans la vase et il aspergeait son père avec les deux mains.

Peter !

Liss éclata de rire. Peter se pencha et se releva, les mains pleines de vase dégoulinante et la lança sur Sonny. Sonny fit trois pas dans l'eau et frappa. Peter tomba. Liss resta pétrifiée.

Tu es cinglé ? Tu es cinglé ! cria-t-elle en relevant l'enfant qui ne pleurait même pas, parce qu'il était stupéfait et parce qu'il avait avalé de l'eau, puis il cracha et se mit à tousser.

Tu es malade ? Tu es… qu'est-ce qui te prend ?

Je l'avais prévenu.

Sonny était planté là, froid, méconnaissable, elle était sidérée et en même temps plus en colère que jamais.

Tu l'as prévenu ? Mais il a sept ans ! C'est un enfant !

Il n'a qu'à écouter.

Tu l'as à moitié assommé !

Maintenant Peter pleurait pour de bon. Le contour de la main de Sonny s'imprimait peu à peu en rouge sur sa joue. Liss sentit monter en elle une fureur qu'elle avait peine à contenir. Elle se planta à quelques centimètres de Sonny.

Tu ne frapperas plus jamais mon enfant. Plus jamais !
Sonny la gifla sur la bouche.

Le temps était venteux, mais pas froid. Bon pour le vin, pensa-t-elle par réflexe, les baies vont sécher en temps voulu et ne pourriront pas. Elle s'arrêta. Elle continuait donc à avoir des pensées de ce genre. Pourquoi ? Ça n'avait plus d'importance. Les grappes pourriraient de toute façon sur pied, à moins que quelqu'un ne se risque à les récolter.

Ce n'est plus mon affaire, songea-t-elle, ça n'a plus d'importance. Avoir encore ce genre de pensées n'était qu'une raison de plus. Une preuve supplémentaire qu'elle était prisonnière d'une vie qui depuis le début n'était pas la bonne et à laquelle elle n'avait jamais pu échapper. Elle s'adossa au mur rugueux de la remise. De tous les héros de la mythologie, c'était Achille qui la fascinait le plus dans son enfance. Il était en colère comme elle aurait toujours voulu l'être, une colère puissante, meurtrière. Et chaque fois qu'elle en arrivait au passage où la flèche se plante dans son talon et le terrasse, elle ne pouvait s'empêcher de pleurer. Elle avait la même sensation depuis qu'ils l'avaient embarquée de nouveau au commissariat. Non, corrigea-t-elle dans sa tête, elle avait la même sensation depuis que Sally était partie. Comme si on lui avait coupé les tendons. Vos forces dans ce cas ne vous servent plus à rien. Les muscles perdent d'un seul coup leur utilité car plus rien ne vient relayer leur énergie. Elle avait encore une certaine force physique mais qui ne lui servait plus à rien. On l'avait terrassée.

Elle alla vers le poulailler et l'ouvrit. Les poules sortirent en caquetant – elles étaient restées enfermées presque deux jours. Liss les regarda s'égailler dans la cour et dans le jardin, tout excitées, en quête de nourriture. Même sans tête, les poules sont capables de courir. Elle l'avait constaté plus d'une fois quand sa mère tuait une volaille. Encore une de ces images… Une fois décapitées, elles ne sentaient plus rien. Mais elles arrivaient encore à avancer et à ne pas tomber. Sans voir, ni entendre, ni sentir. Une existence dépourvue de sens – dans toutes les acceptions du mot. Elle leva les yeux. Le ciel était bleu, comme balayé, des lambeaux de nuages filaient vers l'est. Enfant, elle appelait en secret les journées comme celle-ci « un temps de marin ». Quand elle s'échappait dans les champs déserts, qu'elle ouvrait grand les bras et sentait le vent prêt à l'emporter, elle avait l'impression d'être une voile. Et maintenant ? Elle regardait le ciel et n'éprouvait plus rien. Pas même du regret. Elle était déjà morte à l'intérieur.

Elle manœuvra la remorque chargée de bois pour la ranger dans la grange, détela le tracteur et le gara à côté. Elle traversa la cour et remit les divers ustensiles à leur place. Le balai de cantonnier dans l'ancienne étable. La fourche dans la grange. La brouette sous abri, retournée pour que l'eau ne s'y accumule pas. Elle ne savait pas pourquoi elle le faisait, ça n'avait aucun sens. La cour une fois en ordre, elle entra dans la maison, monta dans sa chambre à l'étage, s'assit à son bureau, prit une feuille blanche dans le tiroir .

Cher Peter, commença-t-elle, *c'est la dernière lettre que je t'écris.*

5 octobre

« Hello, Sarah, tu ne devrais pas être au lycée ? »

Super. Pourquoi n'y était-il pas, lui, au lycée ? Elle avait parfois l'impression que les profs ne travaillaient jamais. C'était Brettschneider. En pantalon de velours, une des quatre paires qu'il possédait apparemment, dans différentes nuances de marron. Assis sur une des chaises déglinguées devant la boulangerie de la gare, avec sans doute un *latte macchiato* dans son gobelet en carton, parce qu'il a entendu dire il y a dix ans que c'était tendance. Le premier réflexe de Sally fut de lui sortir un bobard quelconque. Je suis malade et je vais chez le médecin, ou bien je ne me sens pas bien aujourd'hui ou un autre mensonge. Mais elle n'en avait pas envie. Il fallait dire carrément ce qui était.

« Aujourd'hui je n'y vais pas.

– Quoi ? »

On voyait clairement que Brettschneider était dépassé par sa réponse.

« Tu veux dire quoi, "Aujourd'hui je n'y vais pas" ?

– La phrase n'est pourtant pas compliquée. » Sally sentait la moutarde lui monter au nez, mais elle se domina. « Un adverbe, un sujet, un verbe. Aujourd'hui je n'y vais pas. Il y a parfois des trucs plus importants que le lycée. »

Brettschneider se souleva à moitié, les muscles de Sally se tendirent, mais il ne réussit à sortir qu'un minable : « Attention, Sarah, attention. La patience du lycée a des limites. »

Elle s'apprêtait à riposter, mais tout à coup ce fut comme si elle le voyait vraiment, jusqu'au fond. Cet homme était beaucoup plus bousillé à l'intérieur qu'elle ne l'avait jamais été. Et sans aucun espoir de changement.

« Je suis désolée », dit-elle, et c'était sincère. Il ne pouvait pas savoir qu'elle parlait de lui et non de sa propre inconduite. Déconcerté, Brettschneider se rassit et elle poursuivit son chemin vers la gare. Son souffle faisait de la buée dans l'air froid. Cette fois l'automne était vraiment là.

Une fois dans le train, elle eut tout le temps de réfléchir. À qui étaient adressées ces lettres ? Qui était Peter ? Son petit copain ? Son mari, si ça se trouve ? Il faut être tordue pour écrire des lettres à un mari qu'on a presque tué… Et pourquoi ne les avait-elle jamais envoyées ? Peut-être que Peter, copain ou mari, était mort. Mais c'était tout de même bizarre. D'ailleurs, se rappelait-elle, Liss avait écrit qu'elle ne savait pas à quoi il ressemblait aujourd'hui ni si elle le reconnaîtrait. Il devait donc être encore en vie, et elle ne l'avait pas vu depuis une éternité. Son amant peut-être. Ce qui aurait pu lui donner une raison de vouloir…

Mais tout cela au fond n'avait pas d'importance car une seule chose comptait : elle devait parler à Liss.

Le train lui parut trop lent tout à coup. Un train régional, qui s'arrêtait dans chaque patelin. Elle regardait par la fenêtre et se demandait combien de temps elle aurait mis à vélo. Six ou huit heures sans doute. Le paysage changeait peu à peu. Insensiblement, les premiers vignobles firent leur apparition dans la plaine. La brume s'était dissipée et un champ ameubli à la herse paraissait fraîchement peigné sous le soleil matinal. Sur une autre parcelle se dressait une maigre rangée d'épis de maïs que la récolteuse avait épargnée de justesse. Elles avaient un petit air perdu, ces grandes tiges encore vertes, alignées les unes derrière les autres au milieu du néant, comme si elles attendaient patiemment une chose qui ne viendrait jamais. Elle ne voulait pas que ça lui arrive. Elle ne voulait pas que ça arrive à Liss. Quand elle repensait aujourd'hui aux semaines passées chez cette femme, elle réalisait le peu qu'elle avait appris sur elle. Évidemment. Elle passait son temps à se regarder le nombril. Son impatience augmenta. Ses jambes se balançaient nerveusement. Pour finir elle se leva, longea le couloir, ouvrit la porte coulissante, s'adossa au soufflet et réprima son envie de jeter un œil à son téléphone. L'habitude revenait à une de ces vitesses... Parfois, c'était bien agréable que personne ne puisse vous joindre. Que personne ne puisse savoir où vous étiez et ce que vous étiez en train de faire. Un luxe. Et pourtant – à cet instant précis elle aurait aimé avoir le numéro de Liss. Avant aussi, en réalité. C'est elle qu'elle aurait appelée de préférence, et dès le lendemain, mais elle n'avait ni numéro de téléphone, ni adresse mail. Elle n'arrivait même pas à se souvenir s'il y avait un téléphone fixe dans la maison. Le train entra en gare et elle appuya sur le bouton de la portière avant qu'il soit à l'arrêt. C'était la première fois qu'elle se trouvait dans cette gare et elle mit un moment à repérer d'où partaient les cars. Elle fonça, monta dans un bus, suivit sur le plan sa progression d'arrêt en arrêt avec une impatience fébrile, et quand ils s'engagèrent enfin dans la longue montée entre les vignobles et qu'elle vit à l'horizon la pointe du clocher se détacher sur le ciel clair d'octobre, l'impatience céda la place au trac. Elle ne savait pas du tout ce que Liss allait penser en la voyant réapparaître. Dans son esprit surgit l'image d'une Liss furieuse lui criant de foutre le camp, tu ne m'as apporté que des ennuis je ne veux plus te voir ici tu es comme tous les autres fous le camp fous le camp fous le camp. Puis les autres images. Liss dans la salle de bains avec son regard bizarre. Liss et le chevreuil.

Liss à la table de la cuisine, qui parfois l'observait dix minutes en silence.

Non. Elle n'était pas dangereuse. Ou alors si, ok, elle était… Était-il possible de péter un câble à ce point ? Serait-elle capable elle-même de péter un câble au point de se jeter sur quelqu'un avec un couteau ? Après tout, ce n'était arrivé que cette unique fois et… Merde. Elle s'égarait. Peut-être que Liss souffrait d'une forme de folie peu visible et que ses parents avaient raison. Le savoir de loin était une chose, mais se trouver soudain à proximité… Super. Voilà des réflexions utiles. Surtout maintenant : elle était arrivée.

La distance entre l'arrêt de bus et la ferme n'était pas très grande, mais elle n'était plus si pressée tout à coup. Elle marchait lentement, prit le tournant, vit d'abord le noyer devant la porte. Toutes ses feuilles étaient encore vertes. Comme si le temps ici s'était arrêté. Elle ne savait pas trop si elle devait se diriger comme d'habitude vers la porte-fenêtre pour entrer dans la maison. La porte principale ne servait presque jamais, mais pouvait-elle se permettre… tant pis. Elle traversa la cour. Tout était rangé. Le portail de la grange, fermé. Son souffle s'accéléra soudain. Peut-être était-elle partie. Mais quand elle pressa la poignée : la porte-fenêtre était ouverte.

« Hello ? Liss ? »

Elle pénétra dans la cuisine et appela de nouveau.

« Liss ? »

Il y avait un truc bizarre. C'était trop silencieux. Les

poules. Elle n'entendait pas les poules. Elle fit le tour de la maison, mais savait déjà qu'elle était vide. Elle dépassa le cellier et descendit à la cave. L'arôme des poires était dans l'air, étourdissant. Ce fut comme s'il pénétrait en elle et ruisselait dans tout son corps, le remplissait, elle aimait tant cette odeur. Qui ramena aussitôt le calme. C'était comme d'arriver chez soi. Elle remonta lentement l'escalier. Liss était peut-être dans le jardin. Elle traversa la cuisine, sortit dans la cour et se dirigea vers le chemin qui menait au jardin sur l'arrière, passa à côté du poulailler. Elle s'arrêta net, remplie d'effroi. Les poules étaient toutes mortes. Devant la petite porte basse, il y avait un billot avec la hache plantée dans le bois. À côté, les têtes empilées en un petit tas. Et, dispersés autour de l'étable et sur le chemin, les huit cadavres de poules.

Merde. Merde. Il y avait un truc craignos. Un truc qui ne collait pas du tout. Pourquoi Liss avait-elle… Liss aimait ses poules. La fois où elle en avait atteint une avec une pierre, Liss avait…Putain ! Putain ! Sa tête refusait de penser. Elle se frappa les tempes avec le plat de la main, plusieurs fois, regarda les poules mortes et essaya de se forcer à réfléchir. Que s'était-il passé ? Qu'était-il arrivé ? Pourquoi Liss avait-elle tué ses poules ? Une peur terrible venue de nulle part l'assaillit soudain.

« Liss ! » hurla-t-elle à travers le jardin. Pas de réponse. Sally se demanda si elle avait bien inspecté toutes les pièces de la maison. Elle y retourna dare-dare avec d'horribles images de film plein la tête, des gens pendus dans leur salle de bains, ou au lustre de leur salon. Paniquée, elle ouvrit les portes à la volée, regarda dans la salle de bains et les toilettes. Et monta même pour la première fois au grenier où elle n'était encore jamais allée. Liss n'était nulle part. Elle essaya de se convaincre qu'elle avait dû partir dans un champ quelque part, mais elle-même n'y croyait pas. Le soleil filtrant à travers les tuiles dessinait un quadrillage de lumière oblique sur le plancher. Elle ouvrit une des fenêtres mansardées, bloqua la vitre avec le crochet, agrippa le châssis et se hissa pour voir au-dehors. Le jardin, la cour, la rue – tout était vide.

Réfléchis ! Creuse-toi la tête ! Elle se força à respirer calmement. Elle descendit par l'échelle en bois et passa devant la chambre de Liss. Cette fois elle n'hésita pas. Elle entra et vit sur le bureau les lettres qu'elle avait trouvées dans le tiroir l'autre jour. Empilées avec soin. Toutes les enveloppes portaient une date et un nom : « Peter ». C'est tout. Celle du dessus remontait à douze ans. Elle parcourut la pile ; les lettres étaient de plus en plus récentes, la dernière datait de la veille. Elle l'ouvrit :

Cher Peter, c'est la dernière lettre que je t'écris…

Merde ! Oh merdemerdemerdemerde ! Elle lut la lettre en entier mais qui ne disait rien du pourquoi ni du comment ! Elle descendit au rez-de-chaussée la feuille à la main, traversa la cuisine et la cour en direction de la grange. Le portail était fermé mais pas verrouillé. Comme toujours il faisait sombre à l'intérieur et l'odeur de foin, de poussière et des sacs de pommes de terre en jute fit remonter la peur du fond de ses entrailles, une main de feu qui traversait ses poumons et lui serrait la gorge entre ses doigts brûlants. La peur de tout perdre à jamais. Ces odeurs et cette grange et… Liss.

Le tracteur était là. Mais pas le vélo. Celui qu'elle utilisait toujours. Le vélo d'homme. Prise d'une impulsion soudaine, elle s'approcha du tracteur, monta sur le marchepied et fourra la main sous le siège. Elle sentit la boîte en fer-blanc et poussa un ouf de soulagement. Elle était toujours là ! Mais en la sortant elle comprit, et les doigts de la peur se refermèrent à nouveau sur sa gorge. La boîte était bien trop légère. Le pistolet n'y était plus…

Où est-elle, mais où est-elle où est-elle où est-elle ? Son souffle était court, précipité, paniqué. Plantée là, la boîte vide dans la main, elle essayait d'imaginer où Liss était allée. Aucune idée. Où va-t-on quand on veut se suicider ? Dans la forêt ? Dans un champ ? Elle-même, où irait-elle ? Les images se bousculaient dans sa tête, comme tombées d'une étagère renversée. Le pont sur la rivière. L'arbre au lierre sur le terrain de jeux avant leur déménagement. Le toit du building où elle était allée une fois avec Ben et où ils s'étaient embrassés.

Elle respira à fond. Ok.

Des beaux endroits. Des lieux qui sont importants.

C'est là qu'elle irait si elle voulait se suicider. Mais elle ne savait pas du tout quels lieux étaient importants pour Liss. Elle avait pris son vélo. Où pouvait-elle aller à bicyclette ? Ça ne l'aurait pas dérangée d'aller loin : quand on n'a plus à se soucier de revenir, peu importe. On peut faire trente kilomètres. Quarante. On s'en fout. Tant pis si on est épuisé. Puisque tout sera bientôt fini.

Elle se concentra un instant et essaya de se mettre à la place de Liss. Peine perdue. Elle ne savait rien d'elle. À moins que. Oui, peut-être le rucher, mais pour ça pas besoin d'un vélo. Et soudain elle repensa à deux choses : la vieille moto dans le hangar aux machines derrière lequel étaient les ruches. Et le lieu dont elle était absolument certaine qu'il avait une importance pour Liss.

Elle n'avait pas trouvé de casque et il lui avait fallu du temps pour faire démarrer la moto, tout ça parce qu'elle était trop débile pour ouvrir le robinet d'essence, putain. Parce qu'on croit toujours qu'une machine abandonnée dans un coin depuis longtemps est forcément naze. Parce qu'on ne pense pas au plus simple, on va toujours chercher midi à quatorze heures.

Le charnier. Pourquoi n'y avait-elle pas pensé plus tôt ? Le charnier. S'il te plaît s'il te plaît s'il te plaît emmène-moi au charnier. Fais qu'elle y soit. Non, fais qu'elle n'y soit pas encore. Fais qu'elle soit en route. Fais que je la rattrape… Fais qu'elle… fais qu'elle ne soit pas morte.

Elle se surprenait à prier, mais tant pis. Ses pensées étaient des cris. Il fallait que quelque chose, quelqu'un l'entende. Que quelqu'un fasse que Liss ne soit pas encore morte. Que pour une fois ça ne se passe pas comme d'habitude.

Elle roulait sur la route qu'elle avait déjà faite à vélo, sous la pluie, le jour où Liss l'avait récupérée dans le van. Elle plissa les yeux. Le vent la faisait pleurer, mais elle roulait aussi vite qu'elle pouvait. Quand elle arriva au carrefour au fond de la vallée, elle s'arrêta. Elle ne se souvenait plus si c'était à droite ou à gauche. Elle avait vraiment oublié si la rivière était à leur droite ou à leur gauche ! Elle ferma les yeux un instant et s'efforça de visualiser. Comment se présentait la route ce jour-là, où il pleuvait ? Elle se rappelait qu'elle avait ouvert la vitre. Pour exposer son visage à la pluie. Où était la rivière ? À gauche ? À droite ?

Ça lui revint d'un coup. Elles montaient la côte avec le versant sur leur droite. La rivière était à gauche. Putain. Comment avait-elle pu oublier ? Elle accéléra, la roue arrière patina, l'engin dérapa et se mit en travers, faillit tomber, vacilla dangereusement, mais elle reprit le contrôle. Jusque-là elle n'avait conduit une moto qu'en cachette et sur des petites routes de banlieue, à trente à l'heure à tout casser. Pourvu que personne ne l'arrête. Une Audi noire la dépassa. Le conducteur lui fit des signes véhéments, tapota son propre crâne avec sa main parce qu'elle ne portait pas de casque. Va te faire foutre.

Elle faillit lui faire un doigt d'honneur mais se retint. Pas le moment d'avoir des embrouilles. Elle le salua et haussa les épaules, comme pour dire qu'elle avait simplement oublié de le mettre.

Ça ne pouvait pas être aussi loin. Il fallait qu'elle y arrive, bon Dieu, et sans rencontrer de flics. À moins que… oui, après tout… ce ne serait peut-être pas si mal. Elle pourrait leur dire qu'elle était en route pour aller… oui, pour aller faire quoi ? Empêcher quelqu'un de se suicider ? Allons donc ! Elle ne savait même pas si Liss était vraiment là-bas. C'était la seule idée qui lui était venue. La seule idée qui lui avait permis de ne pas rester à la ferme à attendre qu'il soit trop tard. Elle mit la gomme, poussa la moto à fond. Ses mains étaient de plus en plus froides. Le stress lui gelait les os et le vent n'arrangeait rien. Sa respiration était laborieuse. Chaque inspiration lui coûtait et ses poumons se vidaient trop vite. Où était ce bled ? Il fallait monter la route, mais jusqu'où ? Elle ralentit pour lire le panneau mais le nom de la localité ne lui disait rien, elle n'y avait sans doute pas prêté attention l'autre jour. L'église. On voyait l'église, se souvenait-elle. En surplomb. Elle parcourut les rues à petite vitesse et aperçut enfin la pointe du clocher entre les maisons. Une fois dans les vieux quartiers, elle reconnut bientôt l'endroit où elles s'étaient garées. La moto vibrait sur les pavés et grimpa en pétaradant la ruelle menant à l'entrée du cimetière. Tremblante de froid et de trac, elle sauta de la moto, la cala contre le mur, franchit au pas de course le portail ouvert et s'arrêta net, comme si elle avait reçu un coup de poing dans la poitrine. Le vélo était là. Elle ne s'était pas trompée. Son vélo était là, dans l'herbe au milieu des feuilles mortes. Liss était ici. Et maintenant ? Fallait-il l'appeler carrément ? Ce n'était peut-être pas la chose à faire. Peut-être allait-elle se suicider aussitôt parce qu'elle ne voulait pas qu'on la… peut-être était-elle déjà morte. Elle était ici depuis combien de temps ? Combien de temps avait-elle eu pour… peut-être gisait-elle au milieu des ossements, la tête dans une mer de sang comme Oskar, elle revoyait la scène, Oskar ce petit boute-en-train d'Oskar c'était en classe de sixième il faisait le zouave sur la rampe au troisième étage il avait dégringolé c'était la fin de la récréation juste après la cloche en classe de sixième il était tombé dans la cage d'escalier sa tête s'était brisée comme un œuf dans une mer de sang une mer toute noire… stop. Stop !

Elle se força à prendre une goulée d'air. S'agenouilla une seconde, appuya ses mains contre le pavé froid, trempé de rosée, respira. Puis elle se leva et marcha vers la chapelle où devait se trouver Liss.

La porte grillagée était entrouverte. Il faisait sombre à l'intérieur, la seule clarté venait de la porte. Sally entra et fit quelques pas dans la galerie.

« Liss ? »

Elle avait parlé calmement. Si Liss… si elle vivait

encore, il ne fallait pas lui faire peur. Mais il n'y eut pas de réponse.

« Liss ? »

Encore quelques pas prudents. Elle était maintenant à l'extrémité de la galerie débouchant sur la crypte. Les milliers d'ossements luisaient faiblement. Il n'y avait personne mais les murs en saillie l'empêchaient de voir si Liss n'était pas quelque part au fond, à droite ou à gauche.

« Liss ? »

Rien.

Elle ferma les yeux. Les rouvrit. S'avança dans la crypte, s'arrêta devant les ossements et se retourna. Liss était assise dans un coin. Immobile.

« Va-t'en.

– Hello, Liss. »

Elle ne savait pas quoi dire d'autre.

« Va-t'en, répéta Liss d'une voix sourde. Je ne veux pas te voir ici.

– Liss ! »

Sally ne savait toujours pas quoi dire. Et maudit sa sottise. Elle aurait dû avertir la police. Elle n'avait aucune idée de ce qu'il fallait dire, faire, ne pas faire. Elle n'avait pas réfléchi.

Liss était adossée à la paroi, le pistolet sur les genoux. Les cheveux emmêlés, hébétée, comme si elle n'avait pas dormi depuis des jours. Ce qui devait être le cas.

« Maintenant je ne peux plus partir.

– Et puis tant pis, dit Liss d'une voix blanche en levant le pistolet.

– Non ! s'écria Sally. Non ! Non ! »

Elle voulut se précipiter, glissa sur le sol mouillé, s'effondra devant Liss et dans sa chute attendit terrifiée la détonation. Sa tête heurta le sol.

Elle gémit. La douleur irradia jusque dans son nez. Dans un de ces réflexes qu'on ne perd jamais, Liss lui empoigna le bras, trop tard pour la retenir, mais quand même. Sally attrapa le pistolet sans réfléchir. Elle attrapa le pistolet, se retrouva à plat ventre devant Liss, le poing serré autour du canon. Surprise, Liss se cramponna aussitôt à son arme, essayant de la lui arracher.

« Je ne lâcherai pas ! hurla Sally, avec une fureur mêlée de désespoir. N'y compte pas ! Je ne lâcherai pas ce putain de pistolet ! Donne-le-moi ! »

Liss ne disait rien mais continuait de lui disputer l'arme. Sally libéra son autre main et lui enserra le poignet.

« Tu... », dit-elle, haletante et les dents serrées, « ... tu ne t'en iras pas. Tu ne vas pas te barrer ! Pas comme ça ! »

Liss lâcha le pistolet si soudainement que Sally tomba en arrière. L'arme pressée contre sa poitrine.

« Merde ! souffla-t-elle. Merde, qu'est-ce que tu fais ? »

Liss ne disait toujours rien. Elle était recroquevillée, le dos contre le mur, la tête dans les mains, et Sally vit qu'elle tremblait. Elle tremblait de tout son corps, et bien qu'elle n'émît aucun son, Sally comprit qu'elle pleurait. Elle se leva en vacillant et resta un moment à la regarder, désemparée. Puis elle fourra le pistolet dans la poche de sa veste, s'accroupit devant Liss et posa les deux mains sur ses épaules.

Sally ignorait combien de temps elles étaient restées dans cette posture. Elle n'osait plus retirer ses mains, comme si c'était ce contact qui maintenait Liss en vie. Elle était incapable de dire quoi que ce soit, une de ces formules toutes faites qu'on vous sert d'habitude. Tout va bien. Laisse couler. Ce n'est pas si grave. Celles qu'on lui balançait chaque fois et qui ne disaient jamais la vérité. Si, c'était grave. Non, ça n'allait pas bien. Et jamais, jamais on ne pouvait laisser couler quoi que ce soit comme ils voulaient vous le faire croire.

Liss ne bougeait pas. Sally sentait dans ses paumes le va-et-vient de sa respiration. Elle commençait à avoir mal au dos. Sa position était fatigante et il faisait froid dans cette crypte. Liss écarta les mains de son visage et la regarda.

« Pas besoin du pistolet. Il y a suffisamment d'autres moyens. Va-t'en, Sally. »

Sa voix était presque comme si elle n'avait pas pleuré.

Sally ôta ses mains des épaules de Liss.

« Pourquoi ? demanda-t-elle, atterrée. Pourquoi ? »

Dans le silence du charnier sa voix sonnait beaucoup trop fort, presque un cri.

« Parce que ça n'en vaut plus la peine, répondit Liss d'une voix morte. Regarde-moi. Regarde-moi. Je suis au bout du rouleau. »

Une étrange colère s'empara de Sally. Née de la tension, de la lutte, et aussi d'autre chose qu'elle n'aurait su nommer. Elle se leva.

« Tu es au bout du rouleau ? » s'écria-t-elle. Elle désigna les ossements derrière elle. « Eux sont au bout du rouleau. Toi, pas encore ! Tu n'es pas au bout du rouleau. Tu es… »

Les mots lui manquaient. Elle ne savait pas comment atteindre Liss, alors elle s'agenouilla devant elle et murmura :

« Liss ! Liss ! Liss ! Tu… je me croyais au bout du rouleau. Et puis je suis arrivée chez toi, et tu ne t'es pas inquiétée de savoir si j'étais au bout du rouleau, si j'avais mangé ou pas et ce que j'avais fait… ou pas. Tu as fait exactement ce qu'il fallait. Tu ne t'en fichais pas, mais tu m'as laissée tranquille. Et à un moment je me suis rendu compte que tu n'étais pas indifférente. Que tu voulais que je… que je ne sois plus au bout du rouleau. Mais tu n'as jamais essayé… »

Elle chercha une image. Liss ne disait rien. Ne la regardait pas. Elle était très loin. On entendit au-dehors le son étouffé de la cloche. Onze heures. Une flaque de soleil pâle miroitait faiblement sur les parois sombres de la galerie. Les ossements de milliers de défunts étaient là qui attendaient, indifférents : une morte de plus ou de moins…

« Je ne me fiche pas que tu sois morte ou vivante ! » dit Sally avec la rage du désespoir en saisissant les mains de Liss. Elles étaient glacées. « Je ne me fiche pas… Quand… quand une machine ne fonctionne plus, on la démonte, on enlève les pièces cassées et on la réassemble. Ils ont toujours essayé de faire ça avec moi. Me démonter, puis réassembler les morceaux. Mais les humains ne sont pas des machines. Quand un truc en eux est cassé, parfois il faut tout simplement qu'il se ressoude, et pour ça il faut leur laisser du temps. Tu l'as fait. Avec moi. »

Liss répondit sans lever la tête.

« Il y a trop de choses cassées en moi. Ça ne se ressoudera plus. »

Sally ne savait pas quoi répondre, mais sa tête bascula en avant et son front heurta celui de Liss. Ça faisait mal. Liss gémit et Sally dit entre ses dents :

« Dans ce cas… eh bien dans ce cas, ça se ressoudera un peu de travers et ça continuera à faire un peu mal. Mais il vaut mieux avoir mal plutôt que… plutôt que d'être comme ceux-là ! »

Elle ne reculait pas son front mais le pressait contre celui de Liss. Liss ne pouvait se dérober, sa nuque était contre le mur.

« Je ne pars pas d'ici tant que tu ne m'accompagnes pas. Je ne m'en vais pas sans toi. »

Soudain, Liss la repoussa violemment et se leva.

« Mais comment vivre ? Comment ? s'écria-t-elle. Pour quoi ? »

Sally se retrouva par terre. Une fois de plus.

« Putain », jura-t-elle. Avant d'ajouter, dans un cri elle aussi : « Pour moi. »

6 octobre

Le souvenir était vif et précis, mais elle avait tout de même une impression d'irréalité. Le trajet sur le siège arrière de la moto dans la lumière aveuglante de midi, par une journée radieuse d'octobre. L'odeur des feuilles de châtaignier qui leur tourbillonnaient au visage sur la route longeant la rivière. La vibration du moteur sous elle. Elle avait une impression d'irréalité et se voyait elle-même comme à travers une vitre épaisse.

C'était un matin de brouillard et ce grand silence la réjouissait. Elle ignorait combien de temps elle avait dormi.

Je suis toujours vivante.

Sally l'avait ramenée à la maison. Elle lui avait préparé du thé. Le soir, elle avait fait cuire des pâtes. Liss était restée passive. C'était comme la sensation qu'on éprouve après une anesthésie chez le dentiste : on ne reconnaît pas sa joue. Comme si on touchait celle d'un autre. Mais l'anesthésie affectait cette fois son corps entier et tout ce qu'elle était censée entendre, goûter, voir. Elle ne reconnaissait rien.

Je suis toujours vivante.

Le brouillard était si épais qu'on distinguait à peine les contours de la grange. Le clocher avait disparu, comme le reste du village. Un feu de stop rougeoya un instant dans la rue, flou comme un antique fanal. Quand l'anesthésie commence à se dissiper, plusieurs heures après la séance chez le dentiste, on éprouve une sorte de fourmillement. Tout au fond de la joue. Si on la touche, on n'a de sensation véritable que dans le bout des doigts. Mais ça fourmille déjà à l'intérieur. Debout à la fenêtre, Liss essayait de détecter d'éventuels fourmillements quelque part en elle. Impossible à dire. Elle ne savait pas si ses sens étaient seulement engourdis ou morts depuis longtemps. Elle ouvrit la fenêtre. L'air chaud de sa chambre s'engouffra dehors, l'air brumeux venu d'en bas pénétra à l'intérieur. Elle ferma les yeux et sentit l'humidité se déposer comme un voile sur ses paupières.

La cuisine était enfumée. Sally avait apparemment essayé de ranimer le feu. Elle avait aussi fait du thé et apporté du pain et du beurre sur la table.

Liss s'approcha du poêle et ouvrit la petite porte. Le bois qui se consumait s'enflamma d'un coup et une nappe de fumée envahit la pièce. Sally n'avait pas ouvert le clapet. Elle leva les yeux de son livre.

« Il brûle mal.

– Il faut ouvrir le clapet. »

Sa voix était rauque. Comme si elle n'avait pas parlé depuis des semaines.

« Le feu a besoin de beaucoup d'air pour démarrer. Il faut attendre qu'il rougeoie avant de baisser le tirage. »

Tout était flottant. Liss vit que Sally ne savait pas quoi dire. Rien d'étonnant. Après ce qui s'était passé la veille… comment reprendre le dialogue ? Restait le poêle. La météo. Des mots creux comme ceux qu'on prononce à l'hôpital au chevet d'un malade en phase terminale, pour ne pas avoir à supporter le silence qui clame la mort. Mais tout ce qu'on dit sonne faux. Liss accroupie devant le poêle se releva, alla vers la table et regarda Sally. La jeune fille leva les yeux. Liss voulut parler, mais c'était comme toujours. Les paroles se bloquaient dans sa gorge, aucune ne voulait céder la place, du coup elles restaient toutes coincées. Un seul mot sortit.

« Merci. »

Sally désigna la théière.

« J'ai fait du thé, mais je ne sais pas s'il… je crois qu'il est trop fort. »

Liss s'assit à la table. Elle se servit, toujours dans le même état de flottement.

« Un jour pareil, un thé fort sera le bienvenu. »

Elles regardaient toutes les deux le brouillard à travers la porte-porte-fenêtre. Le monde extérieur se devinait à peine. On se serait cru sur un bateau.

« J'ai lu quelques-unes de tes lettres. »

Sally aussi avait la voix rauque.

« J'aurais... c'est là que je me suis rendu compte... Je n'aurais pas dû le faire. »

Peut-être son état d'engourdissement était-il une bonne chose, Liss ne sentit qu'un léger frisson d'effroi lui traverser le corps. Et puis... Sally l'avait vue hier : alors quelle importance ?

« Aujourd'hui il faudrait distiller, dit-elle au bout d'un moment. C'est le jour idéal. »

Sally hocha la tête. Liss se demanda ce qu'elle pensait. Elle la regarda prendre le couteau et couper deux tranches de pain. Hier il n'en restait plus, se rappela-t-elle soudain. À quoi bon ?

« Tu es allée faire des courses. Quelle heure est-il ?

– Onze heures, dit Sally. Pour une fois, tu as dormi beaucoup plus tard que moi. Et il n'y a plus de coq pour sonner le réveil, hélas. Du pain ? »

Pour la première fois depuis longtemps Liss sentit le coin de ses lèvres trembler, ce que Sally parut interpréter de travers.

« C'est peut-être trop tôt ? » demanda-t-elle.

Liss secoua la tête et prit la tranche de pain. La mie était foncée, sentait le pain frais et les épices. Elle ne savait plus exactement à quand remontait son dernier repas. Mais elle dut aussitôt reposer le pain. Le vide résonna en elle comme une grosse cloche fêlée : une pensée venait de la prendre au dépourvu.

« Ils vont revenir te chercher. »

Sally secoua la tête sans lever les yeux. « Plus personne ne viendra me chercher. Hier c'était mon anniversaire. »

Liss mit quelques secondes à comprendre.

« Hier ? » articula-t-elle enfin, soulagée. « Alors bon anniversaire. Il y en a de plus réussis. »

Sally haussa les épaules.

« Il y en a aussi de pires. Hier on m'a offert un pistolet. C'est déjà ça. »

Liss se tut, mais quand elle prit la première bouchée de pain et regarda Sally, qui s'était replongée dans sa lecture et sirotait de temps à autre une gorgée de thé, elle sentit un fourmillement presque imperceptible gagner peu à peu tout son corps.

10 octobre

Ce furent des journées tout à fait tranquilles. Elles se mouvaient encore avec précaution l'une et l'autre. Comme si elles avaient marché longtemps sur la glace d'un étang gelé qui crisse et se craquelle quand on s'y déplace avec trop de fougue. Comme après une journée de neige abondante, quand tout est uniformément blanc et qu'on ne sait plus si l'on est encore sur l'étang ou déjà sur la terre ferme.

Des journées tranquilles où elles ne parlaient de rien d'important. Le premier matin, Sally était allée enterrer les poules tout au fond du jardin, parce qu'elle ne voulait pas que Liss les voie dans la cour. Liss ne lui posa pas de question. Sally avait aussi caché le pistolet. Elle savait que c'était inutile, si Liss envisageait à nouveau de se tuer, elle trouverait un moyen. Pourtant elle n'avait pu s'en empêcher.

« Aujourd'hui on distille. »

C'était la première fois que Liss voulait se remettre au travail. Ce doit être comme après une longue maladie, songea Sally, quand on se lève en se demandant si on n'est pas trop faible encore, si nos jambes vont réussir à nous porter toute une journée et si on ne va pas se retrouver très vite à bout de souffle.

Liss ne parlait pas beaucoup. Enfin bon. Elle ne parlait jamais beaucoup. Mais là encore moins. Ce n'était pas grave. Ses gestes parlaient pour elle. Et Sally était contente de la comprendre ; de comprendre ce qu'il fallait faire sans avoir besoin de mots. Elle voyait Liss empiler les bûches dans la chaudière avec soin, de façon à laisser passer l'air. Il lui fallut un tout petit peu de temps pour se repérer dans le labyrinthe des cuves en cuivre et des tuyaux, mais elle n'était pas débile. Suivre le trajet des tuyaux, l'agencement des différents contenants, imaginer à quel endroit la vapeur d'alcool se condense, comment l'alcool refroidi s'écoule goutte à goutte, tout cela lui plut. Elle aimait le parfum aromatique et fortement alcoolisé du moût de poire dans la salle du pressoir. La journée dans le verger lui paraissait très loin. Elle aimait aussi l'éclat mat de l'alambic en cuivre dans la lueur des flammes quand elle ouvrait la porte de la chaudière pour attiser le feu. Il paraissait anachronique et en même temps bien conçu et efficace. Un truc auquel on n'avait rien envie de changer.

« À quoi ça sert ? » demanda-t-elle en désignant la boule de cuivre au-dessus de l'alambic.

« On appelle ça le chapiteau », répondit Liss en tournant une petite molette rouge sous le manomètre. L'aiguille se déplaça vers la droite.

Sally voulut poser la main dessus, mais avec précaution pour ne pas se brûler. Ça allait. Elle passa les doigts sur la surface. Le cuivre était lisse mais bizarrement irrégulier ; une texture presque veloutée, faite de milliers de creux et de vagues minuscules. Liss l'observait.

« Le cuivre est martelé trois fois, dit-elle. Il faut le compacter pour qu'il reste lisse. Sinon les acides des fruits réagissent avec le métal, la surface devient rugueuse à l'intérieur et le goût est modifié.

– C'est cool au toucher. Et ça ? »

Elle tapota avec les jointures des doigts un machin qui ressemblait à une cheminée de locomotive, si ce n'est qu'elle était fermée en haut.

Liss ébaucha un sourire presque imperceptible, le premier depuis des jours, songea Sally.

« Le nom va te plaire. Ça s'appelle un déphlegmateur.

– Et ça sert à quoi ? À rendre l'alcool moins phlegmatique ou quoi ? »

Elle trouvait l'idée marrante.

Liss approcha le fût contenant le moût et entreprit de le transvaser dans la cuve du bas. Sally prit une seconde mesure en plastique et écopa elle aussi. Elle ne put résister à la tentation de goûter la mixture brunâtre et fit aussitôt la grimace. C'était plutôt aigre, alcoolisé, fermenté, avec un faible arrière-goût de poire. L'odeur était bien meilleure que le goût.

« Le goût est passé depuis longtemps dans le parfum, dit Liss qui l'avait observée. C'est lui que nous allons capturer. »

Elles remplirent la cuve. Quand Liss la referma, elle désigna la colonne cylindrique reliée à la cuve par un tube partant du chapiteau.

« Le déphlegmateur est une invention géniale, expliqua-t-elle. Quand tu fais bouillir le moût, un mélange de vapeur d'eau et de vapeur d'alcool se dégage. Seul l'alcool t'intéresse. Le déphlegmateur a pour fonction de condenser la vapeur qui a la plus haute température d'ébullition. Ainsi, l'eau est séparée de l'alcool. Elle retourne dans le moût. L'alcool reste à l'état de vapeur et monte dans le col de cygne. »

De ses longs doigts vigoureux elle montra le trajet de l'alcool dans le circuit de distillation.

« J'aime bien les noms, dit Sally. Col de cygne. Chapiteau. Déphlegmateur. On se croirait dans un roman de science-fiction. »

Liss hocha la tête.

« C'est arrivé comment ? »

La question était sortie toute seule. Celle qu'elle avait au bord des lèvres depuis des jours, qu'elle avait tournée et retournée dans sa bouche. Qui était devenue dure et insipide comme un vieux chewing-gum et qu'elle venait de recracher sans même y penser. Liss comprit aussitôt de quoi elle parlait. Ses gestes devinrent plus secs et heurtés.

« Tu n'es pas obligée de raconter, se hâta d'ajouter Sally. Laisse tomber. Ça ne me regarde pas.

– Si. »

La voix de Liss était rauque et dure.

« Je ne sais pas comment on raconte ce genre de chose. Ça sonne toujours faux. À l'époque déjà, j'ai été incapable de raconter. »

Bon Dieu. Elle n'aurait pas dû poser la question. C'était beaucoup trop tôt. Liss tourna de nouveau la manette rouge et Sally vit que ses mains tremblaient. L'indicateur de température baissa légèrement. L'aiguille aussi tremblait.

« Je… nous nous disputions. Il… ça paraît ridicule. Il frappait notre petit garçon. Il s'abstenait parfois pendant une longue période. Parfois il le battait deux ou trois fois par semaine. Et parfois j'y avais droit aussi. Je sais bien… qu'on ne doit pas… que ce n'est pas une raison pour… »

Elle se tut et regarda la cuve. Le mince robinet au bas de la colonne commençait à goutter dans le petit ballon en verre. L'air s'emplit soudain d'un parfum d'alcool, puissant et âcre.

« Pour tuer quelqu'un ? Je ne sais pas. Raconte-moi. »

Ok. Elle avait franchi le pas, la question était posée. Il n'y avait plus de retour en arrière possible et c'était un moment décisif pour elles deux. Elle ne savait pas très bien en quoi, mais elle le sentait. Liss se pencha au-dessus du petit ballon.

« C'est la tête de coulée, dit-elle d'une voix neutre. C'est toxique et on la jette. C'est pourquoi il faut éviter de chauffer trop vite, pour que les alcools toxiques se condensent d'abord et ne corrompent pas le bon distillat. Je suis un peu comme ça moi aussi, ajouta-t-elle sans transition. Je bous toujours instantanément. Tout sort de moi d'un coup, tout ce que je fais et dis est toxique. Je ne peux pas expliquer. Ce n'est pas le fait qu'il me battait. Ça arrivait et je lui rendais les coups. On aurait dit parfois qu'il le cherchait. Mais ce n'était pas le pire. Le pire, c'est qu'il m'enfermait.

– Quoi ? » s'exclama Sally.

Elle n'avait pas compris. Liss l'entendit à sa voix et fit un geste de dénégation. Le ballon de verre cliqueta dans son support.

« Non ! Il ne m'enfermait pas dans la maison ! Ce qui aurait été… tu peux toujours te libérer. T'enfuir. Tu peux réagir. Ce n'était pas ça. Il m'enfermait intérieurement. Par le biais de l'enfant. Parce que j'étais tombée enceinte beaucoup trop tôt et n'avais jamais fait de vraies études. Par le biais de mes parents. Parce qu'ils prenaient toujours son parti. »

Elle fit une longue pause avant d'ajouter une dernière phrase emplie de haine et d'amertume.

« Et puis j'ai toujours cru que je l'aimais. Quelle idiote ! Non, mais quelle idiote ! »

Sally écoutait. Se contentait d'écouter. Elle n'avait rien à dire. Rien du tout. Liss continua d'un ton plus calme, presque neutre.

« Et puis un jour notre petit garçon a renversé du lait. C'est tout. Il lui a tapé sur les doigts. Pas très fort, mais avec une froideur incroyable. Je me suis levée et j'ai dit : Viens. Dans le cellier je lui ai dit qu'il ne devait plus porter la main sur nous, sinon je partais et j'emmenais l'enfant. »

Liss regardait fixement l'alambic. Sally s'était approchée d'elle. Elle lui toucha l'épaule. Très légèrement, du bout des doigts.

« Il a ricané et il a dit que je ne risquais pas d'aller loin, sans argent et sans boulot, et… que de toute façon il ne me laisserait pas partir. Que l'enfant et moi… »

Elle s'interrompit à nouveau et Sally sentit l'effort qu'elle faisait pour arriver à dire :

« … que nous lui appartenions. Et que ça ne changerait jamais. Qu'il frapperait notre petit garçon chaque fois qu'il estimerait devoir le faire. Alors je lui ai demandé ce que… »

Elle s'interrompit un instant comme si elle avait du mal à trouver ses mots. Ses traits se durcirent et elle reprit :

« … je lui ai demandé ce qu'était devenu notre amour. Il avait bien dû se passer quelque chose. Il m'a répondu que de toute façon il ne m'avait jamais aimée. Comme on énonce une banalité. Comme on commande du pain chez le boulanger. Peut-être a-t-il dit ça parce qu'il savait que ça m'atteindrait plus que tout. Il m'a expliqué froidement qu'il ne s'était jamais intéressé qu'à la ferme. Aujourd'hui, je pense que ce n'était pas vrai, c'était juste un moyen de me faire mal sans me toucher. J'ai attrapé le couteau accroché au mur et le lui ai planté dans la poitrine. Et oui », elle leva la tête et regarda Sally. « Oui. Je voulais le tuer. J'ai essayé de frapper au cœur. J'étais trop maladroite, c'est tout. »

Le liquide chuintait et glougloutait dans les tuyaux de cuivre. La chaleur rayonnait de la chaudière. Un jet de liquide transparent sortait maintenant du robinet. D'un geste rapide et sûr, Liss remplaça le petit ballon de verre par un récipient cylindrique. Elle approcha une éprouvette du robinet. Quand elle fut remplie aux trois quarts, elle y plongea une sorte de thermomètre. Sally l'observait fascinée. Tous ses gestes étaient fluides et précis. Sans doute aussi quand elle avait attrapé le couteau.

« C'est quoi ? » demanda-t-elle en désignant le thermomètre dont l'indicateur avait un peu grimpé après quelques instants d'immersion dans le distillat de poire.

« C'est pour mesurer le degré d'alcool. Nous sommes pile à soixante-quatorze pour cent. »

Sally se pencha et huma. C'était un parfum très délicat ; loin d'être aussi fort qu'elle l'aurait cru. Un parfum comme un souvenir à demi effacé de cette journée d'été venteuse dans le verger aux poires.

« Après ça, tu as fait huit ans de prison. »

Sally n'arrivait toujours pas à imaginer ce que ça signifiait. Ce que ça signifiait pour Liss, qui avait voulu tuer un homme qui l'avait enfermée.

Liss était stupéfaite.

« Tu sais tout ça ? Tu le sais et tu m'interroges ? »

Sally perçut une étincelle de la colère que Liss devait avoir en elle. C'était bon signe. Quelque chose brûlait encore dans son cœur. Elle soutint son regard.

« Je l'ai lu. Juste ça. Pas le reste. Tu ne l'as pas raconté au procès.

– Il n'y avait rien à raconter, répondit Liss au bout d'un long moment. D'autres en supportent bien davantage sans vouloir tuer quelqu'un. J'ai essayé de tuer mon mari. Le père de mon fils. Tout le reste est sans importance. »

Le verre cylindrique était presque plein. Liss ferma le robinet et vida le contenu dans un seau posé sur la table à côté d'elle. Elle vérifia la température. Ouvrit la porte de la chaudière. La lueur chaude des braises se refléta sur son beau visage carré. Sally vacilla un instant sous l'effet du sentiment qui déferla en elle comme une vague soudaine.

« C'est le vélo de ton fils, n'est-ce pas ? »

Liss appuya ses deux mains sur le bois de la table et répondit en regardant ailleurs.

« Il ne l'a pas autorisé à venir me voir. Au début, je n'aurais pas voulu non plus… j'avais tellement honte. Je… comment aurais-je pu le regarder en face ? Lui dire… tu sais, j'ai essayé de tuer ton père. Je suis désolée. Ce genre de chose ? »

Elle se tut. Sally se pencha pour ramasser un morceau de bois tombé devant la chaudière. Le parfum de poire était beaucoup plus intense à présent.

« À ma sortie, j'ai acheté le vélo. C'était pour lui. Quand on se reverrait. Je ne voulais pas… je ne voulais pas me présenter les mains vides. Mais… nous ne nous sommes jamais revus. Il ne l'a pas autorisé, et puis ils ont déménagé. Dès qu'il est sorti de l'hôpital, ils ont quitté la ville. Je ne suis jamais allée là-bas. Et il n'est jamais monté sur ce vélo. »

Sally réfléchissait.

« Tu ne dis jamais les noms. Il s'appelle comment ? Comment s'appelle ton fils ? »

Liss parut surprise.

« Je croyais que tu le savais depuis longtemps ! Tu as pourtant lu les lettres. Peter. Il s'appelle Peter. »

L'odeur se modifia tout à coup, devint plus lourde, beaucoup plus suave et onctueuse. Liss s'empressa de fermer le robinet.

« Ce sont bientôt les queues, lança-t-elle. Du mauvais alcool. Il sent bon mais peut gâter tout le reste du schnaps. »

Elle vida de nouveau le verre dans le seau et le replaça sous le robinet qu'elle rouvrit.

« Je n'avais encore jamais raconté ça, murmura-t-elle. Jamais. »

Sally alla chercher la caisse avec les bouteilles vides et la posa sur la table.

« C’est drôlement bien que je sois là », dit-elle au bout d’un moment, d’un ton léger.

Liss sourit, et cette fois c’était un vrai sourire.

14 octobre

« Sally ! »

Il lui fallut du temps pour sortir du sommeil. Elle se demanda combien de fois Liss avait répété son nom.

« Quoi ? Quelle heure est-il ?

– Deux heures et demie », dit Liss à voix basse, comme s'il y avait dans la chambre quelqu'un d'autre qu'elle aurait pu réveiller. « Il faudrait que tu songes à te lever. On part dans un quart d'heure. »

Sally se frotta le visage.

« Je suis réveillée. Ça y est. »

Liss émit un petit bruit dans le noir, qui ressemblait à un rire.

« Il y a du café bien chaud à la cuisine. Et habille-toi chaudement. Il fait froid. »

Elle sortit de la chambre en laissant la porte ouverte. Le couloir était éclairé. Sally s'assit dans son lit. Elle avait rêvé intensément et en couleurs mais ne savait plus à quoi. C'était comme si les images étaient tapies dans un coin, attendant qu'elle se rendorme pour rappliquer aussitôt. Elle flottait entre le sommeil et l'éveil avec le sentiment de sombrer peu à peu. Ok ! Ne te rendors pas. Elle se ressaisit. Mais elle avait du mal à garder les yeux ouverts.

Après-demain on va faire la vendange, avait dit Liss. Ce sera la pleine lune et la nuit sera claire. Vendange. Pourquoi un mot spécial ? se demanda Sally. C'est bizarre quand on y pense. Pourquoi pas cueillette ou récolte, comme pour les poires ?

« On va faire la vendange », murmura Sally en se levant dans l'obscurité. Ça sonnait mieux que récolter le raisin.

Elle s'habilla à la hâte, en frissonnant. La chaleur du lit avait eu tôt fait de se dissiper.

La cuisine était vide quand elle y entra ; la porte-fenêtre entrouverte. Dans la cour, le moteur du tracteur tournait déjà. Sally avala son café en trois gorgées. Il était brûlant et amer. Sur la table de la cuisine était posé un sac en tissu avec des tartines. Une thermos en métal. Espérons que ce soit du thé, songea Sally. Elle prit le sac, éteignit la lumière et sortit dans la cour pour aider Liss. C'était comme partir en voyage. Le lever au milieu de la nuit. L'excitation des premières fois. La chair de poule, entre froid et énervement, parce que le corps est fatigué mais l'esprit bien réveillé.

Une lune presque pleine brillait dans l'obscurité. Des étoiles au-dessus des toits. C'était chouette : ici au village, les lampadaires ne restaient pas allumés toute la nuit. Elle sentit une odeur chaude de diesel mais son haleine se condensait dans l'air et elle avait du mal à imaginer qu'elle serait bientôt en train de couper des grappes de raisin à mains nues, sans gants. Elle grimpa sur le tracteur. Elles avaient chargé la remorque la veille. Liss traversait la cour à grands pas. Elle portait une énorme bobine métallique sur laquelle était enroulé un câble en acier. Sally sauta de son siège pour l'aider.

« J'avais oublié le treuil », dit Liss, le souffle court.

Sally ignorait à quoi leur servirait ce câble, mais elle empoigna le rouleau. Ensemble, elles le calèrent dans la remorque. Puis elles montèrent sur le tracteur et quittèrent la ferme.

Elle n'avait jamais roulé de nuit dans un véhicule ouvert, à part son vélo. Elles firent un bout de trajet sur la route sans croiser personne. Les champs vides à droite et à gauche avaient été ameublis à la herse et le clair de lune leur donnait un petit air bien peigné et reposé.

C'était le milieu de l'automne. Le milieu de l'automne et on avait l'impression d'un renouveau. C'était peut-être le cas. Ici, on récoltait encore. Là, les semences étaient déjà dans la terre. Même si tout paraissait vidé, moissonné, ramassé.

Le tracteur bifurqua et s'engagea dans les vignes. Beaucoup de raisins avaient déjà été cueillis.

« Pourquoi on ne vendange que maintenant ? »

Elle dut crier pour se faire entendre au milieu du

vacarme du moteur diesel et du matériel qui s'entrechoquait et cliquetait dans la remorque. N'empêche. C'étaient des bruits paisibles. Ils évoquaient le travail. Résonnaient presque à l'unisson.

« Le riesling, répondit Liss. Le riesling est le raisin le plus tardif. Il y a toujours le risque de ne pas avoir assez de soleil en automne dans notre région. Mais c'est aussi le meilleur de tous les raisins. »

Elles passaient à présent sous des arbres fruitiers qu'un viticulteur devait avoir plantés des dizaines d'années plus tôt en lisière de ses vignes. On ne les taillait plus et la cueillette était déjà faite, mais quand elle aperçut une unique poire oubliée parmi les branches, Sally se leva de son siège, tendit le bras sans perdre l'équilibre et la cueillit au passage. Liss lui jeta un bref coup d'œil quand elle mordit dedans. La poire était glacée, avec un goût rustique, âpre et sucré en même temps. Pas mal pour un petit déjeuner.

Quand elles atteignirent le vignoble de Liss, un petit groupe de gens étaient déjà là, en blousons épais et bonnets de laine. Comme en hiver. Elle écarquilla les yeux. Liss vit sa surprise.

« Tu croyais qu'on allait pouvoir faire ça toutes seules ? C'est beaucoup de travail. Vraiment beaucoup ! On a toujours besoin de bras. »

Elle sauta du tracteur en laissant le moteur tourner.

« Tu m'aides à décharger le matériel de la remorque ? »

Les saisonniers venaient tous de Tchéquie, de Pologne ou d'ailleurs. Personne du village parmi eux. Ils étaient rapides et connaissaient leur affaire. Trois femmes, deux hommes. Sally leur tendit les paniers, les bassines, et hissa par-dessus bord le gigantesque traîneau en se demandant à quoi il allait leur servir. Ils étaient tous de bonne humeur et une femme lui tendit le bras pour l'aider à descendre de la remorque. Un homme lui mit dans la main un sécateur et un seau.

« Je te montre », dit-il et, pointant le doigt sur sa poitrine il se présenta : « Jan. »

Sally chercha Liss des yeux, mais elle était à l'avant du tracteur, occupée à dérouler le câble d'acier et à l'attacher au traîneau.

« En bas ! cria-t-elle. Vous commencez par en bas ! Prenez le traîneau avec vous. »

Sally se nomma à son tour et suivit l'homme qui descendait à travers les vignes à flanc de coteau. Jan tirait derrière lui le traîneau sur lequel étaient posés deux des énormes fûts en plastique vides qu'elles avaient chargés la veille dans la remorque. Elle comprit à quoi servaient les trous découpés dans la planche du traîneau. Ainsi les fûts restaient à la verticale dans le vignoble escarpé.

Pendant la descente elle n'arrêtait pas de glisser sur les copeaux de bois répandus entre les ceps, jusqu'au moment où Jan lui fit signe et désigna les fils de fer entre lesquels grimpait la vigne.

« Tiens-toi. »

Elle se réchauffait peu à peu. Dans les autres rangées, les saisonniers étaient déjà en bas. Quand elle atteignit le pied du vignoble, Jan attrapa les petits seaux sur le traîneau et lui en tendit un. Il se détourna sans rien dire et coupa une grappe pour lui montrer. Les baies grises étaient luisantes de rosée à la lueur de la lune. De la pointe de son sécateur, Jan en désigna quelques-unes qui portaient des petits points brun-noir : d'autres étaient foncées, certaines presque noires.

Il pointa les baies en disant au fur et à mesure « Oui. Oui. Oui. Oui. Non. Oui. »

Sally sourit. C'était le stage le plus court de toute l'histoire des vendanges.

« Ok. »

Et ils commencèrent. Il lui fallut un peu de temps pour apprendre comment saisir la grappe au mieux afin de la couper dans le même geste. Où poser le seau – devant ou derrière soi. Où regarder pour ne rater aucun cep. De temps à autre, Jan qui avait toujours plusieurs mètres d'avance changeait de place avec elle, lui indiquait un coup de main ou l'empêchait de jeter une grappe sur laquelle elle croyait avoir repéré des baies pourries. Il lui en prit une des mains, détacha une baie et la lui fourra dans la bouche sans lui laisser le temps de dire ouf. Il lança la grappe dans son seau. Elle suça la baie froide et sa bouche se remplit d'un goût sucré et puissamment aromatique, qui n'était pas celui du raisin mais évoquait plutôt la noix muscade, le miel et la pomme ramassée dans l'herbe. Jan lui fit une seconde démonstration avec une autre baie, mais elle ne comprenait pas comment il avait pu la distinguer à la lueur de la lune de celles qui étaient vraiment pourries. Heureusement, le cas ne se présentait pas souvent. Quand elle sentit des élancements dans son dos, elle se rappela les pommes de terre. Il y avait si longtemps déjà ! Ce souvenir l'aida à trouver peu à peu son rythme. Un grand silence régnait dans les vignes. Personne ou presque ne parlait. On n'entendait que le bruissement des feuilles, le bruit mat des grappes tombant dans les seaux, les pas et le souffle des autres. Une atmosphère presque magique. Le ciel au-dessus d'elle était noir. La lune au-dessus d'elle ressemblait à un trou découpé dans l'obscurité. Tous les contours étaient nets. Elle pouvait même voir son ombre sur le sol. Elle avait l'impression de se mouvoir dans un film en noir et blanc.

Ce que je fais ici est ancestral. Les hommes le font depuis des milliers d'années. Debout dans le vignoble à couper le raisin. Et aujourd'hui c'est moi.

Sans Liss elle n'aurait jamais connu ça.

La grappe dans la main gauche. Froide, agréablement lourde. Couper. Examiner la grappe. La lancer dans le seau. Avancer d'un mètre. Écarter les feuilles bruissantes. La rosée gelée. La grappe dans la main gauche. Couper. Lancer.

C'est ici que nous nous sommes rencontrées.

Ce jour-là elle n'avait même pas vu les vignes. Ce n'était qu'un paysage. Sans signification. Ce n'étaient pas les mêmes vignes que celles où elle était aujourd'hui. Celles-ci étaient réelles. Sa présence ici, en ce moment, était réelle. C'était peut-être à force de toucher la terre. Avait-elle déjà eu les mains dans la terre, avant ? Des abeilles posées sur sa peau ? Était-elle jamais montée dans un arbre ? Oui. C'était peut-être ça. Ça, et puis Liss, qui ne savait pas quelle femme formidable elle était. Elle dut s'arrêter un instant. Parce que le souffle lui manqua quand elle pensa au charnier. Comme si elle venait de comprendre ce qui se serait passé si Liss s'était suicidée dans cette crypte.

Je veux qu'elle sache quelle femme elle est vraiment. Je veux qu'elle vive. Je veux qu'elle éprouve le même bonheur d'être ici. Dans les vignes, par ce matin glacé de pleine lune.

« Regarde ! »

Jan l'avait saisie par la manche pour qu'elle se retourne. Il pointait le doigt vers la gauche. Le ciel devenait rose. En bas, au bord de la rivière, la silhouette noire du village se détachait nettement sur la douce clarté du soleil levant.

« Waouh ! murmura-t-elle. Waouh ! »

Le jour commençait à poindre quand Jan appela Liss pour la première fois. En haut, elle avait attelé la seconde remorque, les avait bien nettoyées toutes les deux avant d'y étendre des bâches. À présent elle faisait démarrer le tracteur et branchait le treuil. Le câble métallique se tendit. Une poussière de gouttes de rosée s'envola dans un sifflement de métal. Liss souffla dans ses mains. Il faisait froid. Jusqu'à présent, elle faisait les choses parce qu'elle les avait toujours faites. Comme si une force extérieure dirigeait ses mouvements. Comme si elle était retenue par des fils de fer, telle sa vigne, sans eux elle se serait écroulée. N'aurait plus pu se relever. Mais quand elle vit le traîneau grimper le coteau dans la clarté de l'aube, avec Sally debout qui maintenait les deux fûts en équilibre et Jan qui marchait à côté, Sally projetant le buste à droite et à gauche pour maintenir le traîneau dans le sillon entre les ceps, riant d'excitation et du plaisir incongru de guider un traîneau sur une pente ascendante et sans neige, et Jan à côté d'elle, gagné par sa joie, corrigeant la trajectoire en riant quand Sally avait poussé trop fort ; quand elle vit tout cela, elle sentit des fourmillements dans tout son être. Et plus encore : ce fut comme si le monde extérieur ne se contentait plus de ricocher sur elle. Pour la première fois depuis longtemps, une image pénétra dans son cœur. Cette image d'une Sally hilare sur son traîneau, qui grimpait le coteau avec ses deux fûts remplis de raisin dans la lumière de l'aurore. Brusquement, ce fut comme si respirer faisait mal – devant cette petite joie soudaine : elle était de nouveau capable de ressentir.

Le traîneau était arrivé en haut. Aidée de Jan, elle descendit le premier fût et le vida dans la remorque.

« Vous êtes rapides », dit-elle à Sally et Jan. Sally s'était retournée, surprise, et l'observait. Liss savait pourquoi. Elle l'avait remarqué elle-même – sa voix avait changé. Un soupçon plus légère, ce soupçon de légèreté que l'on est seul à percevoir. Comme quand on s'est coupé les cheveux. Personne ne s'en rend compte. On est la seule. Pourtant Sally l'avait remarqué.

Ils vidèrent le second fût dans la remorque, replacèrent les deux fûts sur le traîneau. Sally empoigna les brancards et entreprit aussitôt de redescendre. Jan adressa à Liss un petit sourire amusé, désigna Sally du menton et leva le pouce sans un mot, avant de redescendre à son tour. Elle le suivit des yeux, puis se tourna vers l'est où l'horizon commençait à s'embraser, tandis que les dernières étoiles étaient encore visibles au-dessus de sa tête. Elle se rappela sa première rencontre avec Sally. Dans ce vignoble. Quel changement depuis son arrivée ! Que s'était-il passé ? C'était peut-être comme les vendanges. On soigne les vignes, bien sûr, on les taille, on les traite, on les tuteure – mais elles poussent toutes seules. Au bout de toutes ces années, c'était toujours une sorte de miracle : les vignes fleurissaient, de ces minuscules fleurs naissaient des baies qui mûrissaient et donnaient du vin. On ne pouvait rien y faire. Ça arrivait. Ce n'était qu'une question de sol et d'ensoleillement. Peut-être Sally avait-elle grandi jusque-là au mauvais endroit.

D'un instant à l'autre, le soleil apparut à l'horizon et le paysage entier prit des couleurs. Les feuilles des vignes s'illuminèrent de rouge et de jaune. Une légère brume flottait au-dessus de la rivière et des prés fauchés depuis des mois. Du bas du vignoble montaient les appels brefs des saisonniers. Liss entendit le rire de Sally. Alors – aussi soudaine que le lever du soleil – la première émotion vraie depuis très longtemps la submergea. C'était le désir poignant, bouleversant, d'avoir grandi elle aussi sur le bon sol, et ce fut plus fort qu'elle, les larmes ruisselèrent sur son visage. Mais déjà le câble frémissait à nouveau, et Jan lui criait d'en bas que le traîneau était plein.

Il était environ huit heures quand ils firent la première pause. Sally était assise avec Jan sur le traîneau. Liss avait apporté un grand panier avec des pains, des fruits, des thermos de café et de thé, des saucisses, du fromage, des bretzels et des croissants. Quand avait-elle préparé tout ça ? Était-elle seulement allée se coucher ?

Sally pressa ses paumes l'une contre l'autre. Elles étaient tellement poisseuses de jus de raisin qu'elle eut du mal à les décoller. Liss le vit.

« Le vin sera bon, lança-t-elle. Quand le jus est aussi collant, c'est que le raisin est sucré. Selon que le jus colle plus ou moins, les bons vignerons sont capables de prévoir le degré Oechsle.

– Le quoi ? » demanda Sally en mordant dans son

bretzel. Le fond de l'air était encore froid mais elle était réchauffée depuis belle lurette et avait même ôté son blouson. Le duvet de ses avant-bras brillait d'un éclat doré dans la lumière du premier soleil.

« La densité des moûts, répondit Liss en faisant circuler les thermos. Leur teneur en sucre. La qualité du vin en dépend. »

L'odeur de raisin était partout, mêlée à la senteur des feuilles de vigne sèches, âpre, avec une pointe d'amertume épicée. Sous le traîneau, une très légère vapeur montait de la terre remuée, là où le soleil l'éclairait. C'était son odeur préférée. Elle l'avait découverte dans le champ de pommes de terre, mais ici c'était encore différent. C'était le parfum ténébreux de la terre en automne dont Sally sut à l'instant même qu'elle l'associerait à jamais à cette claire journée d'octobre au milieu des vignes.

Les autres semblaient se connaître depuis longtemps. Ils échangeaient des plaisanteries et des petites phrases, tantôt en tchèque, tantôt en allemand, mais elle ne se sentait jamais exclue. Elle était une saisonnière parmi les autres. Jan n'était pas loquace mais il l'avait aidée toute la matinée chaque fois qu'elle avait besoin d'une information. Il lui tendit le sac de viennoiseries et lui versa du thé dans le gobelet où ils buvaient tous. C'était bizarre de se sentir bien parmi des inconnus.

« Pourquoi s'est-on levés si tôt ? La journée va être magnifique. »

Liss remettait déjà les victuailles dans le panier.

« Parce qu'il faut que les baies soient froides. »

Elle plongea la main dans la remorque, attrapa une grappe et la posa contre la joue de Sally. On aurait dit que la fraîcheur émanait du raisin.

« Elles ne doivent pas fermenter trop vite. Juste avant le lever du soleil elles sont presque à leur point de congélation, et quand on les pressera tout à l'heure les moûts seront pile à la bonne température. C'est pour ça qu'il faut s'y remettre. On mangera pour de bon plus tard. »

Sally se leva et descendit un rang plus bas avec Jan. La vallée était maintenant plongée dans le brouillard mais eux se trouvaient nettement au-dessus, même dans la partie inférieure du vignoble de Liss. Le soleil brillait sur un lac de brume. Du village en bas, seul le clocher de l'église était visible, tel un phare.

Elle prit le sécateur dans la poche arrière de son pantalon et se remit à couper. Cette activité était différente de tout ce qu'elle avait fait jusque-là. Rien à voir avec l'école. Obtenir un résultat au lycée était parfois agréable. Mais rien de comparable avec ici. Avec le fait de travailler et de voir qu'il s'est passé quelque chose. Le seau s'est rempli. Puis le fût. Puis la remorque. Rien que de très simple, bien sûr. Mais tout de même, on sent qu'on a fait ce qu'il fallait. Que c'est bien.

Ils terminèrent en début d'après-midi. Elle avait mal partout, mais c'était ok. Ils avaient chargé la remorque une dernière fois. Liss voulait laisser deux rangées intactes. Vin de glace, avait-elle dit. Rien d'autre. Sally se ferait expliquer plus tard. Pour l'instant, elle était simplement contente que la vendange soit terminée. Ils avaient commencé à trois heures du matin. Il était trois heures de l'après-midi. Douze heures dans les vignes. Elle crevait de chaud. C'était une de ces journées tardives qu'elle aimait tant. Un ciel d'un bleu clair et pur comme on n'en voit qu'en automne. L'air frais et transparent, mais rempli de lumière. La rivière, le village, ce qui restait de feuilles, tout n'était que couleurs. Un léger vent s'était levé sur le coup de midi, et le paysage était soudain comme… elle se rappela un poème qu'ils avaient appris à l'école… *comme un vers dans un psautier*[1].

« On démarre ! » cria Liss.

Ils avaient chargé le traîneau, les fûts et les seaux dans la deuxième remorque, et Sally y grimpa avec Jan. Liss accompagnée d'un des hommes avait déjà fait trois ou quatre voyages à la ferme. Sally était impatiente de voir à quoi ressemblait la salle du pressoir, de voir les raisins déchargés dans la cour et transférés sur la glissière en bois qui les déverserait en bas dans la cave, de voir comment se fabriquait le vin. L'attelage démarra. Jan lui

1. « *Die Landschaft wie ein Vers im Psalter* » (« Le paysage comme un vers dans un psautier »), citation du poème de Rainer Marie Rilke « Der Schauender » (L'observateur).

proposa une cigarette, elle secoua la tête. La fumée dans l'air bleuté sentait délicieusement bon tandis qu'ils rentraient au village sous le soleil de l'après-midi.

Le soir était vite arrivé. Quand elle remonta de la salle du pressoir, les saisonniers étaient déjà partis depuis longtemps. Elle était si fatiguée qu'elle peinait à se tenir sur ses jambes. Elle se demandait comment elle s'en était sortie l'année précédente sans personne pour l'aider. Sally avait aidé au tri, à l'égrappage, au pressage, et pour finir au nettoyage. C'était toujours le plus pénible, parce que le travail était fait et que le nettoyage apparaissait comme une tâche supplémentaire qu'on aurait préféré remettre au lendemain. Mais elle l'avait fait. Passer la remorque au jet, rincer les fûts, étaler les bâches… La journée était terminée. Une semaine plus tôt, elle n'aurait pas cru qu'elle revendangerait un jour.

Sally était assise dans la cuisine, les jambes étendues sur le banc. La radio marchait. Un air de sa jeunesse. Sally avait posé deux planchettes sur la table ; les restes du sac de viennoiseries dans une corbeille. Il y avait du beurre et du fromage posés sur des feuilles sèches qu'elle avait dû rapporter du vignoble, et quelques grappes de raisin brillant d'un éclat sombre sur le vieux bois. Elle avait aussi débouché une bouteille de l'année précédente.

« Je n'ai encore jamais goûté ton vin », dit-elle en lui servant un verre.

Liss ne se rappelait pas la dernière fois qu'on avait mis la table pour elle.

« Merci.

– Non, dit Sally en reposant la bouteille avec soin et en levant son verre. Merci à toi. »

Liss leva son verre à son tour et elles trinquèrent. Ça faisait bizarre. Comme si Sally fêtait quelque chose sans qu'elle sache exactement quoi.

« C'est une fête d'anniversaire à retardement, ou quoi ? »

Sally but une gorgée de vin.

« Peut-être. »

Elle eut un petit rire.

« En fait, oui. Mais pas pour moi. »

Une autre chanson commençait. Liss la reconnut au bout de quelques secondes. *Cantaloupe Island.* Elle l'avait entendue une fois dans un bar dans le sud de la France. Seule. Attablée à midi devant un livre et un pastis, sous le soleil incroyablement chaud de Perpignan.

Sally se leva soudain et monta le son.

« C'est cool.

– C'est surtout vieux », dit Liss en étendant ses jambes.

Sally la regarda et rit.

« Toi aussi tu es vieille, ça ne t'empêche pas d'être cool. »

Elle commença à bouger au rythme de la musique. Liss était fascinée. Comment cette fille pouvait-elle encore danser après une journée pareille ! Les lents accords entraînants du piano remplissaient la cuisine et semblaient incongrus dans l'obscurité automnale ; incongrus mais séduisants. Introduction de la trompette ; impavide. Elle avait toujours rêvé d'être ainsi, impavide, détachée...

Sally surgit devant elle, la prit par la main et la fit lever.

« Non ! dit Liss. Je... je ne sais pas. »

Sally ne lâchait pas sa main.

« Tout le monde sait danser. »

C'était comme si le rythme, endormi quelque part au fond d'elle, se réveillait lentement, la guidait, elle commença à se balancer ; juste un tout petit peu. La chanson terminée, elle voulut se rasseoir, mais une autre enchaîna aussitôt, beaucoup plus rapide ; une qu'elle ne connaissait pas. Sally avait lâché sa main et dansait avec fougue et légèreté. C'était surréaliste. La nuit sans sommeil et la longue journée de dur labeur derrière elle. La musique dans sa cuisine. Sally, qu'elle voyait danser pour la première fois. Ok, pensa-t-elle, ok. Elle s'abandonna au rythme, ses jambes bougeaient toutes seules. Elle aimait danser autrefois.

« Héhé ! » dit Sally en riant.

Liss dansa. La chanson se termina, elles burent une gorgée de vin et se remirent à danser. La lampe de la cuisine se reflétait dans la vitre sombre, avec leurs deux silhouettes. Chaque nouvelle chanson semblait s'y prêter. Lente. Rapide. Syncopée. Soudain, Sally quitta la cuisine en courant.

« Attends ! » cria-t-elle. Liss continua à bouger en cadence. Il y avait si longtemps qu'elle n'avait pas bougé sur une musique. Un nouveau morceau.

Dragonflies out in the sun, you know how I feel…

Lent, mais plein d'énergie. Elle ferma les yeux et se laissa porter à travers l'espace au rythme des paroles, comme autrefois sur la plage… *sleep in peace when day is done…* Elle entendit Sally revenir mais garda les yeux clos. Tout à coup elle sentit quelque chose ruisseler sur sa tête, ouvrit les yeux et se vit enveloppée d'un nuage de poudre blanche au goût sucré.

« Qu'est-ce que tu fais ? »

Sally avait la boîte de sucre en poudre dans la main.

« Du sucre en poudre. Contre les acariens du passé. Danse ! Vas-y, bouge ! »

Il lui fallut une seconde pour comprendre. Elle éprouva un tel sentiment de libération qu'elle éclata de rire, prit la boîte des mains de Sally et la saupoudra de sucre à son tour.

À la radio la musique jouait toujours.

15 octobre

La dernière journée d'automne véritablement estivale était derrière elles. Le train longeait la rivière grise. Le brouillard ruisselait des arbres.

« Tu viens avec moi ? lui avait demandé Liss ce matin-là. Je vais chercher le vélo. »

Elle avait eu un moment d'effroi. Elle n'était pas sûre de vouloir retourner au charnier. Mais Liss avait peut-être envie qu'elle vienne. Alors elle avait dit oui. Elles avaient chargé l'autre vélo de Liss sur la remorque et s'étaient rendues à la gare en tracteur.

« Tu le laisses sur le parking ? » avait demandé Sally perplexe en voyant Liss tourner en direction du parvis.

« Je me vois mal le laisser dans la rue, avait répliqué Liss. Tu vas chercher un ticket ? »

Debout devant le distributeur, elle songea que le tracteur aurait un look d'enfer parmi toutes ces berlines familiales. Et se demanda où Liss allait pouvoir coller le ticket. Le tracteur n'avait pas de pare-brise.

« Pourquoi n'est-on pas venues en moto ? » demanda-t-elle. Elles avaient hissé le vélo par la portière du wagon et trouvé des places.

Liss regardait par la vitre.

« Je me suis dit que ça pouvait être sympa de refaire du vélo ensemble.

– Tu n'as pas peur ? » demanda Sally au bout d'un moment.

Une péniche solitaire passa. Liss haussa les épaules.

« Si. Mais pas au point de laisser le vélo là-bas. »

Sally sourit.

Il leur fallut moitié moins de temps en train que l'autre fois à moto. Liss n'était pas loquace et elle n'avait pas très envie de parler non plus. Mais le silence n'avait rien de pesant.

La gare était dans la zone industrielle, devant les anciennes portes de la ville. Sally n'avait jamais vu une ville qui soit les deux à la fois : absolument hideuse et absolument magnifique.

Liss porta le vélo dans les escaliers du passage souterrain, puis elles franchirent les portes et s'engagèrent dans des ruelles pavées qui montaient en pente raide. Liss ne parlait toujours pas. Mais comme elles traversaient la place du marché, elle désigna le café où elles s'étaient attablées une fois et déclara :

« Après on pourra boire un café avant de repartir. »

Sally se contenta de hocher la tête, mais elle était soulagée. Il y aurait un « après ». Pensée idiote, mais elle l'avait bel et bien eue. Ce n'était pas le lieu qui comptait, mais la personne qui le marquait de son empreinte. Et la Liss qui poussait son vélo à côté d'elle n'était plus celle qu'elle avait découverte prostrée au charnier.

« J'espère qu'il est toujours là », dit-elle pour dire quelque chose.

Liss s'arrêta et se tourna vers elle.

« Hier j'ai dansé », dit-elle tranquillement, avec un petit sourire au coin des lèvres. « J'ai encore du sucre dans les cheveux. Je ne me tuerai pas aujourd'hui. On va juste récupérer un vélo.

– Ok », répondit Sally. Elle se sentait beaucoup mieux tout à coup. Elles montèrent les trois marches et entrèrent dans le cimetière. Le vélo était toujours là. Quelqu'un l'avait obligeamment calé contre le mur.

« On aime l'ordre dans ce pays », dit Liss sur un ton si railleur que Sally éclata de rire. « Viens. »

À la grande surprise de Sally, Liss ne reprit pas le chemin en sens inverse, elle semblait vouloir pousser plus loin.

« On roule jusqu'au sommet », dit-elle sans autre explication.

Une petite rue très pentue partait de l'église et, passé le mur, se transformait presque aussitôt en chemin forestier.

« C'est juste pour savoir, mais on va devoir refaire tout le trajet pour rentrer ?

– Tu as encore la vendange dans les pattes ? » répliqua Liss avec un petit sourire goguenard.

Oh là. D'accord. Voilà la vraie Liss. Sally sourit elle aussi, mais baissa la tête pour que Liss ne le voie pas.

« C'est ici », dit Liss au débouché de la petite forêt. Elle coucha son vélo dans les feuilles mortes au bord du chemin. Sally ouvrit de grands yeux. Elle était face à un château fort en ruines qui semblait surgi du néant. Trois étages percés de fenêtres en ogive. Une grande salle imposante et sans toit. Un escalier qui montait à l'assaut du vide. Liss entra dans le château comme si elle savait exactement où elle allait, grimpa les marches et s'arrêta au niveau du deuxième étage. Une saillie courait le long du mur jusqu'à la plus grande des fenêtres. Il n'y avait pas l'ombre d'une rambarde. Et même si la saillie était assez large – en s'aventurant dessus on la trouvait nettement plus étroite. Sally fut soulagée quand elle eut rejoint Liss à la fenêtre.

« Regarde », dit Liss.

Sally regarda. C'était une journée grise, mais la vue était tout de même époustouflante. On avait l'impression de dominer toute la région. La rivière, tel un long ruban qui se fondait avec l'horizon. Les vignes à perte de vue, parsemées de bourgs et de villages. Très loin au nord, la silhouette à peine plus sombre d'une chaîne de montagnes émergeant du brouillard. Un spectacle qui était comme une eau fraîche ; comme s'il apaisait une soif dont on n'avait pas pris conscience avant.

« Quel beau pays », dit Sally au bout d'un long moment de contemplation muette.

Liss acquiesça d'un hochement de tête à peine perceptible.

Plus tard, elles suivirent une route en haut de la colline, qui traversait des petits villages et longeait des vergers déjà récoltés. Une légère bruine tombait de temps à autre, elles avaient le vent dans le dos, ce qui facilitait leur progression. Les choses sont en équilibre, songea Sally.

Liss la rattrapa et roula à côté d'elle. Elle dit tranquillement :

« Je pense que tu devrais rentrer chez toi. »

Arrachée à son sentiment de bien-être, Sally se tourna vers elle, se raidissant déjà pour accueillir la colère qui allait l'envahir, mais à sa grande surprise la colère ne vint pas.

« Tu peux aussi rester. Mais je pense que tu ne devrais pas faire l'erreur que j'ai commise. Tu es… je te crois très intelligente. »

Sally pédalait en silence. Elle ne savait pas trop ce qu'elle éprouvait.

« Tu m'as empêchée de fuir », dit Liss au bout d'un moment, et on sentait que les mots lui coûtaient. « Je ne veux pas… je ne peux pas te laisser fuir moi non plus.

– Mais je n'ai pas du tout l'intention de… », commença Sally, et soudain elle comprit ce que Liss voulait dire.

« Je dois rentrer ? »

Liss réfléchit un moment tandis qu'elles roulaient côte à côte. La route commençait à descendre vers la ville.

« Tu pourras venir chez moi quand tu voudras. Mais je pense que tu devrais terminer l'école. Je dois te paraître assommante et vieux jeu, mais ce serait une erreur de ne pas le faire. Et en plus...

– En plus quoi ? » Sally se sentait perdue.

Liss freina brusquement et s'arrêta.

« En plus je sais ce qu'on éprouve quand on perd son enfant ! »

Elle avait presque crié, s'en rendit compte et baissa la voix.

« Règle les choses d'abord. Tu ne peux pas t'en aller comme ça. Ou plutôt tu ne dois pas. Même si eux... je ne sais pas comment ils sont. Je ne les ai vus qu'une fois et nous nous sommes disputés. Mais ils t'aiment tout de même, à leur façon. »

Sally reprit son souffle. Elle avait mille choses à dire. Expliquer à Liss qu'elle se fourrait le doigt dans l'œil. Qu'elle n'avait pas la moindre idée de... Que...

« Je dois être raisonnable, c'est ça ? »

Liss secoua énergiquement la tête.

« Tu ne comprends pas ! Je veux que tu puisses revenir. Mais je ne veux pas que tu restes parce que tu es obligée. Regarde-moi ! Tu n'as donc rien compris ? J'ai été obligée de rester. Je ne veux pas qu'il t'arrive la même chose. Je veux exactement le contraire – que tu conserves la liberté qui est la tienne ! Tu es... tu as une force incroyable. Il faut que tu la conserves ! Tu es assez forte pour retourner à la maison avec tes parents. Terminer l'école. Décider toi-même quand venir chez moi et quand il est temps de partir. Tu comprends ? Qui va te dire ça, sinon moi ? Qui peux-tu croire, sinon moi ? »

Liss respirait très vite à présent, et Sally était silencieuse. Ça ne lui plaisait pas. Ça ne lui plaisait pas mais c'était la vérité. Elle coucha son vélo sur la route et rejoignit Liss. La regarda droit dans les yeux.

« D'accord. Je rentre. Mais tu me donnes les lettres.

– Quoi ?

– Tu me donnes les lettres. Si je rentre chez mes parents, tu me donnes les lettres pour Peter. »

Le visage de Liss se figea.

« Non. »

Ce fut plus fort qu'elle, Sally se mit à hurler.

« Si ! On va toutes les deux jusqu'au bout ! Toutes les deux ! Je ne t'ai pas pris ce putain de pistolet pour que tu continues à vivre comme avant ! Regarde-moi ! »

Elle pressa son front contre celui de Liss.

« Nous sommes vivantes ! Nos corps sont chauds. Nous sommes vivantes ! Donne-moi ces lettres ! Si ça ne marche pas, tant pis. Mais tu ne lui accordes même pas une chance de t'aimer ! Tu me donnes ces lettres, ou je ne pars pas ! »

Elle avait entouré Liss de ses bras, elles étaient tête contre tête au milieu de la route, comme un étrange couple rempli de colère et d'amour ; Sally haletait, le front toujours pressé contre celui de Liss comme si c'était le moyen d'y faire pénétrer ses pensées.

Dans les bras de Sally, Liss se relâcha peu à peu. Ses muscles se détendirent.

« Soit, dit-elle dans un souffle.

– Non, dit Sally d'un ton ferme, il faut que tu le veuilles toi aussi. Est-ce que tu le veux ? Est-ce que tu le veux vraiment ?

– Oui ! s'écria Liss en se dégageant d'un geste rageur. Oui ! Bien sûr. Tu auras les lettres. Maintenant on s'en va ! »

Elle ramassa son vélo et s'élança aussi vite qu'elle pouvait. Mais Sally ne se laissa pas distancer. Elles pédalaient toutes les deux de toutes leurs forces. Elles roulaient au coude à coude et Sally se vidait peu à peu de sa colère, de son stress et de sa peur tandis qu'elles filaient vers la ville sur une route de plus en plus pentue.

« Plus vite ! cria-t-elle à Liss. Roule plus vite ! »

Le vent lui sifflait aux oreilles et son blouson battait l'air. Elles fonçaient côte à côte, penchaient ensemble dans les virages et quand elles dépassèrent enfin le panneau du village, un smiley triste et offusqué leur annonça en chiffres digitaux écarlates : *Vous roulez à 42 km/h. Ralentissez !*

Elle entendit le rire de Liss, et freina enfin.

Elles étaient sur le tracteur et roulaient dans le crépuscule naissant. Le village apparut à l'horizon. Quelques fenêtres étaient déjà éclairées ici et là. Elles avaient transpiré et il commençait à faire frais.

« Qu'est-ce que tu vas faire de ces lettres ? demanda Liss.

– Les brûler », dit Sally. Voyant la mine de Liss, elle éclata de rire. « Mais non. Je les lui enverrai. Une par une. Il faut d'abord qu'il réapprenne à te connaître, avant de te voir. »

Liss leva le pied de l'accélérateur. Elles tournèrent dans un chemin à travers champs, un raccourci pour rejoindre la ferme.

« Il ne voudra peut-être pas me voir.

– Peut-être, dit Sally. Mais peut-être que si. Pourquoi ne voudrait-il pas ? Tu es une femme formidable. »

Elles se turent. Comme elles longeaient un buisson de noisetiers dénudés, Sally tendit la main. Liss vit son geste et ce fut comme si elle sentait elle aussi les gouttes et l'écorce rugueuse contre sa paume.

« Quand j'aurai ce putain de bac, dit Sally, on partira dans le Sud. »

Liss ne répondit qu'au moment où elles entraient dans la cour.

« Je passerai te prendre, dit-elle pendant qu'elles déchargeaient les vélos de la remorque.

– Tu n'as pas de voiture. »

Liss désigna la remorque.

« Ça ne se voit pas encore, mais c'est une future caravane. Le jour où tu as ton bac, je serai à la sortie du lycée.

– Sur ton tracteur ? » demanda Sally.

Cette vision la fit rire. Liss sourit et haussa les épaules.

« Tu viens de le dire : je n'ai pas de voiture. »

Elles étaient dans la cour. Les lampadaires jetaient une pâle lueur. Le clocher sonna doucement trois coups. Les feuilles mortes sous l'arbre devant la porte de la maison dégageaient un intense parfum de noix. Au coin de la rue, un vélo approchait très lentement, en tanguant un peu. Anni était en route pour aller fleurir l'église. Quand elle les vit toutes les deux, elle s'arrêta.

« Vous prenez soin l'une de l'autre », dit-elle de sa voix cassée de vieille femme, et ce n'était pas une question.

« Oui, dit Sally.

– Oui », dit Liss.

Anni descendit de son vélo, le cala posément contre la clôture, se pencha et ramassa une noix.

« Je l'avais bien dit », constata-t-elle comme pour elle-même avec satisfaction en remontant sur son vélo, « c'est un bel automne. »

Composition IGS-CP
Impression CPI Bussière en mars 2023
Éditions Albin Michel
22, rue Huyghens, 75014 Paris
www.albin-michel.fr
ISBN : 978-2-226-46110-0
N° d'édition : 24453/01 – N° d'impression : 2070622
Dépôt légal : mai 2023
Imprimé en France